Mathieu Gaborit

LES CENDRES DE LA COLÈRE

Le Cycle des ombres II

ROMAN

Éditions Rackham

COLLECTION DIRIGÉE PAR FABRICE COLIN

La première édition de cet ouvrage
a paru aux éditions Rackham accompagnée d'une figurine.

L'auteur a revu ce roman
pour cette nouvelle édition poche.

TEXTE INTÉGRAL

ISBN 978-2-7578-0489-6
ISBN 978-2-7578-0491-9, n° général
(ISBN 2-915556-08-3, 1re publication)

PERSONNAGES PRINCIPAUX

Ophidiens

S'ARAYAM : psyché de l'Alliance ophidienne, hôte de l'Erratum.

S'ARDAÏ : maître archiviste de la bibliothèque de l'Erratum. Fils de S'Iris.

S'ENKZ : maître artisan de l'Erratum.

S'ERDH : premier veilleur de l'Erratum. Fils de S'Iris.

S'ÉRÏN : nécropse de l'Alliance ophidienne.

S'ÉRUM : sydion de l'Alliance ophidienne. Frère de S'Iris.

S'HOLTH : colporteur de l'Erratum.

S'HYSME : hôtelier de l'Erratum.

S'IRIS : mère de l'Alliance ophidienne.

S'YLICE : archiviste de l'Erratum. Fils de S'Iris.

Humains

AYANE : syhée de S'Érum.

LORTHIS : templier de la loge de Hod, maître de la faction des orphelins.

MALIEK : esclave de S'Holth, le colporteur.

MANKENZ : templier de la loge de Hod, membre de la faction des orphelins.

Elfe

ANTIC : elfe akkyshane, mercenaire de Cadwallon installée dans la taverne des Obsidiens.

Prologue

Contrairement à ce que vos ennemis affirment, la loge de Hod existe bel et bien. Cette organisation secrète est chargée de découvrir les laboratoires du fondateur de votre glorieux empire du Syharhalna. Nous sommes désormais convaincus que l'énigmatique Vieux Maître qui la dirige est le templier Masselius.

Lettre adressée aux vrais-nés syhars
par les archivistes de l'Erratum.

L'odeur qui règne dans la cabine du navire indispose l'ophidien. Il n'aime pas venir ici et devoir se frayer un passage dans les étroites coursives qui mènent à l'arrière du vaisseau. La gueule dissimulée sous une large capuche fourrée, il grimace et s'impatiente.

Les humains qui l'entourent sentent la sueur, leur nervosité est palpable. Chez certains il sent aussi la peur.

Leur chef, un Akkylannien au teint pâle, conserve un calme imperturbable. Un abîme sépare le templier de l'ophidien, bien que le destin les ait réunis.

Étrange alliance de circonstance. L'un et l'autre savent qu'une lutte à mort est engagée, qu'il faudra bien, un jour, mettre un terme à ce pacte dans un bain de sang. L'ophidien siffle entre ses crochets. Le templier se lève et marche jusqu'à son bureau, une table en ébène où il s'empare d'un coffret en argent. Il l'ouvre délicatement, en extrait une fiole et la présente à la lumière qui filtre à travers une lucarne.

À l'intérieur luit un liquide ambré que l'ophidien convoite.

Un antidote. Un moyen de combattre le mal qui le dévore de l'intérieur. L'Akkylannien ébauche un mince sourire et pose son regard sur les quatre autres templiers présents pour l'échange. La créature sent qu'il se cherche des témoins, que le simple fait d'offrir l'antidote lui répugne et met sa foi à l'épreuve.

L'ophidien note avec intérêt que la main du templier tremble, bien que son parfum n'ait pas le goût de la peur.

– Nous devons oublier nos dieux… souffle la créature. Le temps de l'échange.

Les scrupules de l'Akkylannien sont perceptibles. La lueur fanatique qui brille dans ses yeux ne s'accorde pas avec le mince sourire qui déforme ses lèvres.

– De tout temps, il n'a jamais existé qu'un seul et unique dieu : Merin, dit le templier d'une voix douce.

Il a cité la première loi du *Codex de Merin* sans se départir de son sourire. L'ophidien a raflé la fiole d'un geste gourmand et l'a glissée à l'intérieur de son manteau.

– L'heure approche, dit la créature.

Sous le capuchon, la gueule se tourne à droite, puis à gauche. Les templiers acquiescent d'un petit signe de tête.

– Nous sommes prêts, certifie leur chef.

L'ophidien hésite. Il peut quitter ce navire, échapper à cette atmosphère confinée et partir retrouver les siens.

L'Akkylannien au teint pâle perçoit l'indécision de son hôte.

– Tu veux la voir ? demande-t-il.

La langue bifide de l'ophidien jaillit des profondeurs de la capuche.

– Non, murmure-t-il. Pas cette fois.

Les templiers ne doivent pas soupçonner son immense détresse, ce fardeau qui pèse sur ses épaules dès lors qu'il rejoint les siens et s'astreint au silence. Personne ne doit savoir que sa Mère est détenue ici, dans la cale d'un navire akkylannien. C'est elle qui l'a guidé jusqu'ici ; c'est elle qui l'a sauvé.

Il se souvient de la première fois, de la tension qui régnait par cette nuit sans lune sur le pont du navire. Les templiers l'attendaient, lui ou un autre fils. Ils s'étaient servis de sa Mère comme appât.

Il ne parvient plus à se rappeler à quel moment précis il a pu considérer la trahison comme une issue possible. Sans doute est-ce de l'avoir vue, elle, dans la cale, prisonnière et terriblement amoindrie par des années de captivité. Si ce poison qui fait de lui un renégat ne l'avait pas empêché de se tourner vers les siens, il serait revenu ici avec eux, il aurait volontiers pris d'assaut ce navire et massacré cette poignée de templiers pour délivrer sa Mère.

Mais le mal le condamne, le mal le ronge de l'intérieur. L'antidote est un sursis, un moyen de gagner du temps et de trouver le moment favorable pour offrir aux templiers ce qu'il a promis.

Il songe à ce qu'il va sacrifier pour les sauver tous les deux, sa Mère et lui. L'histoire ne retiendra sans doute son nom que pour cela. Il sera celui par qui la plus prestigieuse bibliothèque de l'Alliance ophidienne est tombée aux mains de la Lumière.

Il n'y attache plus d'importance. Plus maintenant. Le

mal est devenu son combat, et sa Mère sa rédemption. Il sait qu'il vivra avec ses remords, qu'il ne pourra plus considérer les sanctuaires ophidiens comme des refuges, qu'il les condamne tous deux à une vie de parias. Il sait aussi que la bibliothèque et ses dizaines de milliers d'ouvrages interdits, volés ou achetés aux quatre coins du continent, vont disparaître et livrer leurs secrets à la Lumière. Il se peut que sa trahison sape les fondations de l'Alliance ophidienne, qu'un tel savoir menace l'existence du peuple serpent et infléchisse le cours du Rag'narok.

Peu importe.

Il n'y a qu'elle, il n'y a que lui. Et les Ténèbres.

Le chef des templiers rompt le silence pesant qui règne dans la cabine depuis une longue minute :

– Quand reviendras-tu ?

– Dans deux semaines.

Le délai annoncé ne plaît visiblement pas au templier. Les lèvres plissées, il pose une main sur le coffret en argent.

– Il n'y aura bientôt plus d'antidote, dit-il. Tu dois faire vite.

– Je t'offre l'Erratum, la bibliothèque de l'Alliance, siffle l'ophidien. Tu peux bien attendre quelques jours de plus.

Les épaules du templier se contractent.

– Dès lors que l'Erratum sera tombé, grince-t-il, je ne te devrai plus rien.

– Je serai loin.

– Il vaut mieux, oui.

Un ricanement s'échappe du gouffre de la capuche.

– Tu es insolent, dit l'ophidien d'une voix sourde. Arrogant comme peut l'être la Lumière. Méfie-toi, templier. D'étranges phénomènes secouent l'Alliance.

La perte de l'Erratum pourrait bien augurer des changements dont vous ne soupçonnez même pas l'étendue.

L'Akkylannien fronce les sourcils et rétorque :

– On n'y comprend rien. Parle, explique-toi.

Sous le manteau, l'ophidien dénoue ses anneaux et fait frémir la cabine tout entière.

– Apprends à te taire, souffle-t-il. Apprends à mesurer ce qu'il en coûte de frapper l'Alliance au cœur. Si tu parviens à tes fins, si l'Erratum tombe entre vos mains, tu vas réveiller une bête assoupie. Et tu ne sais pas, oh non, tu ne sais absolument pas ce que vous allez y perdre.

Un murmure nerveux agite le rang des templiers. Leur chef impose le silence d'un geste de la main et interpelle la créature :

– Tu essaies de nous faire peur ? Tu veux renoncer ?

– Moi, non... mais vous, un jour, vous renoncerez. La Lumière renoncera.

– Assez. Contente-toi de revenir et de nous ouvrir l'Erratum.

L'Akkylannien ne voit pas la gueule de l'ophidien se tordre ni la haine étinceler dans ses pupilles dilatées. La créature prend congé dans un froissement d'étoffe et disparaît dans une coursive.

Quelques secondes plus tard, le navire frissonne au moment où elle traverse le pont et emprunte la passerelle qui mène sur le quai. Dans la cale résonne un long gémissement.

Les templiers, eux, se sont mis à prier.

Chapitre I

Il est connu que Cadwallon a été fondée par des mercenaires assoiffés d'aventures et de trésors. De nos jours, les diplomates flattent les aristocrates pour parvenir à leurs fins dans la ville haute, tandis que la misère engendre la violence dans la ville basse. C'est pourquoi les Cadwës ne remarqueront pas notre présence dans les sous-sols de leur cité.

Discours du futur fondateur
de l'Erratum aux patriarches.

Cité de Cadwallon ; il est presque dix-huit heures. Une pluie tiède et lourde tombe sur les trois tours du quartier des Couturiers et ses jardins suspendus. L'atmosphère est moite, saturée par l'odeur des fleurs qui ploient sous de grosses gouttes orageuses. Des parfumeurs se hâtent le long des allées pour butiner à l'ombre de leurs capuchons. Leurs narines frémissent et s'enivrent aux fragrances qui tourbillonnent dans l'air. Ils murmurent, comme s'ils craignaient de déranger les massifs et les bosquets qui feront leur réputation et peut-être leur fortune. Ils ont toujours été là, depuis que les premières racines qui couraient entre les pavés ont entrepris d'escalader les tours pour se hisser jusqu'à la terrasse et fonder ce jardin d'exception. Ils savent qu'ici la nature est capricieuse, soumise à ces arbres noueux dont la sève, venue des profondeurs de Cadwallon, transpire et donne aux fleurs une couleur et un parfum uniques. Ils savent aussi que les maîtres, les seuls véritables maîtres de la terrasse végétale du quartier des Couturiers, résident dans une maison étroite qui s'élève au bord du flanc nord. Des shakas, chamans au savoir mystérieux dont les recommandations se monnayent à prix d'or, au même titre que le droit de cueillette, sésame convoité qui s'achète comme la charge d'un notaire.

Deux silhouettes se sont engagées sous une arche de roses qui marque l'entrée du jardin. Un ophidien et une humaine. Le premier dissimule son corps massif sous une large houppelande et ignore les regards furtifs des parfumeurs qui décèlent son odeur sous l'étoffe. Une femme, le visage découvert, marche derrière lui. Elle a moins de trente ans, des cheveux noirs et courts en broussaille et un visage lunaire. Ses traits candides sont soulignés par le pli boudeur de ses lèvres. Une enfant, presque, s'il ne fallait voir que ce visage. Mais il y a le corps et ses longues jambes fuselées, gainées de fines feuilles de métal, ses bras cordés et sa poitrine bandée de soie blanche. La taille ceinte d'un pagne de laine rouge, elle ne cache pas les cicatrices qui zèbrent son ventre. Les hommes qui osent poser les yeux sur elle grimacent sur son passage avec un mélange de peur et d'excitation. Son corps, ses lèvres ourlées valent comme des promesses que son regard dément. Ses yeux effraient. Ils ont la couleur d'une mer froide et hostile, un bleu très sombre, opaque et glacé.

Cette femme est une syhée, une humaine qui a renoncé à son âme pour l'offrir à son maître ophidien.

Elle s'appelle Ayane et ses lèvres, à présent, esquissent un mince sourire à l'approche d'un parfumeur qui lui tend une fleur blanche avec des yeux avides. Un vieil homme gras aux joues flasques, engoncé dans un tailleur trop étroit. Elle sent son désir confus, sa lâcheté, cette audace fiévreuse qui le pousse malgré lui à braver le danger dans l'espoir de la posséder. Elle le toise et observe avec curiosité sa main qui tremble sous la pluie. La tige pincée entre deux doigts boudinés, la fleur luit d'un éclat fantomatique.

Ayane n'aime pas les fleurs, et encore moins l'idée qu'elles se vendent. Son sourire s'estompe. La main de l'homme tressaute un peu plus. Elle jette un coup d'œil devant elle et constate que son maître s'est immobilisé. Elle a déjà trop tardé. De l'index elle épouse la tige avant d'attraper la fleur à pleine main et la broyer sous le regard médusé de son prétendant.

L'ophidien progresse vers le centre des jardins où s'élèvent les arbres vénérables. Le ciel a disparu, voilé par les branches. Sous les couverts, il ne pleut plus. Ayane expire lentement pour chasser cette angoisse diffuse qui la saisit à chaque fois qu'ils approchent de leur destination. L'humidité est devenue palpable, oppressante. Elle doit assurer ses pas, se méfier de la mousse qui tapisse le sol, ignorer d'étranges insectes mordorés qui tournoient autour de son visage. Elle envie la reptation de son maître qui, peu à peu, consent à ralentir l'allure pour qu'elle se maintienne dans son sillage. Elle se sait étrangère en ces lieux, épiée et repoussée par la magie qui imprègne la végétation. L'humain n'a pas sa place. Elle ignore ce qui pourrait arriver si le maître l'abandonnait ici, seule au milieu des branches qui s'écartent à contrecœur sur son chemin. Elle presse le pas et retrouve l'ophidien au côté de l'ancien des jardins du quartier des Couturiers, un vieil orque sans âge au visage brouillé par les rides.

Ayane essuie la sueur qui dégouline de ses paupières et s'efforce d'oublier l'odeur capiteuse exhalée par le shaka. Un lichen couleur prune épouse les membres rachitiques du vieillard, s'entrecroise autour de sa cage thoracique, monte jusqu'au cou et s'étend jusqu'à ses mâchoires pour y pendre comme des filets de bave. Protégé et nourri par cette gangue naturelle, ce chaman fait corps avec la nature. Des digitales pourpres pendent à ses oreilles, ses ongles sont de fines écorces. Le dos voûté, il s'appuie sur un corcom, un étrange bâton dont l'extrémité ressemble à un masque végétal. Le corcom frémit à l'apparition d'Ayane. De petits yeux émeraude se sont ouverts, puis refermés. L'orque s'interrompt, se tourne vers elle et lâche d'une voix bourrue :

– Il est timide. Ignorez-le.

Ayane approuve d'un petit hochement de tête. Le shaka la fascine. Parfois, lorsque son maître relâche son étreinte mentale pour lui permettre de rêver, elle s'imagine dans les bras de l'orque. Un moment empreint de douceur, semblable à une prière, pour oublier le passé et se blottir contre sa poitrine, à l'abri des humains.

Un bref sifflement la rappelle à l'ordre. Le shaka s'est déjà retiré, avalé par la pénombre. Derrière lui, un passage est apparu dans le tronc d'un arbre. Une rampe en colimaçon s'enfonce sous la terre. Logée dans un pilier de soutènement de la terrasse, elle permet de rallier en toute discrétion les sous-sols de Cadwallon. Ayane avance courbée pour pouvoir suivre son maître. Elle étouffe, une fois encore, angoissée par cet espace clos qui la ramène à elle-même. Il lui tarde de retrouver son épée, acheminée quelques heures plus tôt par ce même escalier avec les affaires personnelles du maître. Les chamans ne tolèrent aucune arme dans leurs jardins.

En l'absence de lumière, Ayane se repère en frôlant la

paroi extérieure et allonge progressivement ses foulées. Son maître glisse sans mal dans l'obscurité. Elle perçoit le crissement des écailles, le léger sifflement de sa langue. Elle maîtrise son souffle et reprend peu à peu confiance au fur et à mesure qu'ils s'éloignent de la surface.

Une heure s'est écoulée, peut-être plus, depuis qu'ils ont cessé de descendre. La rampe en colimaçon a cédé le pas à une série de couloirs creusés dans la roche. Le maître avance moins vite et s'oriente avec précaution en suivant les empreintes olfactives laissées par les siens. L'humidité s'accentue au fil de leur progression. Ayane entend le murmure de ruisseaux souterrains et sent, sur son visage, des bouffées d'air chaud. Les rumeurs de la cité qui se répercutaient jusqu'à eux ont définitivement cessé. Du bout des doigts, elle devine parfois le relief d'une statue brisée ou les montants déformés d'une porte. À chaque nouveau couloir, à chaque nouvelle grotte, ils remontent le temps. Sans qu'elle puisse en être sûre, elle croit distinguer les gardiens de ce musée silencieux. Des froissements dans son dos, des éclats jaunâtres et fugitifs qui s'éclipsent sur un sifflement du maître.

Ils viennent de déboucher sur une esplanade coupée en deux par un gouffre. La roche est lisse et luisante à l'éclat de lourds braseros de bronze fixés sous la voûte. Ayane se penche et observe l'eau noire qui gronde en contrebas. Le maître traverse l'étroit pont de pierre qui relie les deux bords de la faille et s'arrête au pied d'une haute porte de bronze dont le pourtour est gravé de lignes claires, des lignes de Lumière perverties par les ophidiens. Ayane reconnaît l'écriture légère et aérienne des sphinx. Le maître lui a déjà présenté des tablettes de cuivre rédigées par cette ancienne civilisation. Ici, les caractères gravés sont légèrement déformés. Comme elle, ils ont été taillés pour servir la cause ophidienne.

Elle écarte une courte mèche égarée sur son front et s'accroupit en retrait pour observer le maître. Il s'est collé contre la porte et s'élève en lentes ondulations. Elle ne sait plus ce qui, au juste, motive son adoration d'un serpent dont le corps mesure près de dix mètres de longueur. Elle en connaît presque chaque écaille, chaque interstice. De mémoire, elle peut citer les entailles, nombreuses, qui le zèbrent de haut en bas depuis sa dernière mue. Comme ce trou, tout juste cicatrisé, laissé par une balle, en dessous de la gueule. Elle a gardé le petit morceau de plomb déformé par l'impact et l'a glissé, comme tous les autres, dans un étui de nacre pour compléter sa collection. À l'aube, elle éprouve parfois le besoin d'agiter faiblement cet étui pour entendre les balles rouler et tinter à l'intérieur. Une manière de ne pas oublier que le maître est éternel, que servir une telle créature revient à confier son destin aux mains d'un dieu. Elle le lui répète souvent lorsqu'elle procède à sa toilette. Dans l'intimité, et seulement à ce moment-là, il devient son « éternel ». Un titre qui l'amuse et provoque un crissement de mâchoire comparable à un éclat de rire.

Ses muscles la fascinent. Comme une magie invisible qui court sous ses écailles. Elle se rappelle la première fois où elle a mesuré leur force, alors qu'un jeune templier agonisait sous ses yeux. Enroulé autour du garçon, le maître avait resserré son étau avec une patience perverse, prenant plaisir à voir l'armure se déformer et broyer le corps de sa victime. La constriction comme art de la guerre. Elle garde un souvenir hypnotique des crissements du métal, des rivets qui cédaient avec un bruit sec, de ce visage écarlate tordu par la souffrance. Le maître avait attendu le dernier souffle du templier pour lui arracher la tête et la cracher au pied de sa syhée. Ayane n'avait pas bougé. Il ne fallait pas qu'elle bouge. C'était au début, à une époque où il cherchait encore à la déstabiliser, à connaître ses limites. Elle s'était contentée de sourire.

La gueule du maître s'est tournée dans sa direction, comme s'il avait deviné la nature de ses pensées. Elle ne baisse pas les yeux. Elle ne craint plus son regard. Au contraire, elle le provoque parce qu'elle lui appartient. Les deux billes vineuses s'étrécissent. Elle perçoit son hésitation. Il lui arrive parfois de la punir sans qu'elle sache trop bien pourquoi, d'utiliser le pouvoir de ses yeux pour qu'elle sente la pointe éthérée d'un aiguillon s'enfoncer dans son crâne, et ce jusqu'à ce que la douleur soit telle qu'elle ne puisse retenir ses larmes. Elle consent à ce jeu cruel par nécessité. Pour un ophidien, la torture relève de l'hygiène mentale.

Le maître a achevé de se dresser sur sa queue. D'ordinaire, il mesure moins de trois mètres en adoptant une posture en forme de *s* écrasé. À présent, déployé sur dix mètres de longueur, il oscille comme un tronc écailleux et utilise ses bras pour se maintenir dans cette position inconfortable.

Ayane distingue tout juste ses mains qui tâtonnent à mi-hauteur de la porte. Elle les connaît sans doute mieux que quiconque. Elle a apprécié cette alchimie délicate qui finalement caractérise le mieux les ophidiens, entre force et délicatesse. Les mains du maître ne peuvent s'égarer dans ses cheveux ou se poser sur son épaule avec légèreté sans qu'à chaque fois elle sente qu'une pression de trop, un simple tressaillement nerveux suffirait à transformer cette caresse en mise à mort. Une frontière intangible, une menace permanente qui l'oblige à ne pas relâcher sa garde sous prétexte d'être devenue une syhée. Elle ne doit pas oublier la peur, elle ne doit pas croire que son statut la préserve des caprices du maître. Sa main se pose sur les cicatrices de son ventre. En lui sauvant la vie, les ongles du maître l'ont aussi marquée comme du bétail.

Ayane lève les yeux et distingue des ophidiens silencieux qui se sont glissés sur des balcons de pierre pour observer le maître, des gardiens qui portent des arbalètes et qui se contentent de rester immobiles en attendant que les deux battants s'entrouvrent. Leurs armes sont pointées vers le gouffre et l'esplanade, afin de s'assurer que personne ne profite de l'occasion pour s'infiltrer à l'intérieur.

Nul autre qu'un ophidien ne peut ouvrir la porte sans la fracturer. Il n'existe ni serrure, ni clé. Le maître lui a parlé de l'esprit incarné à l'intérieur, de la façon dont les siens utilisent la magie pour piéger et enfermer l'âme de leurs victimes dans le bois et le métal. Une pratique courante, une manière, pour eux, de rendre hommage à ceux qui ont su les défier avec intelligence. Complexe et délicat, l'enchantement s'ancre dans le regard, dans les *arcanes du fond de l'œil*. La vue défaillante des ophidiens masque une autre réalité, une magie séculaire dont la pratique remonte à l'âge divin.

Pour que l'esprit consente à déverrouiller la porte, il doit voir au *fond de l'œil*. Le maître s'est hissé à sa hauteur, là où scintille un globe de cristal enchâssé dans le bronze. Ayane peut voir la surface du globe s'animer, mais ne parvient pas à discerner les traits du prisonnier. Aux dires du maître, il s'agit d'un franc-ligueur cadwë qui seul, muni d'une torche, de son épée et d'une vieille armure bosselée, est parvenu à se frayer un passage jusqu'ici. Les ophidiens ont aimé son audace et l'ont tué au bord du gouffre.

Pour l'heure, son âme a accordé au maître le droit d'entrer.

Chapitre II

> *Ils sont fragiles, n'est-ce pas ? Vous apprendrez à mesurer votre force à chaque fois que vous connaîtrez une nouvelle mue. Les bipèdes qui arpentent Aarklash sont des créatures éphémères qui savent néanmoins cohabiter et s'entraider. C'est pourquoi vous apprendrez à les* domestiquer.
>
> Vortiris.

L'Erratum, première bibliothèque ophidienne, s'étend sur un kilomètre carré, à la surface d'un lac souterrain en forme de rectangle. Disséminée sur une vingtaine d'îlots ralliés par des ponts de pierre, elle abrite depuis plus d'un siècle les plus prestigieux grimoires et codex du monde d'Aarklash. Son nom fait sa spécificité. L'Erratum rassemble les ouvrages mis à l'index. Dès sa création, les patriarches ont voulu regrouper en un lieu unique les œuvres frappées d'interdits, les œuvres menacées de disparition et toutes celles qui, de près ou de loin, dérangent ou lèvent le voile sur les mensonges de l'histoire.

L'endroit n'a pas été choisi au hasard. À l'origine, le lieu servait de repaire aux ophidiens qui agissaient dans l'ombre de la cité de Cadwallon. Les archivistes ont transformé un refuge naturel en une vaste bibliothèque et mis à profit le climat qui règne dans la grotte pour protéger leurs ouvrages. L'humidité est devenue un outil de conservation : la magie ophidienne donne à la condensation le pouvoir de traiter parchemins et vélins pour qu'ils résistent aux outrages du temps.

Depuis la porte d'entrée, S'Érum marque un temps d'arrêt. Il ne goûte pas à la scène avec les yeux, il la sent du bout de sa langue. Il n'est venu qu'une seule fois, voilà près de vingt ans, et le parfum est demeuré identique à son souvenir.

L'odeur du lierre rouge domine, capiteuse et pénétrante. S'y mêlent celles des plantes grimpantes, grises et bleues, qui grignotent les rives, du bois clair des barques qui circulent autour des îlots, de l'albâtre, une pierre gypseuse qui compose la plupart des bâtiments, celle des hommes aussi, dérangeante et musquée, et surtout celle du parchemin, ce parfum indéfinissable qui évoque le savoir et la solitude.

S'Érum perçoit le faible clapotis de l'eau fendue par les embarcations, mais se concentre surtout sur les vibrations, toutes différentes, qui stimulent son instinct et définissent bien mieux que ses yeux les formes qui l'entourent. Une trépidation à même de lui donner un sens aigu des proportions et des mouvements environnants. Il y a cette esclave sur sa gauche, l'embarcadère en contrebas de l'escalier qui prolonge la porte, des frères qui progressent dans sa direction. Un seul son l'intéresse pour le moment : le pas, familier et fragile, d'Ayane qui se porte à sa hauteur. Il veut la savoir près de lui : elle est son diapason.

Trois ophidiens ont glissé jusqu'à lui. Deux d'entre eux, des guerriers en armure de bronze armés de lances ouvragées, encadrent le troisième, une créature malingre à la gueule effilée. Drapée d'une cape de soie rouge, elle s'incline devant lui.

En silence, tous se présentent au travers d'un subtil changement de température, une identification thermique qui caractérise le salut ophidien. En retrait, Ayane sent le souffle tiède des présentations effleurer son visage. Pour eux, la chaleur incarne la vie.

S'Érum ne prête pas attention aux deux guerriers et s'attarde sur le plus chétif, S'Ylice, archiviste de l'Erratum dont il a décelé le malaise. Une fois encore, sa réputation le précède : S'Érum est un sydion, littéralement « celui qui reprend ». Juge et bourreau, infatigable pèlerin, il sillonne le continent pour rendre la justice et traquer les ophidiens qui ont brisé l'interdit suprême en assassinant l'un des leurs.

S'Ylice se tortille, la langue dardée, et l'informe, d'une vibration, que ses affaires sont en sécurité dans une chambre de l'hôtellerie mise à sa disposition. S'Érum tient à s'en assurer personnellement et exige qu'on le conduise sur place.

Flanqué des deux guerriers, l'archiviste s'exécute et escorte ses invités jusqu'à l'embarcadère masqué en partie par la brume. Cette dernière fait partie intégrante de la bibliothèque et ondoie à la surface du lac en lourds filets de vapeur.

Tous les cinq grimpent dans une barque de roseaux tressés et prennent la direction du sud. L'embarcation se faufile entre deux premiers îlots fortifiés qui font face à l'entrée et oblique légèrement à l'ouest pour passer sous un pont de pierre. Face à eux, enveloppée par des lambeaux de brume, se dresse la tour principale, un édifice austère qui monte jusqu'à la voûte. Divisée en trois quartiers, cette tour est le pilier de l'immense bibliothèque. S'Érum devine sans mal le regard du maître archiviste posé sur lui. Il ressent un picotement autour des orbites, signe que les yeux d'un puissant le cherchent au-delà des apparences et le fixent au *fond de l'œil*.

L'embarcation laisse le pilier sur la gauche, longe les rives fleuries d'un îlot, dépasse un nouveau pont et vient cogner, cent mètres plus loin, contre l'embarcadère de l'hôtellerie.

C'est ici, dans le plus grand bâtiment de l'Erratum, que le maître archiviste loge ses hôtes et organise des dîners en leur compagnie. Des dalmènes, lointaines cousines du saule pleureur, bordent les rives et étendent leurs lourds feuillages violacés au-dessus de l'eau. Derrière cet écrin végétal émerge une île dont la forme approximative rappelle celle d'un fer à cheval. Au centre s'élève le corps principal, une vaste bâtisse circulaire dominée par un dôme de verre et emprisonnée dans une gangue de lierre rouge. De chaque côté, les chambres forment un amalgame de grosses cloches nacrées reliées les unes aux autres par d'étroits tunnels.

Des esclaves humains, vêtus à l'identique d'un simple bliaud de toile grossière et chaussés de sandales, observent en silence le cortège qui monte jusqu'à l'entrée. Tous affichent le même air lointain, les pupilles dilatées, les orbites creusées et striées de veinules noirâtres. Ceux-là ont une âme limée par l'hypnose. Leur esprit est devenu un puits sans fond où ne subsistent que quelques poussières d'intelligence. Assignés aux tâches les plus simples, ils marchent d'un pas lourd. Bientôt, l'accoutumance aura raison de l'empreinte qui les tient en éveil. Ils mourront sans un mot, vidés de toute substance, avant d'être jetés le long des rives pour nourrir les dalmènes. S'Érum éprouve une brève bouffée d'angoisse. Il sait qu'un jour les yeux pâles de sa syhée se voileront eux aussi, qu'il lui faudra la libérer ou la tuer.

Il la tuera, c'est une évidence, puisqu'elle n'appartient qu'à lui.

Le cortège franchit les portes de l'hôtellerie et pénètre dans la salle principale où, sur un disque de pierre au milieu de la pièce, trône l'hôtelier. S'Hysme, une figure, presque une légende. Son corps boursouflé s'empile en larges anneaux tendus par les festins qui ponctuent son existence. Au sommet du cône, la gueule est toujours en mouvement et dirige, d'un claquement de langue, plusieurs dizaines d'esclaves, bien plus vifs que les précédents, qui s'affairent entre les bassins et les eyzoms où prendront place ses invités. Le ballet se déroule de jour comme de nuit. S'Érum n'a jamais vu l'hôtelier ailleurs que sur ce disque qui lui tient lieu de trône.

S'Hysme relâche un bref instant son attention pour accueillir ses hôtes. Sa signature plaît à S'Érum. Franche et sèche comme un vent du désert. Sifflements et vibrations s'échangent en une poignée de secondes pour définir les modalités du séjour. S'Érum disposera d'un appartement spacieux doté d'un jardin privé et d'un bassin parfumé. S'Hysme n'a laissé aucun détail au hasard et se souvient parfaitement des préférences du juge. Pour l'occasion, il a fait installer un eyzom dans son bois de prédilection, le noyer, et l'a confié aux soins de son ébéniste personnel afin que les courbes favorisent les léthargies du sydion. Ce dernier apprécie l'attention. L'eyzom constitue la pièce maîtresse d'une demeure. S'Érum aime écouter les artisans raconter comment ils choisissent l'arbre d'origine, la manière dont il faut l'abattre, puis déterrer l'essentiel, c'est-à-dire la souche et les racines qui la prolongent. Partagés entre le respect de l'objet et sa vocation, les ébénistes font en sorte que la souche, une fois renversée, devienne un socle inaltérable, et que les racines, cristallisées et taillées, se déploient comme un massif harmonieux où leurs frères trouveront le repos.

Un esclave les conduit à leur chambre. S'Érum embrasse celle-ci d'un regard circulaire, estime qu'elle conviendra et s'approche des cinq longues caisses de plomb disposées à l'écart. Rien ne permet de différencier les quatre premières. Hautes de soixante centimètres et larges de trente, elles ressemblent à d'étroits cercueils de couleur sombre dépourvus de signes distinctifs. Toutes les quatre sont scellées par le même verrou végétal, une plante aux boursouflures d'un vert sombre qui palpitent doucement à la surface du couvercle. La dernière caisse, la plus lourde, contient les affaires personnelles du maître, en particulier l'ensemble des outils indispensables à la pratique de la nécropsie.

Ayane s'est agenouillée près du bassin pour apprécier, du bout des doigts, la température de l'eau. Avec le temps, la syhée a appris à déterminer avec précision celle qui convient le mieux au maître. La température est parfaite. Elle adresse à son maître un petit signe de tête et se retire dans un angle de la chambre. À aucun prix, elle ne veut troubler ce moment crucial où il retrouve enfin ceux qui forgent ses rêves.

Le corps du sydion oscille au-dessus des caisses. Ses mains frôlent les surfaces, ses ongles cognent avec un bruit sec sur les parois pour les sonder avec minutie et s'assurer qu'elles n'ont pas souffert du voyage. Ayane perçoit son exaltation, son impatience. Les écailles du maître frémissent. Il a choisi une caisse et penche lentement la gueule sur le verrou. Sa mâchoire s'ouvre, sa langue jaillit et s'enfonce au cœur de la plante. L'étrange baiser se prolonge pendant une longue minute. Ayane perçoit le craquement des racines qui se rétractent sous le couvercle. Le verrou se replie sur lui-même au fur et à mesure que le maître irrigue son organisme. Sa couleur s'éclaircit, les boursouflures se contractent. La plante est désormais en sommeil.

Le maître retire sa langue et ouvre délicatement le couvercle.

Tapissée de terre ocre, la caisse contient treize fleurs, treize promesses d'une nostalgie qui drape sa solitude d'un voile pudique, treize tiges pour treize ophidiens qu'il a exécutés de ses propres mains, que les siens ont effacés de leur mémoire et qui ne vivent plus désormais qu'ici, dans cet étroit sanctuaire où des fleurs de cendre délivrent quelques fragments de leurs âmes défuntes.

S'Érum se refuse à aller plus loin. Il est encore trop tôt pour s'abandonner aux souvenirs. Il est venu pour les voir, pour les sentir, pour s'assurer qu'elles sont bien là, immobiles et dociles et qu'il pourra à nouveau en profiter lorsque la souffrance deviendra trop forte et que le manque altérera son jugement. Il ne doit pas céder. Pas encore. Sa langue, pourtant, pèse comme une ancre et l'attire vers les pétales.

– Maître.

La voix posée de la syhée sonne comme un avertissement. Il grogne, replie sa langue et ferme brutalement le couvercle. Elle est, une fois encore, son diapason.

S'Ylice, accompagné des mêmes guerriers, a pris la perche pour conduire la barque vers le Pilier. La traversée se fait en silence. S'Érum est irrité par ce qui s'est passé dans la chambre, par cette dépendance qui le met à la merci de ses souvenirs. Il lui a fallu du temps pour admettre cette faille et il se rassure, étrangement, à l'idée qu'Ayane partage son fardeau. Elle connaît ses pulsions et intervient régulièrement pour l'arracher à ses songes. Assise à l'arrière de l'embarcation, les jambes repliées en tailleur, elle tient son épée au fourreau en équilibre sur les genoux. Sur sa peau, la sueur ressemble à une rosée. Il ne l'a jamais désirée au sens où les humains l'entendent, mais il aime la *sentir* dans son sommeil. En pareil moment, il éprouve cette même émotion que lui procurent les exhalaisons datant de l'âge divin. Un respect sincère. Comme elle, ces œuvres parfumées se valent pour leur beauté et leur fragilité.

La barque accoste la vaste esplanade de marbre blanc qui entoure le Pilier. Ses trois quartiers, séparés par des failles étroites, le font ressembler à un monolithe débité en tranches. S'Érum congédie l'escorte et s'engage le premier dans la faille la plus proche pour rejoindre une porte en métal au bas d'un étroit pilier central. Il l'ouvre et s'engage sur une rampe en colimaçon qui dessert les étages jusqu'au sommet. Des niches barrées d'un mince panneau de corne abritent des bougies à l'odeur de cannelle qui distillent une vague lumière orangée.

Près de quarante mètres les séparent du sol. Il est vingt et une heures ; ils entrent dans les appartements de S'Ardaï, le maître archiviste.

L'ophidien les reçoit dans une grande pièce articulée autour d'un eyzom de bois blanc. Tout autour, parchemins et grimoires s'étalent dans un désordre indescriptible. Un chaos qui occupe la quasi-totalité de l'espace et forme, par endroits, des monticules à l'équilibre instable. L'eyzom, seul, est épargné et abrite, sous ses racines, encre et plumes disposées en ordre parfait. Un balcon s'ouvre au nord, dans l'axe de l'entrée de l'Erratum, éclairé par des braseros posés à même le sol.

Le fondateur de l'Erratum est âgé de cent trente-quatre ans. L'odeur d'une mue récente plane dans la pièce. Ses écailles luisent d'une lumière violacée, comprimées à intervalles réguliers par des anneaux, des cilices d'or et d'argent qui le tiennent en éveil. Le temps a creusé sa gueule et ses orbites, et effilé sa mâchoire. Ses yeux brillent d'une intensité douloureuse, comme des soleils noirs. Les ongles sont difformes, les doigts décharnés et tordus comme du métal fondu.

S'Ardaï se déroule, abandonne l'eyzom et se porte à hauteur de S'Érum. Le salut témoigne de la complicité qui les lie : ils croisent la langue. Une intimité rare, une manière d'accorder sa confiance à l'autre.

D'une vibration, S'Érum lui présente Ayane et formule une requête inattendue : la conversation devra se tenir oralement afin que sa syhée comprenne. La température du maître archiviste se trouble, mais il accepte.

– Il y a presque vingt ans... dit S'Ardaï.

– Mon départ de l'Erratum.

– La durée de ton absence, opine le vieil ophidien avec une pointe de nostalgie.

– J'ai beaucoup voyagé.

– Et tué ?

Le maître archiviste a posé la question avec un mince sourire.

– J'obéis à la loi, répond S'Érum avec un sourire équivalent.

– Tu la fais, aussi.

– Non, je l'incarne, j'agis en son nom.

S'Ardaï contracte sa mâchoire.

– Tu as exécuté S'Iris ?

S'Érum se raidit et lâche avec un soupir :

– Oui. Mais pas de mes propres mains. C'est peut-être mieux ainsi.

Ils s'observent un moment sans dire un mot. S'Iris

était leur sœur à tous deux. S'Ardaï le premier détourne le regard.

– Je crois que j'aurais préféré que tu la tues, avoue-t-il. Savoir que des templiers l'ont...

– Elle avait cédé au Vice. Oublie-la.

Ayane dresse l'oreille. Les ophidiens ne parlent pas volontiers du Vice. Le maître se dérobe dès qu'elle lui pose des questions trop précises à ce sujet. Sur la foi de rumeurs, de murmures surpris au détour d'une conversation et de ses propres déductions, elle pense qu'il s'agit d'une maladie ou du moins un concept qui ressemble au Vice. Il frappe de manière différente, à tous les âges. Elle ne sait pas ce qui révèle ce Vice ni pourquoi il opère de manière radicalement différente d'un serpent à l'autre. Ce dont elle est sûre, cependant, c'est que le maître éprouve une aversion maladive à l'égard des viciés.

S'Ardaï observe un long moment de silence. Au-delà de sa tristesse, sincère mais élevée comme un écran, S'Érum perçoit une émotion différente, une sorte de vertige ou d'ivresse, comme une émanation lointaine et honteuse de cette quête du savoir qui l'entraîne parfois aux frontières de la loi afin, peut-être, de voir au fond du Vice comme on voit au *fond de l'œil*.

S'Ardaï lui renvoie une vibration rassurante et fait mine de chasser l'image de S'Iris d'un revers de main.

– Tu es là, dit-il. C'est l'essentiel. Mais tu dois agir vite.

– Qui est la victime ?

– S'Holth, mon colporteur.

– Quand ?

– Il y a deux jours. Dans la nuit.

S'Érum grimace :

– J'aurais dû être alerté plus tôt.

– Nous avons déjà beaucoup de chance que tu te sois trouvé à Cadwallon.

– Le temps est mon ennemi.

– Assez pour que tu passes d'abord voir tes fantômes en arrivant chez nous ?

Le ton est amer, presque accusateur. S'Érum sait que le maître archiviste se méfie de sa dépendance aux fleurs de cendre.

– J'ai de vieilles habitudes, rétorque-t-il d'une voix lasse.

S'Ardaï fait claquer sa langue. Il est déçu et tient à le faire savoir.

– J'aurais pensé qu'avec le temps, tu...

– Évite d'y penser, l'interrompt sèchement S'Érum. Cela ne te regarde pas.

S'Ardaï frissonne et se détourne pour rejoindre le balcon de sa chambre.

– Personne n'est encore au courant, dit-il en tournant le dos au sydion. Excepté S'Ylice.

– Pourquoi ?

– Juste le temps de mettre l'essentiel à l'abri. De sélectionner les ouvrages qui quitteront la bibliothèque.

– Des menaces précises ?

S'Ardaï se tait et, sans transition, ne communique plus que par vibrations, seul vecteur capable, selon lui, de retranscrire ses émotions du moment. Pour Ayane, il n'y a qu'un vague vrombissement semblable à celui que pourrait produire une abeille. S'Érum, en revanche, affronte une véritable logorrhée, confuse et frénétique, un déluge de symboles et de concepts étroitement mêlés qui traduisent l'état d'esprit du maître archiviste.

Le colporteur est la clé ; il est celui qui nous donne les livres, il est la clé qui ouvre la surface, un lien dangereux et vital avec le monde du dehors. L'ennemi s'est-il infiltré dans nos murs ? Dois-je ordonner l'évacuation ? Tu dois répondre à ces questions, me dire si les livres sont en danger. L'Alliance ophidienne a besoin de nous, de notre savoir. Nous sommes « le fragile support de l'essentiel », n'est-ce pas ? Je veux croire que l'un des nôtres a agi sous l'emprise de la colère ou du Vice. Pas de lien entre ce meurtre et la surface. Il ne faut aucun lien. Prudence et fébrilité. Circonstances inconnues. Aucun précédent. Je dois savoir si on le visait, lui, si c'est juste une affaire personnelle ou si l'on visait la clé. Si c'est la clé, on cherche à atteindre l'Alliance. On veut saper ses fondations.

S'Érum l'interrompt d'une vibration dont l'onde de choc fait frémir les parchemins qui gisent sur le sol. *Tu es trop nerveux*, a-t-il soufflé.

Le maître archiviste jette un regard malsain à Ayane. L'idée de reprendre la conversation de vive voix lui répugne, mais il ne tient pas à irriter le sydion. Il a besoin du juge même si, dans l'ombre, les patriarches de l'Alliance évoquent déjà le nom de son successeur.

– Le colporteur achetait et vendait en surface. Il est mort. Trouve l'assassin.

– Des coupables en vue ?

– Aucun.

– Le corps ?

– Chez lui. Ici, sur l'îlot des Religions.

– Tu nous y conduis ?

– S'Ylice va s'en charger. C'est lui qui a découvert le corps. Il allait prendre livraison des derniers ouvrages et il l'a trouvé…

– S'Ylice ne m'inspire pas.

– Tâche de t'en accommoder. Il est mon bras droit. Il est obéissant et zélé.

– Il est jeune, impressionnable et nerveux. Cela peut gêner mes recherches.

S'Ardaï hoche la gueule et pose ses doigts tordus sur le bras de S'Érum.

– J'ai de l'affection pour lui.

– Tu t'attendris ?

– Je compatis. S'Iris était sa Mère.

Chapitre III

L'enskëm est une magie qui tient de l'hypnose et de l'envoûtement. Le pouvoir des Ténèbres décuple son efficacité. Ce n'est plus l'inconscient du sujet qui est touché, mais son âme.

Extrait des *Aspects de l'Obscur* par S'Ophine,
psyché de l'Alliance ophidienne.

Les appartements du colporteur sont nichés à la pointe sud-est de l'îlot des Religions, derrière les vastes bâtiments d'une bibliothèque. D'une voix neutre, S'Ylice a précisé qu'elle abritait plusieurs sections consacrées exclusivement à la foi.

– Théologie, morale… la plus importante. Un peu d'ecclésiologie, beaucoup d'histoire des cultes et des religions comparées.

Le maître et sa syhée longent de hauts murs blancs hachés de treillis de lierre rouge. Leur guide a emprunté un chemin pavé qui se faufile le long de la rive dans une atmosphère vaporeuse. La brume stagne sur le flanc de la bibliothèque comme un monstre assoupi et s'éveille sur leur passage en épaisses volutes.

La pointe de l'îlot s'achève sur une arène rocheuse en demi-lune, un écrin à ciel ouvert. Une bâtisse aux courbes d'albâtre loge entre les flancs noirs de cette muraille qui s'élève à près de sept mètres de hauteur.

Pour S'Érum, la personnalité du colporteur s'esquisse déjà. Un ophidien en quête d'un refuge, d'un sanctuaire qui n'appartienne qu'à lui. Ceux qui vivent trop longtemps dans les cités deviennent différents. Ils sont mis à l'écart parce qu'ils traînent avec eux cette odeur indissociable de l'homme, cette odeur qui vous colle aux écailles, qui charrie les miasmes, les souillures et les humeurs des peuples inférieurs. Le sydion grince des mâchoires malgré lui. Il a lui aussi éprouvé ce dégoût, cette sensation diffuse d'être contaminé. Il a beau exiger d'Ayane qu'elle se baigne chaque jour avec soin, il ne peut s'empêcher parfois de la chasser, gêné par l'odeur qui flotte autour d'elle, ce musc puissant qui imprègne sa peau et la rend hideuse.

Pour l'heure, il lui a ordonné de rester à l'extérieur. Sa seule présence pourrait le perturber. D'expérience, il sait combien les premières sensations sont vitales. Une imprégnation qui, souvent, conditionne la suite de son enquête. Il faut s'en remettre à l'instinct, à ce regard vierge qui découvre la scène du crime et forge une conviction.

La porte d'entrée se dérobe devant lui.

Ouverte quand je suis entré, l'informe S'Ylice en se glissant derrière lui.

Le sydion se penche sur la serrure végétale. En apparence, aucune trace d'effraction, mais cela ne prouve rien. Des langues adroites peuvent en venir à bout sans la blesser.

Juste derrière, le couloir est plongé dans l'obscurité. Odeurs complexes et brouillées. S'Érum s'empare de sa lanterne et s'avance jusqu'à l'extrémité opposée en compagnie de S'Ylice.

Un simple voile de soie sépare le couloir d'une vaste salle rectangulaire. Dix mètres sur cinq, murs blancs et fleurs séchées en abondance dans de grandes vasques de bronze. Dans un angle, un large pupitre d'ébène avec son écritoire et une ouverture, juste derrière, obstruée par un lourd rideau de velours grenat. Le parfum des fleurs est écœurant, mais ne parvient pas à masquer tout à fait celui de la mort. S'Érum traverse lentement la pièce, distingue sur sa gauche un coffre traditionnel en forme d'œuf posé sur un socle de granit. L'atmosphère confirme sa première intuition. Le colporteur est un solitaire, peut-être même un misanthrope forcé par le destin et son rôle au sein de l'Erratum. Les fleurs ressemblent à un rituel de purification ou peut-être un écran entre ce sanctuaire et la bibliothèque. Il écarte le rideau et découvre une chambre aux dimensions humaines.

– Pour l'esclave, précise S'Ylice dans son dos.

S'Érum jette un œil rapide : une paillasse, une table et une chaise, quelques feuillets d'une partition éparpillée à même le sol. Il referme le rideau et rejoint un disque de pierre qui s'ouvre au fond de la salle principale.

– Il est là, juste derrière, l'avertit S'Ylice.

Le disque, entrouvert, pivote sur lui-même en soulevant une odeur fétide. S'Érum laisse son guide sur le seuil et s'engouffre dans le passage.

La chambre du colporteur. Un mur brut, au nord, d'une roche noire et suintante. Au centre, un bassin octogonal d'une eau croupie, rouge de sang. D'étranges nénuphars aux feuilles d'azur flottent en surface. Plusieurs d'entre eux sont déchiquetés. Au bord du bassin, une torche éteinte. Détails insolites : la présence d'une harpe chromatique et d'un tabouret disposés dans un renfoncement, et surtout l'absence de livres.

Le colporteur gît dans le bassin, immergé à moitié. S'Érum s'approche et lève sa lanterne. Pour l'instant, il veut cueillir la scène du regard. *Sentir* le crime viendra plus tard.

Mort par constriction. Il distingue la déformation des écailles sur la partie visible du corps. Il se penche sur la mâchoire entrouverte et constate que la langue est coupée. L'extrémité sectionnée repose au creux d'un nénuphar, semblable à un ver putréfié. Le bord déchiqueté laisse penser que le colporteur se l'est tranchée lui-même sous l'effet de la douleur. Contractions classiques quelques secondes avant le décès. La victime s'est débattue pour tenter d'échapper à son bourreau : des marques profondes strient le couronnement en marbre du bassin. S'Érum procède à un examen sommaire des deux bras étendus en croix et constate que plusieurs ongles sont cassés. Sa langue s'attarde à leurs extrémités. Parfois, l'odeur du sang séché suffit à identifier le coupable si la victime a eu l'occasion de se défendre. Visiblement, le colporteur n'a pas eu cette chance.

Peu à peu, le sydion s'imprègne de l'atmosphère qui règne dans la chambre. Rien, pour le moment, ne permet d'exclure l'hypothèse que le meurtre soit l'œuvre de plusieurs frères, même si la constriction ne plaide pas en ce sens.

Un frisson d'excitation fait frémir ses narines. La chasse se présente sous les meilleurs auspices. Il y a là un meurtre calculé, l'empreinte d'un tueur qui se dérobe, qui agit dans l'ombre sans laisser de preuves significatives derrière lui. Un tueur que la victime connaît. La position du corps indique que le colporteur faisait face à la porte. Il a probablement vu son assassin entrer et n'a pas jugé bon de s'extraire du bassin. À moins qu'il n'ait pas osé bouger sous la menace d'une arme, mais S'Érum, intuitivement, en doute. Le tueur a cherché une mort intime. L'acte de constriction vous lie profondément à la victime, vous ressentez ses vertèbres craquer, vous percevez le rythme de son cœur qui s'emballe à chaque nouvelle torsion, vous entendez son souffle s'altérer, les halètements, le râle. L'agonie, enfin, avec les yeux qui se révulsent et leur magie qui s'éteint, le *fond de l'œil* qui se voile pour toujours.

S'Érum recule, ouvre la lanterne et souffle la flamme sous le regard circonspect de S'Ylice demeuré en retrait.

L'obscurité : son alliée. Instant fragile où la réalité se dissout, où la scène lui échappe pour mieux se reconstituer au travers des sens qui font sa réputation.

Si les ophidiens ont, par essence, un odorat exceptionnel, le sien échappe aux normes. Comme d'autres, il aurait pu devenir fou, se laisser envahir, submerger par ce flot d'informations qui accapare l'esprit et finit par le broyer, ou se résoudre à couper sa langue et se replier sur lui-même. Il a choisi l'épreuve, un face-à-face qui a duré plusieurs dizaines d'années, qui l'a confronté à son corps et ses limites. Un travail long, fastidieux, pour discipliner et dominer son odorat, pour faire en sorte que l'esprit soit toujours vainqueur.

Il se souvient du début, de cette sensation d'étouffement qui hante encore ses catalepsies, de la muselière de vieux cuir qui empêchait sa langue de jaillir, puis des écartements pratiqués millimètre par millimètre pour ménager l'afflux des odeurs et apprendre, des mois durant, à le maîtriser. Il s'était vu sombrer plusieurs fois, le crâne transformé en caisse de résonance, prisonnier de ses fantasmes, mené au galop par son imagination, en équilibre au bord d'un gouffre qui ressemblait à l'omniscience. Un visage, une vie, une histoire derrière chaque odeur. Pouvoir retirer sa muselière dans une cité, même endormie, avait longtemps relevé de l'utopie. Pour vaincre, il avait fallu échapper à des pulsions de mutilation, oublier qu'un simple coup de dents ferait taire toutes ces voix qui bruissaient dans son esprit. Il avait erré des nuits entières dans des faubourgs déserts, le corps saisi de convulsions à force de résister.

Mais il avait résisté. Des nuits, puis des mois, et enfin des années jusqu'au jour où, du bout des ongles, il avait cisaillé les attaches de sa muselière quelques heures après avoir été nommé sydion de l'Alliance ophidienne.

La nuit, qui avait longtemps été sa plus fidèle ennemie, territoire de l'irrationnel et de l'imaginaire, était devenue une amante, un espace connu, familier et rassurant. Son odorat était désormais une arme redoutable que l'obscurité transcendait.

Le corps de S'Érum se pétrifie, à la frontière de la catalepsie. Il doit s'effacer, faire de son esprit un espace vierge capable de percevoir les infimes nuances qui planent dans la pièce. Aucun frisson, pas même un léger tressaillement, ne parcourt ses milliers d'écailles.

Sa langue jaillit comme une flèche, oscille en suspension et se rétracte brutalement. Un coup de sonde pour mesurer la difficulté. Il isole sans peine l'odeur de S'Ylice et se concentre sur la chambre.

S'Holth, le colporteur, a vécu ici. Suffisamment longtemps, en tout cas, pour que ses effluves dominent et imprègnent la plupart des objets. Dans un moment pareil, au contact d'une odeur destinée à disparaître, S'Érum se sent triste. Un sentiment diffus, presque engourdissant. Bientôt, S'Holth n'existera plus. De lui il ne restera qu'une poignée d'ossements étouffés, bâillonnés par le parfum de la mort. Le petit nombre d'individus qui composent le peuple serpent rend chaque disparition plus cruelle que la précédente. Depuis près d'un siècle, l'Alliance ophidienne protège ses œufs mieux que ses patriarches.

Les parfums qui singularisent le colporteur ressemblent à une meute de spectres invisibles. À la périphérie du bassin, il y a l'odeur poivrée et entêtante de ses retours de la surface, lorsqu'il se glissait dans l'eau avec soulagement. Cadwallon et ses miasmes se sont invités jusqu'ici. Le marbre a également conservé l'empreinte du dernier repas et d'un plateau d'argent. Vague fumet d'amande, d'orge et de safran, et un dernier, plus soutenu, de foie humain, plat traditionnel apprécié des gourmets. Manger n'a pas toujours été un art premier dans l'histoire du peuple serpent. Le raffinement culinaire est venu avec le temps, comme un besoin, une nécessité d'inventer de nouveaux plaisirs dans les sombres replis d'Aarklash. S'Érum n'y a jamais pris goût, excepté en de rares occasions pour satisfaire sa curiosité. La cuisine produit parfois des senteurs primaires qui reposent son odorat.

Sa langue pointe à nouveau. Il cherche du côté du renfoncement, autour de l'instrument qui, pour l'instant, ne semble pas cadrer avec le reste. De mémoire, aucun ophidien n'a jamais joué ni même écouté de la harpe. Le parfum d'un humain, un mâle, imprègne les soixante-dix-huit cordes. S'Érum décèle des émotions contradictoires, peur et plaisir entremêlés. Il faudra interroger l'homme et cerner les rapports entretenus entre le maître et l'esclave.

Les livres, à présent. Leur absence intrigue S'Érum et le pousse à évoluer lentement dans la pièce, la langue déployée. L'odeur stagne presque partout. En dépit du tannage et des bains de lait de chaux, la peau de parchemin garde toujours une vague empreinte animale. Sans surprise, il a reconnu celle du mouton, une peau réservée à l'usage courant. Les parcheminiers ophidiens, eux, préfèrent le vélin, de qualité bien supérieure. Conclusion : S'Holth ne conserve aucun des ouvrages achetés en surface. Peut-être vient-il ici pour les lire ou tout simplement les feuilleter avant de les confier aux archivistes de l'Erratum.

S'Érum s'aperçoit qu'il n'a encore qu'une vague idée de la personnalité et du rôle du colporteur au sein de la bibliothèque. Il a imaginé un lettré lové sur un tas de vieux livres, un frère rachitique à l'esprit et aux écailles poussiéreux. La mort, pourtant, n'a pas encore dissipé l'impression de vigueur qui se dégage du cadavre. Il lui tarde déjà de procéder à un examen attentif, de pouvoir palper, soulever, écarter, disséquer – bref, de reconstituer l'histoire du corps pour cerner la victime. L'enquête prendra du temps, il le sent. L'ennemi avance voilé. Une intuition, le sentiment que rien n'a été laissé au hasard, que la chasse a commencé à la seconde où il est entré dans la bibliothèque, peut-être même avant, alors qu'il quittait sa retraite pour rallier les jardins du quartier des Couturiers. On a tué à l'écart, loin des regards, dans un écrin rocheux, sans laisser d'indice. Pour S'Érum, les preuves qui dénoncent sont des sillages. Découvrir le sillage constitue l'acte fondateur qui relie le sydion à sa proie.

Rien, dans ce qu'il a vu ou senti, ne témoigne de l'affolement ou de la précipitation de l'assassin. Un acte prémédité, donc. Mûrement réfléchi, anticipé, avec un avant et un après, une préparation, le choix du lieu, une fuite calculée… La victime a été tuée chez elle, dans un moment de relâchement. Le coupable la craignait, d'une manière ou d'une autre, et redoutait un affrontement d'égal à égal. Il a préféré attaquer au moment où elle était la plus vulnérable.

La pièce ne recèle pas d'autres odeurs que S'Érum puisse détecter. Il en a assez, de toute façon. S'il persévère, il prend des risques. À la périphérie de sa conscience, il a identifié les premiers symptômes du manque. Sa température a baissé et de petits sifflements, brefs mais insistants, résonnent dans ses oreilles. Se purifier est devenu une nécessité.

S'Ylice l'escorte jusqu'à l'entrée de la demeure dans un froissement d'étoffe.

– Personne ne doit entrer ici, ordonne S'Érum au moment où ils franchissent le seuil.

– Bien entendu.

– Je suppose que l'Erratum a soigneusement fermé ses portes depuis la découverte du corps ?

– Mon maître y a veillé.

– Je croyais que personne n'était ou ne devait être au courant du meurtre…

– Nous fermons souvent les portes par mesure de prudence. La procédure n'a pas éveillé de soupçons.

– Vous avez des passages plus discrets que l'entrée principale, je suppose ?

– Un seul. Dans l'axe du Pilier.

– Fermé également ?

– Le maître s'en est chargé personnellement.

– Vous avez vérifié que personne ne manquait à l'appel ?

Le regard de S'Ylice s'étrécit.

– Si c'était le cas, vous ne seriez pas ici.

S'Érum hésite. Il voit bien que l'archiviste s'est enveloppé dans sa cape pour masquer de brusques écarts de température. Les guerriers n'ont rien remarqué, mais S'Érum, lui, a perçu une pulsion meurtrière à la frontière de l'animalité. Une rage inouïe, inextinguible.

Un silence les sépare. Le sydion admet qu'il faudra se méfier de ce jeune mâle et, surtout, tenter de comprendre la nature du message adressé par le maître archiviste. S'agirait-il d'un avertissement, d'une manière détournée de rappeler à son hôte que S'Ylice joue le rôle d'un chien de garde dont il peut lâcher la laisse à tout moment ? Pire encore, le crime est un piège orchestré par les patriarches, un moyen de l'attirer jusqu'ici pour se débarrasser de lui. Manipulé avec soin, S'Ylice peut devenir le parfait coupable. Qui s'étonnerait de voir un fils venger sa Mère dont le parfum flotte encore sur les mains de son bourreau ? D'ailleurs, n'est-il pas étrange qu'au moment même où le meurtre a été commis et qu'on avait besoin de lui, il se soit trouvé à Cadwallon… Troublante coïncidence. Il doit faire attention, considérer l'Erratum comme un territoire neutre, peut-être même hostile, et ne pas relâcher son attention sous prétexte qu'il est lié d'amitié avec le maître des lieux.

S'Érum sent que le manque aiguise sa paranoïa.

– Je me retire, dit-il d'une voix neutre. Veillez à ce qu'une liste précise des occupants me soit livrée dans les plus brefs délais, esclaves compris. Ainsi qu'un rapport précis sur les allées et venues ces dernières quarante-huit heures. Avertissez vos guerriers : je les interrogerai dans la nuit. Où sont les esclaves du colporteur ?

– Il n'y en a qu'un. Nous l'avons mis au secret dans la tour du maître. Il n'a rien vu…

– Un syhé ?

– Non.

– Je veux le rencontrer en priorité. Je commencerai par là. Une dernière chose : prévenez la garde qu'elle doit demeurer sur le qui-vive. Faites en sorte qu'on redouble les patrouilles dans les grottes périphériques et qu'on double le nombre de tireurs à l'entrée. La menace peut venir de l'intérieur comme de l'extérieur. L'assassin se cache ici, parmi nos frères.

L'eau apaise le manque.

De retour dans ses appartements de l'hôtellerie, il s'est plongé aux trois quarts dans le bassin et observe sa syhée, les paupières presque closes. Debout, face à lui, elle se déshabille lentement. Elle s'est débarrassée de ses sandales en premier, puis, d'un bref mouvement, a défait l'attache qui retenait la soie sur sa poitrine. Ses seins sont petits, fermes, d'une couleur laiteuse. Elle s'offre au regard du maître, sent ses tétons durcir et cambre légèrement les reins. Puis, le geste exercé, elle se penche en avant et fait sauter entre ses doigts les minces verrous de ses jambières. Le métal s'effeuille et dévoile ses cuisses pâles. À hauteur des genoux, les articulations de l'armure ont fini par creuser un mince sillon, semblable à une cicatrice. Ayane se redresse, sourit et ébouriffe ses cheveux noirs.

L'érotisme les rapproche. D'une certaine manière, la sensualité devient un subterfuge, un moyen déguisé de tisser entre l'humaine et l'ophidien un dialogue silencieux comparable aux vibrations.

Elle s'accroupit au bord du bassin, les fesses sur les talons, les bras serrés autour des jambes, et vrille son regard bleu nuit aux pupilles dilatées du maître.

Elle voit combien il est proche du point de rupture, combien le repos et l'oubli promis par les fleurs de cendre scandent leur vie à tous deux. Il n'a rien dit du crime et garde la mâchoire fermée comme si la muselière était encore en place.

Ayane se déplie et, les bras en appui, glisse lentement dans le bassin à la lumière des bougies qui crépitent sur le sol. Le regard du maître s'attarde sur son ventre avant qu'il ne disparaisse dans l'eau. Les coutures exercent sur lui une fascination morbide.

L'eau lui arrive juste au-dessous des seins. Elle avance lentement et sent les pétales des nénuphars semés à la surface se coller contre sa poitrine. Il la laisse venir, sans réaction, mais frémit lorsqu'elle prend l'extrémité de sa mâchoire entre ses mains.

– Mon éternel… murmure-t-elle.

Elle est venue se blottir à sa gauche, ramassant au passage une large pierre ponce sur le bord du bassin. Elle la tient dans une main et l'approche de sa gueule. Un rituel, un moment où le maître donne ou non son accord pour s'abandonner à ses caresses. Il ferme les yeux, épuisé par son combat intérieur.

Sous le regard de sa seule syhée, il peut se relâcher et paraître sans mensonge ni cuirasse. S'Érum ne veut pas lui dire à quel point ses frères l'ont usé, combien il lui est de plus en plus difficile de résister à l'envie de sombrer à jamais dans les songes de cendre. Sa foi est intacte, mais son cœur s'assèche à chaque trahison. Il n'est plus très sage, aujourd'hui, de l'avoir pour ami. Les patriarches n'ont jamais pu se faire à l'idée qu'un autodidacte puisse devenir sydion et les faire trembler, qu'il résiste à leurs pressions et refuse leurs compromis. Ils haïssent sa liberté ; ils redoutent sa fierté et sa fidélité aux principes fondateurs de l'Alliance.

Une liberté chèrement acquise. S'Érum a vu l'étau se resserrer sans parvenir à convaincre que les lois, si poussiéreuses soient-elles, doivent demeurer la clé de voûte de l'Alliance. Sous prétexte que le peuple serpent ne peut se priver d'une seule âme à l'heure du Rag'narok, les patriarches ont osé proposer que certains assassins soient soustraits à la justice. De telles suggestions renforcent la détermination du sydion. S'Érum croit à son combat, à sa mission, à une justice implacable en mesure d'empêcher le poison de la décadence de contaminer l'Alliance tout entière.

Ayane a glissé un bras autour de son cou et, de l'autre, promène doucement la pierre ponce sur les écailles. L'esprit de l'ophidien s'engourdit et se ferme.

Une heure a passé. Ayane s'est assoupie sur le pas de la porte, son épée en travers des cuisses. Vierge des miasmes cadwës et de tous les parasites qui pourraient altérer ses songes, S'Érum a quitté le bassin pour s'enrouler autour des branches tordues de l'eyzom qui offre à son corps des espaces privilégiés pour alléger la tension des muscles et des vertèbres.

Une bouffée de nostalgie étreint le cœur du sydion. Il se souvient, avec une acuité presque douloureuse, des longues expéditions en compagnie de son vieil ami S'Orayle, le pourvoyeur de trône, des quelques semaines arrachées au temps, sur d'antiques sentiers de la forêt d'émeraude, à la recherche d'eyzoms exceptionnels nourris aux magies de la terre. Avec lui, S'Érum a goûté à l'apaisement, à des moments précieux où il a pu reprendre son souffle loin des intrigues et préférer le sillage de la nature à celui des assassins. À l'époque, Ayane ne faisait pas encore partie de sa vie et S'Orayle incarnait son unique chemin de traverse.

Ils t'ont tué, compagnon, songe-t-il avec amertume. Ils n'ont pas supporté notre amitié ; ils n'ont pas toléré tes rêves et ton désir sincère de n'appartenir à aucune famille. Comme moi, tu étais libre, alors ils t'ont considéré comme un paria, ils t'ont poursuivi, harcelé. Ils t'ont acculé à une mort indigne, et ont fait en sorte que le suicide devienne pour toi l'ultime recours. Je me souviens encore de ce patriarche aux yeux fuyants venu m'annoncer le pire. J'ai su, plus tard, que tu avais toi-même confectionné la corde pour te pendre, que tu avais choisi l'heure et le lieu, que tu t'étais réfugié une dernière fois dans la forêt d'émeraude pour y choisir la meilleure branche parmi ces arbres que tu aimais tant… Un jour, crois-moi, j'irai accomplir ce pèlerinage, là-bas, pour retrouver ton parfum.

Le manque le fragilise. Grâce à Ayane, pourtant, la langue de feu qui fouettait ses entrailles n'est plus qu'un tapis de braise, une souffrance tolérable et diffuse.

La dernière bougie s'est consumée dans un grésillement. Le parfum de la cire plane autour du bassin. Dans la pénombre, juste au-dessous de S'Érum, se profile la silhouette d'une fleur de cendre. Il a choisi la caisse qui contient la plus ancienne pour retrouver le goût de sa première exécution. Le souvenir de S'Orayle l'a rendu nostalgique.

Sa langue oscille un bref moment dans les airs, se faufile entre les pétales et s'enfonce, comme un dard, dans un pistil couleur d'ardoise.

Un long voyage dans les méandres du passé, un long voyage à travers les fleurs qui cristallisent le souvenir de ses victimes. Dès les premiers instants, S'Érum a la sensation de s'extraire de son corps. Il plonge dans un monde d'obscurité, un monde qui pourrait avoir la taille d'un continent ou celle d'une grotte. Il n'a jamais cherché à explorer cet espace, de peur de se perdre. Son corps est là, dans le noir. Comme une balise, un phare qui le ramènera en temps voulu à la réalité.

Son esprit commence à se mouvoir. Lentement puis de plus en plus vite. Il progresse en cercles autour de son propre corps et perçoit déjà un premier effluve familier, la signature de S'Aramand.

Les parfums qui caractérisent la personnalité et l'histoire de ce thémiurge forment encore un bouquet chaotique, une entité protéiforme qui mélange le passé et l'avenir. S'Érum a appris à s'en méfier. Il faut apprivoiser la tempête, faire en sorte que les souvenirs s'organisent et deviennent un portrait cohérent de la victime. Ici, loin de son corps et de sa pesanteur, il évolue, les yeux fermés, dans un jardin aux senteurs mémorielles.

Le thémiurge a assassiné un enfant dont S'Érum retrouve parfois l'odeur. Une petite créature, sortie de l'œuf cinq ou six heures plus tôt, sacrifiée sur l'autel des recherches entreprises par le thémiurge. S'Érum n'a jamais cherché à comprendre les motivations de l'assassin. Au cours de la confrontation, S'Aramand a plaidé sa cause avec sincérité, mais le sydion n'a pas écouté. Pas plus qu'il n'a écouté le plaidoyer des patriarches qui réclamaient un sursis, visiblement intéressés par les recherches du thémiurge.

Une affaire simple. Pas de traque, pas de sillage. Juste une sentence et une exécution sommaire, à la périphérie du sanctuaire. Dans le noir, les sens apaisés, S'Érum se remémore la scène avec précision. Il revoit leur reptation en surface ; à travers bois, il entend encore le froissement des feuilles mortes sous ses écailles et les suppliques de son prisonnier. Il a voulu une exécution en pleine nature, sous les arbres, loin du sanctuaire et de ses patriarches. S'Aramand a mis du temps pour accepter de se redresser contre un arbre et recevoir la sentence. S'Érum se souvient de sa gueule tordue par la peur et la frustration. Jusqu'au bout, il a voulu justifier son crime et faire valoir que la vie d'un nouveau-né n'est rien comparée à ses recherches. S'Érum se souvient d'avoir ri en pressant la détente, avant que le crâne du thémiurge explose et éclabousse le tronc d'une traînée rosâtre.

Le souvenir apaise S'Érum. Le souvenir détend ses muscles et ses nerfs. La fleur de cendre lui offre un exutoire, une manière de combattre ses instincts les plus primaires.

Le temps s'écoule au ralenti. L'obscurité est un cocon. Il goûte à nouveau l'odeur du bois fraîchement coupé, l'odeur du cadavre qui se consume dans les flammes. Le thémiurge a brûlé longtemps avant que S'Érum puisse rassembler les cendres et les glisser dans la coquille vide de la victime, cet œuf transformé en urne funéraire. Il a enterré l'œuf au milieu d'une clairière et patienté tout l'automne avant de revenir sur les lieux pour cueillir sa troisième fleur de cendre.

S'Érum achève toujours son voyage en se remémorant le parfum qu'il a senti ce jour-là, cette première fois où il s'est penché sur les pétales pour humer l'âme défunte du thémiurge. Cette odeur est une empreinte indélébile dans sa mémoire, un jalon qui, aujourd'hui encore, le rend serein.

Chapitre IV

La nécropsie est une science de l'Obscur. Étudier un cadavre est comparable au viol d'une sépulture. Qui d'autre que les serviteurs des Ténèbres aurait pu ériger en discipline scientifique une pratique née de la profanation des défunts et de la plus abjecte torture ?

Masselius.

Une heure du matin. Ils laissent derrière eux la salle principale de l'hôtellerie où S'Hysme reçoit pour dîner. S'Érum compte bien répondre présent à la prochaine invitation et profiter de l'occasion pour mettre des noms sur les gueules de l'Erratum. Il n'a pas encore d'idées claires sur l'état d'esprit de ses habitants. Il lui manque une prise sur la réalité quotidienne de la bibliothèque, une perception plus globale des mentalités et des usages.

S'Ylice les attend à l'embarcadère avec un guerrier. Ils grimpent dans la barque en silence et prennent la direction du Pilier pour rencontrer l'esclave de S'Holth mis au secret.

S'Érum se sent en pleine forme. Les songes de cendre ont relégué ses instincts dans un coin de son esprit. Sur sa poitrine se croisent désormais deux grandes bandes de maille cousues en forme de cartouchière. Tous les instruments qui lui servent à étudier et analyser la scène d'un crime tiennent à l'intérieur : couteau et pierre à affiler, pinces à dissection, brosse, petits flacons de bronze, cordelettes, ciseaux... Chaque objet a sa place. Il ne supporte pas de perdre du temps à les chercher et en tient une liste précise, afin que sa syhée puisse les préparer et les nettoyer à l'aube de chaque enquête. Ce rituel lui tient à cœur, en particulier depuis qu'il sait que de nombreux patriarches considèrent la nécropsie comme un luxe inutile à l'heure du Rag'narok.

Il lui tarde de rencontrer l'esclave du colporteur. Il est bien placé pour savoir combien les humains éclairent parfois de manière inattendue la vie d'un ophidien.

S'Ylice les conduit à l'intérieur du Pilier et emprunte un escalier qui mène aux sous-sols. Les geôles de l'Erratum se résument à un large couloir aux murs humides et noirs, flanqué de chaque côté de cinq cellules identiques de quatre mètres carrés.

À travers les barreaux, Ayane distingue des hommes crasseux et squelettiques qui, à leur apparition, se recroquevillent dans un angle de leur cellule. En chemin, S'Ylice a précisé que les prisonniers constituaient tous des sujets d'expérimentation pour les invités de marque. *Des sujets conscients*, a-t-il conclu avec un sourire gourmand.

La puanteur est atroce. L'odeur de la peur et du désespoir suinte littéralement des murs. S'Ylice s'est immobilisé devant la troisième cellule de gauche. Le prisonnier est assis au milieu, en tailleur, les yeux grands ouverts, indifférent aux gémissements de ses compagnons.

Le maître s'approche à son tour et jauge son interlocuteur. À vue d'œil, le colporteur le traitait convenablement. Il doit avoir une vingtaine d'années et paraît en bonne santé. Il est vêtu d'un pantalon et d'un bliaud de laine serré à la ceinture.

Sur un geste du maître, S'Ylice ouvre la cellule. L'esclave se lève et salue au moment où S'Érum entre. Ses traits sont fins et austères, ses cheveux coupés court.

– Quel est ton nom ?

– Maliek.

Sa voix douce, modulée, musicale, offre un contraste frappant avec la sévérité de son visage.

– Quelqu'un a-t-il menacé ton maître en ta présence ?

– Non.

– Tu vivais avec lui ?

– Oui.

– Où ?

– Je vis à côté de la chambre du maître. Je possède ma propre chambre.

– Tu l'accompagnais à la surface ?

– Non.

– Ton maître lisait ?

– Le maître lit.

La disparition du colporteur n'a pas dissipé l'enchantement au fond de ses yeux. Il ne peut pas encore admettre consciemment l'idée de sa mort.

– Quel était ton rôle ?

– J'entretiens la demeure du maître et veille à ce qu'il ne manque de rien.

– Depuis combien de temps lui appartiens-tu ?

– Un an et sept mois.

– En surface, que faisais-tu ?

– Je ne comprends pas.

– Ton métier ?

– Je ne comprends pas.

Soupir de S'Érum. Le colporteur a procédé à un enchantement radical qui scelle les souvenirs de l'esclave. Pour Maliek, désormais, le monde se résume à l'espace délimité par les murs de l'Erratum.

– Tu joues de la harpe ?

– Oui.

– Tu jouais pour ton maître ?

– Oui, je joue pour le maître.

– Quel cycle de sommeil suis-tu ?

S'Érum sait que chaque ophidien définit pour son esclave le rythme des nuits. La réponse ne le surprend pas :

– Je dors de minuit à sept heures.

– Te souviens-tu de ta dernière nuit chez ton maître ?

– Je ne comprends pas. Je…

– Tu as dormi de minuit à sept heures ?

– Non. À six heures, j'ai été réveillé par maître S'Ylice.

Ce dernier confirme d'un hochement de gueule.

– Avant, tu dormais. Rien n'a troublé ton sommeil ?

La bouche de l'esclave se crispe une fraction de seconde.

– Non, répond-il.

S'Érum sent le battement de son cœur s'accélérer.

Le sillage de l'assassin, enfin. Il répète lentement la même question :

– Rien n'a troublé ton sommeil ?

L'hésitation est infime, à nouveau. Un ophidien moins expérimenté ne l'aurait sans doute pas remarquée. Pour S'Érum, elle constitue une preuve tangible, un indice qui confirme le talent de sa proie.

Manipuler l'empreinte d'un frère représente une opération particulièrement délicate. Il faut pouvoir contourner l'ensorcellement d'origine, celui qu'on appelle l'enskëm, s'y substituer le temps d'implémenter de nouveaux ordres et, enfin, se retirer sans laisser de traces, afin que ni l'esclave ni son maître ne puissent se douter de quoi que ce soit.

Le sydion n'entrevoit que deux explications plausibles. Soit l'assassin a tenté d'effacer ses traces en gommant la nuit du crime de la mémoire de Maliek. Soit il manipulait l'esclave depuis longtemps et se servait de la contre-empreinte pour espionner le colporteur.

S'Érum croche le menton de l'esclave entre ses ongles et fait pivoter son visage pour faire jouer la lumière dans ses yeux. Si l'assassin a bien laissé une trace, elle demeure invisible à l'œil nu. Pour en savoir plus, il doit consulter S'Ërïn, le seul ophidien susceptible de déchiffrer cette trace et d'en tirer des enseignements utiles.

Sans marquer la moindre hésitation, le sydion s'enroule rapidement autour de Maliek. Bras et jambes entravés, l'homme ne cherche pas à se débattre lorsque les doigts de l'ophidien se déploient autour de son visage pour le maintenir fermement en place.

Penché sur sa proie, S'Érum agit avec précision et procède, en quelques secondes, à l'ablation des yeux. La souffrance a raidi le corps de Maliek sans qu'un cri franchisse ses lèvres. S'Érum tient à le garder vivant et, une fois les deux globes glissés dans un flacon, il en extirpe un autre, en forme de poire, dont il vide délicatement le contenu dans les orbites énucléées. Cette pâte visqueuse, élixir cicatrisant acheté aux shakas du jardin des Couturiers, empêchera les blessures de s'infecter.

Il relâche doucement sa pression sur l'esclave qui s'affaisse sur le sol.

– Bande-lui les yeux, ordonne-t-il à sa syhée.

Puis, se tournant vers S'Ylice :
– Je le veux vivant. Veillez à ce qu'il ne manque de rien.

Retour sur la vaste terrasse du Pilier où règne une intense activité. Plusieurs barques sont venues s'amarrer à l'embarcadère et vomissent des dizaines d'esclaves qui transportent de larges caisses de bois.
– Nos plus précieux ouvrages, commente S'Ylice. Le maître tient à ce qu'on puisse les évacuer au plus vite. Au cas où…
S'Érum demeure silencieux, irrité par cette fébrilité nuisible à son enquête. Il aimerait raisonner S'Ardaï, mais doute que le vieillard soit sensible à ses arguments.
Dix minutes suffisent à rallier l'îlot des Religions et rejoindre la demeure du colporteur. Les deux guerriers n'ont pas bougé et veillent toujours devant la porte d'entrée.

La nécropsie commence à deux heures et vingt-sept minutes. Ayane vient de le consigner à la plume, sur la première page de son codex, un œil rivé à la montre naine posée sur son genou. Elle s'est installée à la place du harpiste, le dos calé contre la pierre, les jambes serrées. L'humidité rend l'exercice difficile, d'autant qu'elle n'aime pas écrire. L'encre a déjà goutté dans un coin de la page et ses lettres, toujours maladroites, ressemblent à un gribouillis.
Le maître se place juste derrière le colporteur, indifférent à l'odeur de putréfaction et, très délicatement, retire le cadavre du bassin. Puis il commence à parler à voix basse.
Les lèvres pincées, la syhée note :
Présents à la nécropsie : S'Érum, sydion de l'Alliance ophidienne (sous mandat de S'Ardaï, maître archiviste

de l'Erratum) ; Ayane, syhée sous tutelle du sydion, et S'Ylice, archiviste.

En début d'examen, la victime porte un collier de perles noires au tronçon supérieur. Spécifiquement absents : vêtements ou pièces d'armure.

Examen externe : le corps est celui d'un ophidien de taille adulte, normalement développé, mesurant huit mètres quatre-vingt-huit. Âge : Huit mues. Dernière mue estimée à six ou sept ans. La conservation est bonne pour le tronçon supérieur. Tronçon inférieur demeuré dans l'eau. La lividité s'est étendue aux écailles. La gueule présente un faciès de « constriction ». La langue est tranchée. Les yeux sont ouverts. Sang séché incrusté qui encombre les voies nasales. Matière croûteuse et sèche autour des yeux. Les iris sont jaunes, les cornées sont claires. Les pupilles mesurent trente et un millimètres. Les dents sont naturelles, en bon état. La mâchoire est neutre.

S'Érum s'est interrompu, la langue sifflante. En soulevant la gueule du cadavre pour examiner la nuque, il vient de découvrir une série de lacérations à l'arrière du crâne. *A priori*, des marques laissées par les ongles de l'assassin. Néanmoins, les caractéristiques de la blessure l'intriguent. La voix sourde, il reprend à l'attention de sa syhée :

Griffures à l'arrière du crâne. Quatre sillons parallèles. Profondeur : cinq centimètres. Coupures nettes des écailles. Trop nettes. Croûtes de sang…

La voix du maître se brise. Il rejette la gueule en arrière, les mâchoires frémissantes. Ayane bondit, la paume sur la garde de son épée. Il lui fait signe de ne pas bouger et rapproche sa gueule de la blessure.

– Clarté… murmure-t-il.

Sa langue fouette, rageuse, à quelques centimètres des lésions.

– Clarté, répète-t-il.

D'un petit geste de la main, il lui ordonne de retourner s'asseoir.

– Note ceci, dit-il :

Présence inexplicable du principe de Clarté sur le bord des blessures. Écartement irrégulier des sillons. Origine inconnue.

S'Érum regarde autour de lui. Il est inquiet. Sur sa langue, la Lumière a laissé un goût amer et froid. Des hypothèses confuses se mélangent dans sa tête. Une arme de Clarté ? Un complice ? Il n'admet pas qu'un assassin inspiré par ce principe parvienne à se dissimuler dans la bibliothèque sans être détecté par ses résidents. Les ophidiens savent reconnaître mieux que quiconque le parfum glacé de la Lumière.

S'Érum veut achever la nécropsie avant d'ébaucher des hypothèses. Il prélève plusieurs échantillons à l'intérieur des lésions et poursuit son examen.

Le *modus operandi* de la constriction révèle un détail intéressant : la pression exercée sur le corps manque de précision. Jusqu'ici, persuadé de traiter avec un assassin méthodique, il n'y avait pas prêté attention. Après une série de mesures, le doute n'est plus permis : la mise à mort est l'œuvre d'un amateur. Les points de rupture visibles à la surface du corps prouvent que le meurtrier s'est enroulé autour du colporteur en adoptant des courbes grossières, presque maladroites, alors même que les enfoncements témoignent d'une force considérable.

S'Hysme l'hôtelier ? Un ophidien qui ne connaît pas l'art de la constriction, mais qui se sait suffisamment puissant pour compenser par la force son manque d'expérience… L'hypothèse le séduit. D'autant qu'elle justifie l'emploi d'une arme de Lumière. Plus lourd et moins vif, S'Hysme aura préféré la ruse pour immobiliser sa victime. À vrai dire, l'hôtelier fait un coupable idéal. Qui d'autre, dans l'Erratum, pouvait avoir des contacts privilégiés avec la surface pour se procurer une telle arme ? Qui d'autre en recevant nuit et jour des frères et des alliés de l'Alliance venus du continent tout entier pouvait constituer une toile invisible pour acheminer et dissimuler cette arme dans la bibliothèque ?

Reste à estimer l'heure du crime et vérifier son alibi. En étant vissé à son trône, S'Hysme rend ses absences flagrantes.

Retour au corps. S'Érum n'a pas relevé d'autres anomalies et décide de commencer l'examen interne. Il s'empare de pinces à dissection et pratique aussitôt une première incision dans le sens de la longueur. L'odeur des viscères se répand dans la pièce.

Tronçon inférieur épargné par la constriction. Zones de nécrose avancée. Cloaque neutre. Rein neutre. Tronçon supérieur : dommages constrictifs aggravés. Colonne vertébrale brisée en quatre points. Côtes enfoncées également. Foie déchiré, brun foncé. L'estomac contient une bile verdâtre. Pancréas gris-rose et modérément ferme. Œsophage neutre.

Le grattement de la plume d'Ayane scande la litanie des organes. Aucune découverte significative. S'Érum n'a trouvé aucune trace connue ou visible d'un poison qui pourrait justifier la passivité du colporteur.

La nécropsie touche à sa fin et s'achève par la gueule du cadavre. Visiblement, le colporteur n'a pas eu l'occasion d'utiliser son venin. D'une légère incision, S'Érum libère le poison contenu dans les glandes et le recueille dans une fiole.

Il en a terminé avec le cadavre. Satisfait du travail accompli et troublé par les résultats obtenus, il décide de conclure par la fouille du bassin. Sa queue glisse entre les nénuphars et s'enfonce dans l'eau croupie.

Ses tâtonnements ne donnent rien… jusqu'à ce qu'il sursaute avec dégoût, au contact du cuir. Avec précaution, il épouse les contours de l'objet et l'extirpe à l'air libre.

Une sacoche munie d'une large bandoulière, gorgée d'eau. Les boucles, en or blanc, sont défaites. Aucune odeur décelable. L'eau et le sang l'imprègnent en profondeur.

Ayane repose sa plume. Elle voit la gueule du maître se creuser à la flamme des réminiscences et sait déjà que la nécropsie n'ira pas plus loin. Il est fatigué, écorché vif par les odeurs et en particulier celle du cuir qui le ramène à ses fantômes, à la folie qui présidait son isolement du temps où il titubait dans les ruelles d'une cité pour maîtriser les miasmes d'Aarklash.

Il s'est approché d'elle, le regard trouble. Elle pourrait baisser la tête, fuir ce regard qui la transperce, mais elle a déjà accepté la douleur qui gonfle à l'arrière de son crâne. L'aiguillon mental ressemble à une vengeance. Le maître la punit d'être réelle, elle serre les dents, elle crispe les poings. Avec une perversité étudiée, il s'emploie à rythmer la douleur comme un ressac, en attendant le meilleur moment pour lui donner sa pleine puissance. L'humaine et l'ophidien communient. Elle se recroqueville sur elle-même, les tempes broyées, les jambes agitées par des spasmes nerveux, et finit par s'écrouler sur le sol. Penché sur elle, le maître la torture sans éprouver de plaisir, mais avec la conviction d'assouvir un besoin atavique réclamé par son corps et son sang.

Ayane ne sent plus ses membres. Sa vie se résume à un trait blanc, une lame en fusion qui traverse son cerveau de part en part. La frustration du maître manque, cette fois, de la tuer. Il s'acharne avec une morgue désarmante ; il ne cherche même pas à la sentir ou à l'épargner. Elle a vu des hommes, des humains, lui faire l'amour avec cette même indifférence, préoccupés de leur seul désir, galvanisés par une bestialité mécanique au point de la nier, elle, alors qu'elle se tordait sous leurs assauts.

Les larmes la sauvent. Elles coulent, elles inondent ses joues en dépit de sa volonté et éteignent le brasier dans son crâne. Le maître se retire brutalement et s'éloigne sans un mot, dans un crissement d'écailles.

Ayane s'adosse contre la roche, essuie le sang qui perle sur ses lèvres et sourit à l'obscurité.

Chapitre V

Merin est un dieu aimant et clément.
Ceux qui croient en Lui devront expier les fautes de leurs pères et revenir sur la voie du Créateur.
Ceux qui croient en Lui devront consacrer leur existence à racheter les fautes des infidèles.
Ceux qui croient en Lui devront répandre Sa Parole.
Ceux qui croient en Lui verront la destruction et connaîtront l'oubli. Mais ils connaîtront aussi la renaissance et verront la seconde Création.

Extrait du *Codex de Merin*.

Mankenz le templier déguste une liqueur ambrée, les jambes croisées. Son invité, un administrateur gobelin des autorités portuaires de Cadwallon, l'observe avec déférence. Petit et tassé, le ventre mou, le gobelin est venu s'assurer que le navire akkylannien quitterait bientôt le port.

Pour l'heure, l'administrateur se dandine, gêné par le silence qui a ponctué son entrée dans la cabine du templier. La mise négligée de l'Akkylannien le met mal à l'aise. Il porte une longue veste de velours rouge ornée de gros boutons d'ivoire et ouverte sur un thorax aux côtes saillantes. Une maigreur ascétique, un visage glabre, au teint cendreux. Ses yeux verts, très clairs, le toisent avec condescendance.

L'administrateur s'agrippe au large cahier qu'il tient serré contre sa poitrine. Il sue à grosses gouttes dans son vieil uniforme sable et or de la capitainerie et apprécierait que ce diable d'Akkylannien ait la bonté de lui offrir à boire.

Mankenz dépose le verre de cristal sur l'accoudoir de son fauteuil et déplie ses longues jambes. Le gobelin se ratatine près de la porte et s'humecte les lèvres.

– Il faut que vous partiez, dit-il.

L'Akkylannien acquiesce d'un petit mouvement du menton. Il s'est approché d'un miroir en pied et se coiffe lentement face à son reflet. Ses cheveux blancs tombent en mèches plates jusqu'à la taille. Il les ramène en queue-de-cheval, les noue avec un ruban de tissu gris perle et se retourne vers son invité.

– Je pars bientôt, confirme-t-il à voix basse.

Une voix chaude et mélodieuse. Le gobelin renifle et tapote sur son cahier.

– C'est que... cette fois il me faut une date, seigneur. Mes supérieurs sont inquiets. Votre sécurité n'est plus garantie. Nous craignons une initiative... malheureuse des riverains. Ils sont de plus en plus nombreux à se plaindre du bruit.

– Je paye assez cher pour que vos riverains restent tranquilles.

– Certes, seigneur. Et mes supérieurs apprécient votre générosité, je vous prie de le croire. Cela dit... il n'y a pas que les riverains...

Mankenz hausse un sourcil. L'administrateur fait un pas en arrière et ajoute, la voix chevrotante :

– La milice, seigneur. Elle commence à tendre l'oreille. La rumeur enfle et mes supérieurs ne sont pas certains de pouvoir l'arrêter.

L'Akkylannien noue une épée à sa ceinture comme si l'entretien devait prendre fin.

– Préviens tes supérieurs que nous quitterons le port dans moins d'une semaine.

Une profonde gratitude se peint sur le visage de l'administrateur.

– C'est parfait, absolument parfait… Je vous remercie, seigneur.

L'Akkylannien ferme les yeux et congédie le gobelin d'un geste vague. Quelques secondes plus tard, un templier pénètre dans la cabine. Mankenz l'invite à s'asseoir dans le fauteuil et va s'adosser à une lucarne qui donne sur le port.

Lysandre est un géant de deux mètres dix, une force de la nature au visage poupin.

– Il y a un problème ?

– Non, aucun problème. Nous sommes prêts, dit Mankenz en observant les lueurs qui scintillent au bord des quais. Le Vieux Maître a donné son accord.

Le géant se frotte les mains. L'accord du Vieux Maître vaut toutes les prières. Voilà cinq ans, Lysandre a même confectionné de ses mains une petite statuette à son effigie, une figurine en argile dont il ne se sépare jamais, qu'il porte nuit et jour, suspendue à son cou au bout d'une chaîne en argent.

– Quand ? souffle-t-il.

– Très bientôt. Je dois attendre le signal de notre guide.

Lysandre ne comprend pas tout. Il ne comprend pas, par exemple, pourquoi Mankenz a accepté de recevoir l'ophidien et surtout de lui faire confiance. Pour Lysandre, le monde n'est qu'un vaste territoire soumis aux démons, aux femmes et aux hérétiques. Ses poings se serrent. Cette nuit, il a encore rêvé de Sylène, de ses grands yeux dorés. Elle ne veut pas partir malgré ses prières. Elle revient, presque chaque nuit, pour lui susurrer des horreurs à l'oreille. Il a beau s'enfouir sous la couverture et serrer contre son cœur la statuette du Vieux Maître, Sylène ne renonce jamais.

Mankenz s'est glissé dans le dos de Lysandre et pose une main rassurante sur son épaule.

– Tu as rêvé cette nuit. Tu as beaucoup parlé.

Lysandre baisse les yeux.

– Elle vient presque chaque nuit maintenant, dit-il d'une voix sourde.

– Un jour viendra où les femmes ne seront plus un danger pour toi ni pour personne.

– Même dans les rêves ?

– Même dans les rêves, confirme le templier en serrant l'épaule de son compagnon.

Les deux hommes observent un moment de silence. Mankenz a repris son verre et boit, les yeux mi-clos, perdu dans ses pensées.

Lysandre s'agite sur son fauteuil.

– Je suis allé dans la cale, confesse-t-il du bout des lèvres.

– Encore ? Je t'ai pourtant dit…

– De ne pas descendre, oui, je sais. Mais j'ai… j'en ai besoin.

– Tu l'as torturée ?

Le géant grimace.

– Un peu.

– Merin te regarde.

– C'est plus fort que moi, tu le sais. La savoir là, dans la cale… juste sous nos pieds. Je me sens mieux quand je…

– Quand tu la tortures ? Dis-le, mon ami, dis-le, c'est important.

– Quand je la torture…

– Tu prieras avec moi ce soir. Je te sens fragile.

– C’est l’attente qui me rend fou. Et ce maudit navire qui tangue, qui n’arrête jamais de tanguer. À croire qu’il a été construit pour ça.

– La fin est proche. Tu dois rester patient.

Mankenz porte le verre à ses lèvres et accueille avec un soupir satisfait la caresse de l’alcool.

– Je veux me battre, grommelle le géant.

– Je sais. Heureusement, d’ailleurs, tu ne sais rien faire d’autre.

– Je veux me battre, répète Lysandre avec insistance. Pourquoi tu ne me laisserais pas aller à terre et…

La gifle claque sur sa joue en laissant un sillon rougeâtre. Lysandre essuie le sang du plat de la main.

– On ne bouge pas d’ici, articule Mankenz. Ni toi, ni moi, ni personne.

– D’accord, excuse-moi.

– Nous sommes des templiers, des soldats de Merin. Crois-tu que nos frères perdaient patience dans leur cellule avant d’être conduits au bûcher ?

– Non… non.

Lysandre baisse les yeux, honteux. L’ère des bûchers a enfanté la loge dans l’odeur âcre de la chair brûlée. Il a pleuré, comme tous les autres, au récit de ces templiers exténués, de retour de la bataille de Kaïber, qui avaient découvert un empire soumis et meurtri par l’Inquisition. Les serviteurs de l’Église s’étaient répandus sur leurs terres comme une nuée d’insectes voraces. Les templiers avaient appelé à la raison, ils avaient osé braver l’autorité de l’Église… Lysandre sent sa gorge se nouer. Mankenz lui a expliqué en détail comment ils avaient été traqués comme des bêtes sauvages, traînés hors de leurs domaines pour être jetés vivants dans les flammes.

Mankenz se penche sur le géant, les yeux embrasés.

– Pour te battre, tu devras attendre le moment propice. Tout comme nos frères ont attendu le moment propice pour créer la loge.

Mankenz traverse les cales à grands pas en saluant les templiers rassemblés dans les entrailles du *Karl IV*. Le vaisseau ressemble à une forteresse. Des caisses chargées d'armes s'empilent dans les coursives, des hommes s'entraînent comme ils peuvent dans l'atmosphère confinée de leurs cabines. D'autres, assis à même le sol, démontent et nettoient leurs pistolets. La tension est perceptible. Malgré leur entraînement, malgré le serment qui les lie, tous ces templiers en ont assez d'attendre à l'intérieur du bâtiment. Des échauffourées éclatent presque chaque jour et obligent Mankenz à intervenir personnellement pour calmer les esprits. La corde qu'il a tendue menace à tout instant de se rompre, il le sait et s'en remet à Merin lorsque le doute s'installe.

Il incarne à lui seul la faction des orphelins, celle que le Vieux Maître a confiée au commandeur Lorthis. Bien qu'il n'accompagne jamais ses fidèles sur le terrain, l'ombre de Lorthis se confond avec celle de ses fils adoptifs.

Mankenz est un orphelin, un enfant des croisades. La plupart de ceux qui s'entassent dans les coursives du *Karl IV* partagent cette filiation brisée, cette enfance confuse sous le signe du chagrin et de la fierté.

Mankenz a grandi aux portes de la commanderie de l'Est. Il garde un souvenir précis de sa mère, celle que les templiers appelaient la Dorée pour ses cheveux blonds, presque blancs, qui tombaient en boucles épaisses sur ses épaules. Veuve de guerre, veuve du Merin unique, elle avait refusé de rentrer au pays, convaincue qu'elle devait élever son fils là où le père était tombé au nom de la Lumière.

Mankenz se souvient de ses silences, de ses yeux délavés par le chagrin, et surtout des crépuscules, ces moments où, le souper achevé, elle l'invitait à s'asseoir sur ses genoux pour lui lire un passage du *Codex de Merin* et surtout lui parler de son père. Elle tenait à ce que le fils sache qui était ce templier sans visage, pourquoi il était venu jusqu'ici, avec femme et enfant, pour consacrer ses forces à l'Unique. Mankenz a aimé cet homme qu'il n'a jamais connu. Il a aimé sa foi et sa bravoure, il a aimé lire la fierté dans les yeux de sa mère lorsqu'elle évoquait son combat.

Mankenz a voulu ressembler à ce héros, il a voulu goûter à ce bonheur si simple de servir la Lumière. Avec les autres enfants de son âge, il a appris à se battre et à égrener, les yeux fermés, la longue liste des braves gravée sur la façade de l'église.

Tout a changé à la mort de sa mère, au terme d'une longue agonie. Mankenz n'a jamais raconté les longs mois à son chevet ni cette nuit sans lune où il a cédé aux suppliques de la Dorée pour mettre un terme à ses souffrances. Il l'a tuée.

La suite, Mankenz la conserve comme un trésor au tréfonds de son âme. Il a quinze ans, il est orphelin et rejoint pour de bon tous ceux qui, comme lui, vivent auprès du vieux Lorthis. Ils constituent une fratrie, une véritable famille dans le giron de ce templier bourru et boiteux qui s'est mis en tête de former et de discipliner les orphelins de la commanderie. Une vie âpre et ascétique, dévolue à la Lumière. La foi de Mankenz s'est encore fortifiée sous le ciel cendré de la commanderie pour devenir une force vitale. Il n'a posé aucune question lorsque, une nuit, Lorthis les a choisis, lui et une poignée d'autres, pour marcher vers l'église et rencontrer l'émissaire de la loge.

Un recruteur, un homme au regard d'acier qui les a

alignés sous le transept, qui les a observés un long moment avant d'écarter la moitié d'entre eux et inviter ceux qui restaient à le suivre jusqu'à Carthag-Fero.

Mankenz n'a pas été surpris, comme s'il avait attendu ce moment depuis longtemps, depuis l'instant où il avait plongé, sans trembler, le poignard dans le cœur de sa propre mère.

La loge de Hod les a choisis, eux, les orphelins de Lorthis. Seuls quelques hauts dignitaires du Temple connaissent l'existence de la loge. Elle est l'arme de l'ombre, une élite qu'on dépêche là où il n'y a plus d'espoir, là où la discrétion et le fanatisme doivent se conjuguer pour triompher des Ténèbres.

À la pointe du jour, lorsque Mankenz et ses frères orphelins ont quitté la commanderie en compagnie du recruteur et de Lorthis, tous avaient prêté serment à la loge de Hod.

Chapitre VI

Mon cher,
Je crois que les ophidiens, bien qu'ils appartiennent aux peuples anciens, souhaitent sincèrement vous compter parmi nous. S'ils prétendent se moquer de nos ambitions et de nos fragiles existences, il est évident qu'ils ont besoin de vos clones et de nos talents pour la nécromancie. En outre, cette alliance devrait nous permettre de mieux préparer la prise de contrôle de Cadwallon.

Votre ami, D.

S'Érum déguste à petites lampées une liqueur brûlante, un mélange d'eau, de miel et d'épices bouillies. Le liquide agit comme un baume sur sa langue fatiguée.

Face à lui, S'Ardaï se tient immobile. Ils ont pris place aux deux extrémités d'une longue barque pour s'isoler, au nord de l'îlot des Religions. Le maître archiviste a laissé un bras pendre au-dessus de l'eau. L'ongle de son index effleure la surface, faussement nonchalant. Les vapeurs forment autour d'eux un écran tiède et nébuleux.

– Je n'aime pas ce que j'ai vu, dit S'Érum d'une voix sourde.

Une grimace déforme les vieilles écailles du maître archiviste. Le sydion se dérobe une fois encore en usant de la parole.

– Et qu'as-tu vu ?

– Un mort et ses secrets.

S'Ardaï se raidit. Les pointes d'un cilice crissent sur sa peau usée. L'embarcation tangue légèrement.

– Donne-moi des faits.

– Pas encore. Ton cadavre soulève bien plus de questions qu'il n'en résout. Sur quoi travaillait-il ?

– Je l'ignore.

– Un individu solitaire, qui vit à l'écart, qui procure à l'Erratum ses ouvrages les plus précieux... Et tu le laisses faire ? Tu ne me dis rien, frère. Tu es sénile ou tu mens.

– Sois prudent, sydion.

– Réponds.

– Je l'ai formé. Il a grandi ici, parmi nous. Protégé et choyé par les siens. Quatre mues pour découvrir notre bibliothèque, faire corps avec elle, la comprendre et la sentir mieux que moi. J'ai trop exigé de lui. Trop longtemps.

– L'expérience close... commente S'Érum d'un ton neutre. C'est bien ça ?

Le sydion connaît bien ce projet utopique et malsain né dans l'esprit d'une poignée de patriarches. L'expérience close avait pour ambition de constituer une élite pensante, cantonnée à l'Erratum, formée au contact unique des siens et éduquée par les milliers d'ouvrages de la bibliothèque. Une élite vierge, intellectuellement supérieure, coupée de l'extérieur.

– Aucun frère ne peut survivre sans avoir voyagé en surface, concède le maître archiviste. Pourtant, j'ai cru à l'expérience close. Elle était un bon principe pour former nos enfants loin des miasmes de l'humanité.

– Un principe décadent. Aucun livre ne peut raconter l'humanité, aucun livre ne peut te faire sentir ce que moi j'ai senti en vivant dans leurs rues…

– Je sais ce que tu as enduré.

Un vague sourire étire la mâchoire du sydion.

– J'ai demandé l'aide des neuromanciens, poursuit S'Ardaï. Tu comprends, je voulais… développer l'imaginaire du colporteur, faire en sorte qu'il se contente de voyager par la pensée. J'ai cru que les drogues pourraient nous aider. Les neuromanciens ont été très intéressés par l'expérience, mais ils n'ont obtenu aucun résultat. J'ai tout arrêté avant qu'il ne soit trop tard. Et j'ai sans doute attendu trop longtemps. S'Holth a mal réagi. Il s'est réfugié pendant plusieurs mois sur les rives de cet îlot. Il ne parlait à personne, il refusait tout contact. Si je m'approchais, il s'enfuyait et disparaissait plusieurs jours durant. Je me suis contenté de le faire surveiller.

– Pourquoi le garder vivant ?

– Je ne sais pas… peut-être l'orgueil ou le remords. J'avais tout donné pour que l'expérience soit un succès. Je le considérais comme un fils. J'ai hésité, crois-moi. Plusieurs fois, j'ai rédigé une note à l'attention du premier veilleur pour ordonner son exécution. Je n'ai jamais pu la signer.

Le maître archiviste s'interrompt, s'éclaircit la voix et reprend :

– Il est resté à l'écart plus d'un an… Bien plus tard, j'ai compris qu'il avait agi en toute connaissance de cause. Il s'était retiré pour laisser à son organisme le temps d'assimiler les drogues. Il avait peur pour nous, pour la bibliothèque aussi. Les neuromanciens l'avaient rendu violent et irascible. Puis il est revenu. Apaisé. Il a demandé à me voir et m'a confié qu'il voulait devenir le colporteur de l'Erratum.

– Alors qu'il n'était jamais allé en surface…
– Jamais.
– Tu as refusé, je suppose.
– Détrompe-toi. Je lui ai confié une mission. Comme un rite de passage… Des rumeurs prétendaient que l'incipit des *Encyclopédies* avait été vu à Cadwallon.

Les Encyclopédies de Kyllion l'Ancien. L'œuvre titanesque d'un érudit, d'un humain qui avait recherché l'origine de l'univers.

– Elles ne sont pas à Kallienne ?
– *Les Encyclopédies*, oui. Mais un voleur est parvenu à s'emparer de l'incipit. Un trésor prestigieux et… inutile. Une seule page que j'avais néanmoins plaisir à imaginer ici, entre nos murs.
– Et S'Holth l'a trouvé ?
– Il est parti trois ans. Il a suivi sa trace jusqu'aux lisières de la forêt d'émeraude.
– Trois ans… S'Holth revient et tu fais de lui ton colporteur ?
– Il est devenu disciple de S'Almir, son prédécesseur.
– J'ai entendu parler de lui. Mort en surface, non ?
– Assassiné par des francs-ligueurs. S'Holth lui a succédé voilà bientôt quinze ans.

S'Érum se demande si la mort de ce S'Almir vaut d'être éclaircie. De mémoire, il sait que le drame n'a été qu'un mauvais concours de circonstances.

– À quoi ressemblait S'Holth durant toutes ces années ? demande-t-il.
– À un collectionneur acharné.
– Il n'y a rien chez lui.
– L'expérience close l'a marqué au-delà de notre compréhension. Il concevait l'univers comme un espace vierge gravitant autour de l'Erratum. Bien qu'il ait tout fait pour rejoindre la surface, sa vie, sa matrice, ses repères, c'était ici, dans cette bibliothèque. Elle

était sa mère et son sanctuaire. Il parlait souvent de notre rôle dans l'histoire, du destin de l'Alliance. À travers nos livres, il s'était forgé une image biaisée de la surface. C'était un lettré, ne l'oublie jamais. Doté d'une culture extraordinaire. Il n'honorait les dîners de S'Hysme qu'en de rares occasions, mais à chaque fois il affichait une telle condescendance, un tel mépris pour ceux qui négligeaient les trésors de l'Erratum que la plupart de nos frères ont fini par fuir sa compagnie.

– Un mobile suffisant pour le tuer ? Un frère qu'il aurait humilié ?

– Non… Nos frères le respectaient. Il irritait, il mettait parfois mal à l'aise, mais personne ne se serait avisé de le lui dire. Chaque année, il s'endurcissait. Ses contacts avec la surface l'obligeaient à être prudent et à savoir se battre.

– Il savait *vraiment* se battre ?

– Mieux que certains de mes veilleurs.

S'Érum est sceptique, mais préfère ne pas relever.

– Parle-moi de la surface, dit-il. De la façon dont S'Holth procédait.

– Un colporteur existe par ses contacts. Les siens formaient une vaste toile sur Cadwallon. Aucun ouvrage n'échappait très longtemps à ses recherches.

– C'était toi qui fournissais une liste d'ouvrages ?

– En grande partie. Il disposait d'une marge de manœuvre pour acquérir des œuvres en son nom.

– Qu'il conservait ?

– Non. Définitivement, non. Il servait l'Alliance, il servait l'Erratum. Ses intérêts personnels n'entraient pas en ligne de compte.

– Il possédait peut-être un refuge en surface ?

Les sourcils du maître archiviste s'arquent.

– Tu t'obstines à salir sa mémoire…

– Quelqu'un s'en est déjà chargé à ma place. Le

meurtre a été pensé. L'assassin n'a pas agi sous le coup de la colère. Il est venu pour tuer. Pour moi, ton colporteur cachait certainement quelque chose. Les ouvrages que tu déplaces en ce moment… Où vont-ils ?

– Pour l'instant, nos esclaves les rassemblent sous le Pilier. Ils partiront à la moindre alerte.

– Pour où ?

D'un regard, S'Ardaï lui signifie qu'il ne tient pas à répondre. Le sydion hésite sur la conduite à tenir. En vertu des lois, il peut obliger le maître archiviste à lui livrer cette information. Il estime finalement qu'il est encore trop tôt pour lui forcer la main.

– Revenons à S'Holth, dit S'Érum. Sa sacoche gisait au fond du bassin.

– Ah… cette sacoche. Elle appartenait à son ancien esclave, un vieil érudit qui l'a accompagné durant des années. Il a gardé cette sacoche en mémoire de l'humain.

– Elle était vide. S'Ylice a interrogé vos veilleurs. Ils confirment qu'elle était pleine lorsque le colporteur est rentré.

– Que je sache, il n'a rien confié à nos artisans après son retour.

– Autrement dit, on l'aurait tué pour le contenu de cette sacoche ?

– Un vol…

– Trop simple.

– Pourquoi ?

– À condition que le vol soit le seul mobile, le coupable pouvait tenter sa chance sans être obligé de tuer S'Holth. Je n'y crois pas, de toute façon. La constriction est une confession, l'assassin est venu pour procéder à une exécution. Le contenu de la sacoche était peut-être son butin ou une preuve pour remonter jusqu'à lui. L'assassin est entré parce qu'il était invité.

S'Holth était en confiance. J'ai découvert des marques curieuses à l'arrière de sa gueule. Avec un reliquat de Lumière.

Le vieil ophidien tressaille et fait trembler l'embarcation.

Lumière, vibre-t-il. *Lumière et trahison. Erratum et Clarté ne peuvent coïncider dans l'espace ou le temps.*

– Je ne crois pas à une infiltration. Je pense plutôt à une arme. En forme de griffes.

Un frère n'aurait jamais utilisé une arme de Clarté, frémit S'Ardaï.

– C'est juste. L'assassin a donc bénéficié de l'aide d'un complice. J'ai interrogé Maliek, l'esclave du colporteur. Je doute, pourtant, qu'il soit impliqué directement. La profondeur des lésions témoigne d'une force exceptionnelle…

S'Érum marque une pause, songeur, et demande :

– Des frères ont-ils des syhés à leur service ?

– S'Hysme, oui, je crois. Ainsi que le premier veilleur.

– Un syhé pourrait porter une telle attaque.

– J'ai besoin de résultats pour rassurer nos frères.

– Que crains-tu ?

– Le feu, la destruction… l'oubli. L'Erratum rayonne à travers tout le continent. Nos thémiurges viennent ici pour s'abreuver au savoir de nos ancêtres.

La suite de sa phrase se perd dans un crissement d'écailles :

Imagine… nos vélins léchés, rongés, torturés par les flammes… Des langues de feu qui crèvent nos fenêtres, qui embrasent nos lierres et nos dalmènes… Des elfes qui se répandent dans les couloirs de nos bibliothèques, qui pillent, qui violent notre savoir… La Lumière aveuglante, blanche… douloureuse, qui noie les ombres, qui corrompt, qui révèle… Imagine, sydion, imagine et tremble avec moi.

S'Érum hoche imperceptiblement la gueule.

– Tu as voulu ce rôle majeur joué par l'Erratum, tu as voulu prendre ce risque de réunir ici une grande partie des écrits transmis par nos ancêtres. Je te l'ai déjà dit, je désapprouve cette concentration à outrance. Un sanctuaire ne vaut plus rien dès lors qu'il devient indispensable aux autres. Je partage le point de vue des patriarches, pour une fois. Nous avons survécu grâce à un seul mot d'ordre : la dispersion. Se disséminer dans le monde sans jamais se mettre à la merci d'un coup fatal. Un sanctuaire tombe… un autre se crée. Personne ne peut nous atteindre car nous ne sommes nulle part. Notre combat s'incarne dans chaque ophidien. Pour nous anéantir, il faudrait nous tuer tous, et cela, nos ennemis ne l'ont pas encore compris. Ils traquent nos sanctuaires, ils nous chassent dans les sous-sols de leurs cités… Qu'importe. Nos ancêtres ont fait l'erreur de mener une guerre contre nature, de se battre à visage découvert. Tu leur ressembles, désormais. La flamme cadwëe éclaire à condition de ne pas s'y brûler.

S'Ardaï a écouté en silence. Son corps exhale à présent une odeur piquante.

– La dispersion est décadence, mon ami. Crois-tu qu'en cloisonnant nos sanctuaires, le savoir… notre savoir, ait la moindre chance de s'enrichir et de se transmettre à nos fils ? Tu dis « se disperser »… J'entends « se recroqueviller ». Certes, le risque existe, mais jusqu'ici l'histoire nous a donné raison. J'ai façonné l'Erratum, je lui ai consacré toutes mes forces. C'est… ma vie, mon enfant.

S'Érum sourit.

– Tu l'avoues… et je ne te blâme pas. Tu aimes cette bibliothèque avec ton cœur. Je le respecte. Seulement, derrière cette émotion-là, celle de la chair, j'ai souvent vu le Vice. Ne faiblis pas.

– Tu me menaces chez moi ?
– Chez toi ? rétorque le sydion avec un regard appuyé.
– Sans moi, l'Erratum n'existe pas, tu le sais.
– Voilà le pire. Si tu disparais, cette bibliothèque peut sombrer avec toi.
– Tu crois que les patriarches veulent me faire tomber ?
– Possible, mais je doute qu'ils soient prêts à risquer l'Erratum dans le seul but de contempler ta chute… Tu es devenu un personnage important, quelqu'un dont on mesure encore mal le pouvoir au sein de l'Alliance. Jusqu'ici, tu étais considéré comme un lettré inoffensif. Certains ont pu se dire que tu pourrais utiliser la bibliothèque comme un instrument, un levier pour…
– Pour quoi ? Le pouvoir ? Je l'ai déjà. Notre peuple a survécu par son savoir. Je suis le fil qui relie l'Alliance à son passé et à sa gloire. Je suis l'avenir de l'Alliance.

Les deux ophidiens observent un long moment de silence. Tous deux ont le sentiment d'avoir franchi une limite, de s'être livrés au-delà des convenances. Dans ce cocon brumeux qui les isole, la confidence ressemble à un aveu. Ils se comprennent au-delà de ce désaccord profond sur la meilleure façon de mener la guerre. Au nom de la loi et du savoir, tous deux se conçoivent comme des passerelles tendues entre les sanctuaires de l'Alliance ophidienne.

Chapitre VII

La Serpentine forme une élite précieuse pour l'Alliance. J'attire votre attention sur son fondateur, S'Ymirion.
Aveugle de naissance, ce dernier a su donner à la Serpentine son rôle d'excellence en montrant à ses disciples comment utiliser les vibrations de l'ennemi comme point de mire. Cette technique doit être impérativement sauvegardée et enseignée à nos jeunes frères.

Extrait d'une lettre anonyme
adressée aux patriarches
du sanctuaire d'Arionce.

Les deux ophidiens se sont quittés sur une vibration complice. Le maître archiviste a déposé S'Érum près de l'entrée de l'Erratum, sur l'îlot principal tenu par les veilleurs.

S'Erdh, le premier d'entre eux, reçoit le sydion dans une chambre spartiate logée au sommet de la plus haute tour de garde. Neuf mues n'ont pas entamé la force brute qui émane de son corps. Ses écailles couleur rouille, stigmates d'un entraînement rigoureux, se chevauchent comme les plaques d'une armure. Sa gueule massive manque de subtilité et trahit une certaine nervosité. Une odeur primaire, comparable à celle d'une simple vipère, flotte autour de lui.

S'Érum sent qu'il faut attaquer de front, ne pas perdre de temps avec les civilités d'usage. S'Erdh l'observe avec une hostilité réservée. S'Érum se doute qu'il n'est pas le bienvenu. L'autorité et les compétences d'un sydion empiètent largement sur celles d'un premier veilleur.

– Je m'apprêtais à faire une ronde, fait ce dernier en s'emparant d'un long cimeterre pour le glisser dans son fourreau. Discutons en chemin.

S'Érum accepte et le suit à l'extérieur. Ils franchissent un premier pont au moment où le sydion prend la parole :

– Parlez-moi de votre rôle dans l'Erratum.

– J'assure la sécurité du sanctuaire.

– Combien êtes-vous ?

– Vingt et un, dont six veilleurs de la Serpentine.

– Tous tireurs d'élite, je suppose.

– Les meilleurs, affirme S'Erdh.

– Et les autres ?

– Des guerriers constricteurs. Formés par mes soins.

– Dans mon souvenir, c'est vous qui vous chargez de la logistique de l'Erratum.

– Exact. Un convoi chaque mois, à peu près. Nous achetons à des intermédiaires, dans les égouts. Essentiellement de la nourriture pour les esclaves. Et quelques commandes passées par S'Hysme pour l'hôtellerie.

– Vous connaissiez bien S'Holth ? demande S'Érum en guettant la réaction du premier veilleur.

– Il puait, dit S'Erdh sans la moindre émotion.

– L'odeur de la surface ?

– Je le fréquentais le moins possible, mais je le surveillais. À mes yeux, il constituait un danger pour la bibliothèque.

– Vous l'avez suivi en surface ?

– Au début, oui.

– Qui voyait-il là-haut ? Des contacts réguliers ?

– Je n'en connais qu'un. Un certain Antic. Jamais vu, mais le nom revenait souvent. S'Holth le rencontrait à la taverne des Obsidiens.

– D'autres noms ?

– Non. Personne ne mettait le nez dans ses affaires. Pas même S'Ardaï.

– Sa mort vous arrange ?

– Elle m'enchante, avoue-t-il sans une hésitation.

Silence. Face à eux se dressent à présent deux bâtiments dont S'Erdh désigne le plus grand.

– Les arts. Peinture, sculpture, contes, musique…

Il montre l'autre bâtisse, plus étroite et plus haute.

– S'Enkz, notre maître artisan, y expose des instruments de grande valeur.

– S'Holth possédait une harpe. Elle vient de ce musée ?

La température du premier veilleur oscille de manière sensible.

– Il me semble que oui. Demandez à S'Enkz.

Les deux ophidiens poursuivent leur chemin en longeant la rive est de l'îlot des Arts.

– Comment expliquez-vous qu'un meurtre ait été commis sous vos yeux ? demande soudain S'Érum.

Le premier veilleur demeure imperturbable. Aucune variation de température, pas même un frémissement.

– Je garantis l'inviolabilité de l'Erratum, afin que nos frères et nos invités étudient en toute quiétude.

Réponse programmée, presque mécanique. S'Érum la balaie d'un petit geste de la main.

– Vous surveilliez le colporteur. Vous n'avez rien vu venir ?

– Il était libre de ses mouvements et de son intimité. Je le faisais fouiller avec soin à ses retours de la surface et je l'interrogeais personnellement.

– Je croyais qu'il puait…
– L'interrogatoire était un mal nécessaire.
– La dernière fois, vous l'avez interrogé ?
– J'étais absent. Mettez-vous bien cela en tête : S'Holth était un fantôme. Il fallait avoir de la chance pour l'apercevoir une seule fois dans le mois. Il traînait très rarement dans l'Erratum. On le voyait quelquefois à l'hôtellerie, mais, en dehors de cela, il se contentait de rester chez lui. Il ne fréquentait aucun autre îlot.
– Où étiez-vous ce soir-là ?
– En chasse. S'Hysme apprécie que je mène nos invités.
– Une chasse à l'homme ?
– Exclusivement. Des esclaves malades ou rétifs à l'enskëm.

Les deux ophidiens ont laissé l'îlot des Arts derrière eux et avancent côte à côte sur un pont de pierre qui se prolonge en ligne droite jusqu'à l'hôtellerie.

– Sur l'initiative de qui cette chasse a-t-elle été organisée ? demande S'Érum.
– De S'Hysme.

Le sydion hoche la gueule. Il sent à nouveau que le sillage de l'assassin converge vers l'hôtellerie.

– À quelle heure la chasse a-t-elle commencé ?

Le premier veilleur hésite.

– Vers une heure… une heure et demie du matin.
– Vous meniez la chasse… Je suppose que des témoins le confirmeront.
– Nous nous sommes dispersés à proximité de l'îlot de l'Histoire. La piste de l'esclave menait aux portes du bâtiment principal. Je suis entré, seul, pour le débusquer et l'offrir à nos invités.
– Qui se charge de fournir les esclaves à l'Erratum ?
– Ce sanctuaire n'obéit pas aux mêmes règles que les

autres. Nos frères ne sortent pratiquement jamais. Ce sont les invités qui offrent les esclaves.

– Vous n'étiez donc pas là lorsque le colporteur est rentré. Qui l'a interrogé ?

– S'Irgeï. À ma connaissance, il n'a rien signalé de suspect. Il a confirmé à S'Ylice que la sacoche était pleine. Elle contenait plusieurs ouvrages, cinq ou six, il ne se souvient plus. Il n'a pas pris la peine de noter les titres.

– Il peut tout de même préciser s'il s'agissait d'ouvrages précieux ? Des grimoires ? A-t-il senti des enchantements, des glyphes ?

– S'Irgeï appartient à la Serpentine. Il vit avec son arme et rêve de surface.

– Vous l'avez formé ?

– Trop. À vouloir les meilleurs, j'oublie parfois que cette bibliothèque étouffe nos guerriers. La pesanteur de l'Erratum émousse leur instinct. S'Irgeï ne supporte plus d'être ici, de veiller et d'attendre un ennemi qui ne vient pas. Il déteste les livres, il prétend qu'ils sont un signe de faiblesse.

– La sacoche était vide. Les livres ont disparu, S'Ardaï a vérifié auprès des artisans.

– C'était inutile. S'Holth s'est rendu directement chez lui.

S'Érum s'arrête. Le premier veilleur l'imite avec un temps de retard et se retourne.

J'ai vu le colporteur, frémit-il. *Son effluve, comme une vague sur l'eau. J'étais sur une terrasse de l'Histoire. L'esclave se tortillait devant moi. J'ai senti le colporteur. Odeur atroce, odeur humaine. Il est passé à l'ouest. Sur une barque. Seul.*

S'Érum refuse le dialogue vibratoire et enchaîne d'une voix neutre :

– Où est-il allé ?

Le premier veilleur soupire.

– Chez lui. Il a accosté l'îlot des Religions, en tout cas. Après, je ne sais pas. Je me suis occupé de l'esclave.

– Il était seul ? Personne ne le suivait ?

– Personne. Lorsque nous avons interrogé S'Irgeï, j'ai pu comparer les heures. Elles concordent : la fouille terminée, le colporteur a grimpé dans une barque pour se rendre directement chez lui.

– La chasse s'est achevée longtemps après ? Au retour vers l'hôtellerie, des invités ont-ils vu quelque chose ?

– J'ai pris l'initiative de poser la question avant votre arrivée. Ils n'ont rien vu.

Les deux ophidiens poursuivent leur chemin en silence et commencent à longer la rive est de l'hôtellerie.

– S'Ylice a découvert le corps, pense S'Érum à voix haute. Pourquoi ? Que venait-il faire chez le colporteur ?

Les yeux du premier veilleur s'étrécissent.

– Prendre livraison des ouvrages, affirme S'Erdh.

– Il savait donc que le colporteur était rentré ? Qui s'est chargé de le prévenir ?

– S'Irgeï.

– Il vous l'a dit ?

– Non, mais c'est une procédure classique.

– Admettons. Dans ce cas, l'assassin a-t-il eu de la chance ? En théorie, il ne pouvait pas savoir à quel moment S'Irgeï préviendrait le Pilier et surtout à quel moment S'Ylice déciderait de rendre visite au colporteur. Vous comprenez où je veux en venir ?

– S'Ylice aurait pu surprendre l'assassin.

– À moins qu'il ne soit coupable ou complice.

– Je me mets à la place de l'assassin… Si je connais

la procédure, je peux m'assurer qu'un esclave me préviendra quand S'Ylice quittera le Pilier.

– Possible, oui. S'Ylice possède des esclaves personnels ?

– Pas que je sache. Mais n'importe lequel aurait fait l'affaire.

– Combien d'esclaves dans l'Erratum ?

– En tout... une petite centaine.

– Trop nombreux.

S'Érum a ralenti le pas et entraîne le premier veilleur sous les frondaisons d'un dalmène.

– Vous n'êtes pas un lettré, lui dit-il. Que faites-vous ici, S'Erdh ?

Visiblement, la question dérange le premier veilleur. Il répond dans un murmure :

– J'ai voulu fonder un sanctuaire voilà plus de trente ans.

– Vous étiez un fondateur...

– ... renégat. Je n'ai pas sollicité nos patriarches.

S'Érum se contracte. À ses yeux, la loi des Fondations a joué un rôle majeur dans l'expansion maîtrisée de l'Alliance ophidienne. La responsabilité d'un fondateur égale celle d'un patriarche. Le fondateur constitue l'étincelle créatrice, l'âme et la force du futur sanctuaire. Il fédère et canalise l'énergie des frères rassemblés en son nom, il guide une communauté tout entière en respectant les lois, il impose une empreinte, *son* empreinte, reflet de sa personnalité et de ses ambitions.

Jadis, S'Érum s'est battu pour que l'accusation de fondation renégate soit synonyme de trahison et considérée comme un motif suffisant pour requérir la peine de mort. Le premier veilleur défie le sydion du regard.

– J'ai agi dans l'intérêt de l'Alliance, dit-il d'une voix grave. Et vous ne l'avez pas compris... Ni vous, les sydions, ni les patriarches. L'Alliance ophidienne doit s'étendre par l'instinct. Vous ne mesurez pas à quel point nos frères guerriers s'impatientent. Je suis trop vieux, désormais, pour les suivre, mais je sais que leur nombre ne cesse de grandir, qu'ils rêvent de conquête et de sang, qu'ils reprendront bientôt le flambeau. Votre guerre n'en est pas une. Un ophidien est conçu pour la guerre, il naît par la guerre, il se révèle dans le combat, le vrai combat… celui des corps, du venin et du sang.

– L'instinct corrompt, frère.

– Vous êtes comme les autres, sydion, trop lâche pour accepter l'héritage de nos ancêtres. Vous tournez le dos à l'essence même de l'Alliance.

– Une pensée archaïque. Le retour à l'animalité, le refus de l'élévation… Vous êtes un régressif, S'Erdh. Un traître.

La tension entre les deux serpents est devenue palpable. L'intimidation se joue à travers un subtil changement de température, une onde orageuse qui court sur leurs écailles et embrase leur regard. S'Érum perçoit chez le premier veilleur un mélange de plaisir et d'excitation. S'Erdh savoure l'instant et le spectacle d'un sydion tendu par l'instinct.

Voilà… vibre le premier veilleur. *Tu te vois tel que tu es…*

S'Erdh veut un combat, un corps à corps qui désigne un vainqueur, mais la vibration péremptoire de S'Hysme met brutalement fin à la confrontation.

– Nous avons l'assassin, affirme l'hôtelier en venant à leur rencontre.

Chapitre VIII

La psyché est un art du reflet. En donnant naissance à une réplique exacte de la victime, la psyché peut reprendre les germes de l'Obscur et du chaos au cœur des royaumes ennemis. Le mensonge et les manipulations sont les fondations de notre règne. Les créatures illusoires générées par la psyché doivent devenir les rois de nos futurs esclaves.

Introduction au *Livre de l'asservissement*, deux exemplaires disponibles à l'Erratum.

Une confusion inhabituelle règne dans l'hôtellerie. Un vol. Après la découverte du meurtre du colporteur, la rumeur a tôt fait de s'embraser. Des embarcations convergent des quatre coins de l'Erratum et crèvent déjà la brume au large de l'îlot lorsque le sydion s'engage derrière le vénérable S'Hysme.

Ce dernier avance à grand-peine, les anneaux tassés, visiblement troublé et mécontent d'avoir été forcé d'abandonner son trône. Un esclave a payé de sa vie l'irritation du maître des lieux et gît dans le couloir, le torse enfoncé. S'Érum dépasse le cadavre et s'engage avec l'hôtelier dans une chambre spacieuse. Près du bassin, deux veilleurs encadrent un ophidien vêtu d'une longue toge de soie noire.

Le serpent est âgé de dix mues, au moins, à en juger par la couleur de ses écailles et le renfoncement de ses orbites. Une créature fatiguée et désemparée qui tente de conserver un air digne sous le regard glacé de l'hôtelier. À ses pieds, au milieu des débris d'un coffre éventré gisent six grimoires à couverture de cuir.

– Un voleur… Vous aviez raison, siffle S'Hysme.

La voix est amère. Pour l'hôtelier, l'invité a terni non seulement la réputation de l'établissement, mais encore celle de la bibliothèque. L'hospitalité de l'Erratum est une tradition séculaire, une loi tacite connue dans tous les sanctuaires.

S'Érum a vu l'amorce de la colère, le bras s'armer pour frapper au visage. Sa main, ferme, s'interpose pour retenir celle de S'Hysme.

– Vous n'êtes pas responsable. Laissez-moi faire.

L'hôtelier émet un petit sifflement rageur et reflue dans un angle de la pièce. S'Érum se porte à hauteur de l'invité.

– Votre nom ? demande-t-il.

L'ophidien se présente sous sa signature thermique : S'Arayam, psyché originaire du sanctuaire de l'Aube noire.

Un psyché. Autrement dit, un espion qui œuvre en coulisse, un ophidien qui a grandi en vivant et en pensant comme sa victime afin de pouvoir restituer les moindres détails de son existence. Observer, noter et assimiler sa vie quotidienne pour la crédibiliser à travers un reflet, une illusion créée de toutes pièces par la magie. Un psyché vit comme un fantôme dans le sillage de sa victime jusqu'au jour où il décide de procéder à la substitution, de supprimer le modèle et de le remplacer par l'illusion.

S'Érum se méfie de ces psychés devenus marionnettistes, en particulier ceux qui travaillent auprès des humains. Il redoute le mimétisme, l'assimilation, l'abîme de la comédie, ce moment crucial où le maître des illusions s'éprend de sa création, où l'orgueil l'emporte sur le devoir. Il a vu, il a même exécuté des psychés brisés par des années de ruses, de mensonges et de manipulations. Pire, il a constaté que certains finissaient par jouir de leur pouvoir, grisés par le fanatisme des dupes.

S'Arayam lui répugne. L'odeur des hommes encrasse ses écailles. On sent qu'il a perdu l'habitude de vivre parmi ses frères, que la présence des deux veilleurs le rend instable.

– Calmez-vous, dit S'Érum.

L'injonction fait grimacer l'invité.

Non coupable… crie son corps. *Je suis non coupable*…

– C'est à moi d'en décider.

S'Érum se penche sur les grimoires et reconnaît l'odeur qui imprégnait la sacoche de S'Holth.

– Vous avez assassiné le colporteur ? demande-t-il négligemment.

Son interlocuteur se crispe. S'Hysme s'agite dans un crissement. Les veilleurs, qui maintiennent le prisonnier par les bras, accentuent leur pression et lui arrachent un petit sifflement de douleur.

– Non, je ne l'ai pas tué, affirme le psyché.

S'Érum hoche la gueule.

– Comment expliquez-vous leur présence ? demande-t-il en montrant les grimoires.

– Je ne l'explique pas.

Le sydion se détourne et se porte à hauteur de l'hôtelier.

– Ce n'est pas lui.

Il retourne ensuite vers le psyché et fait signe aux deux veilleurs de reculer. Les lourdes paupières de S'Hysme se froncent.

– Retirez votre toge, ordonne S'Érum.

Humiliation... vibre le psyché.

L'expression résolue du sydion le convainc néanmoins de s'exécuter. Avec des gestes lents et exercés, il défait les attaches qui retiennent l'habit sur ses épaules, le laisse glisser jusqu'au sol.

S'Érum n'éprouve qu'une vague pitié pour ce corps brisé. Le psyché a survécu entre les mains expertes des technomanciens, alliés des ophidiens. Ses écailles sont semées de rivets, des chancres d'un métal noir et irisé dont les pourtours forment des croûtes brunâtres. S'Arayam endure le pire pour se mouvoir comme ses frères, mais en contrepartie le principe obscur coule dans son sang et le dévore de l'intérieur comme un poison. Un simple sursis, une mort à plus ou moins brève échéance en échange d'une fragile liberté de mouvement.

– Mes vertèbres... souffle S'Arayam. Brisées par constriction.

S'Érum acquiesce. Le psyché n'aurait jamais pu venir à bout du colporteur. Le moindre effort, la moindre pression suffirait à rompre les fils invisibles du principe obscur qui courent à la surface de ses écailles.

– Diversion grossière, certifie S'Érum en s'adressant à l'hôtelier. Et vous le savez aussi bien que moi... Les grimoires réapparaissent trop vite. Une simple fouille et les voici, en évidence, dans le coffre de ce psyché... Ce que je ne comprends pas, en revanche, c'est l'intention du meurtrier. Je ne crois plus à la préméditation.

Il se baisse pour ramasser l'étoffe et la rendre au psyché.

– Rhabillez-vous.

S'Arayam renfile sa toge dans un silence gêné. L'hôtelier a attendu que les deux veilleurs s'éclipsent pour présenter des excuses à son invité :

– J'ai failli, frère. J'étais en colère.

– Ce n'est rien, souffle le psyché à voix basse.

– Quelqu'un s'est introduit dans votre chambre. Je peux placer un veilleur devant votre porte si vous le désirez.

– C'est inutile. Je vais partir.

S'Hysme retient un soupir de déception. L'hospitalité de l'Erratum a été mise en cause sous son propre toit. On le sent fébrile, blessé et humilié de la même façon que son invité. D'une ondulation pesante il salue le psyché et quitte la chambre.

– Vous logez ici depuis combien de temps ? demande S'Érum lorsque la porte s'est refermée.

– Neuf jours. Je ne suis presque jamais ici. Je travaille…

– L'objet de vos recherches ?

– *L'Illusion des ombres* de S'Orobïn.

– Vous allez mourir bientôt, n'est-ce pas ?

La question, posée d'un ton neutre, fait tressaillir le psyché.

– Oui, avoue-t-il.

– Dans combien de temps ?

– Deux ou trois mois… Je ne survivrai pas à ma prochaine mue.

S'Érum n'insiste pas. Il a devant lui un frère réfugié dans un monde de souffrance, un serviteur dévoué de l'Alliance, capable de s'imposer une torture quotidienne pour achever ce à quoi ses frères l'ont formé tout au long de son existence.

Le sydion connaît bien *L'Illusion des ombres* : une bible, un ouvrage de référence dont l'unique exemplaire repose dans cette bibliothèque. S'Orobïn a initié l'illusion parfaite, l'art et la manière de reconstituer de toutes pièces l'anatomie d'un être humain par la magie. Grâce à lui, personne ne peut désormais noter la moindre différence entre l'homme, le vrai, et son reflet animé par le psyché.

L'illusion se nourrit de son modèle. À la mort de ce dernier, elle pourrit de la même façon et maintient la supercherie jusqu'au tombeau. Seuls les plus grands psychés peuvent ainsi donner la mort à leur création.

S'Érum ne connaît ni les raisons qui ont poussé le psyché à vouloir la mort de son illusion, ni les répercussions qu'aura le décès prématuré de sa cible pour la cause ophidienne. Il sait en revanche que S'Arayam ne survit que grâce à cette conviction, cette quête ultime qui fera coïncider la mort de son chef-d'œuvre avec la sienne.

S'Érum abandonne la chambre en emportant les grimoires. Il ressent le besoin de voir Ayane, de purger son esprit en sa compagnie. Il la trouve endormie et demeure immobile sur le seuil de la chambre pour la regarder. Il aime la saisir dans ces moments d'abandon.

Elle s'est allongée contre un mur, les bras ramenés sous son visage, les jambes légèrement pliées. Aucun ophidien ne peut pénétrer l'esprit humain dans un moment comme celui-ci. La conscience devient un territoire inviolable, un espace fantasmatique qui échappe au pouvoir de l'enskëm. S'Érum pourrait agir en amont et lui ôter cette liberté. La plupart de ses frères érigent des barrières solides dans l'esprit de leurs syhés afin que le sommeil se résume à une fonction vitale, un réflexe organique. Il n'a jamais pu s'y résoudre, fasciné malgré lui par ce territoire vierge où la conscience d'Ayane évolue en liberté. Elle ne raconte jamais ses rêves. Là encore, il pourrait forcer sa mémoire, violer et fouiller les souvenirs qu'elle en garde. Il préfère l'énigme, le mystère d'un rêve humain hors de portée.

S'Érum glisse jusqu'à elle, se penche et observe le pli des cicatrices sur son ventre. Souvenir poisseux et cruel, souvenir de sang, de chair à vif… Il revoit ses lèvres bleuies par le froid, l'extrême pâleur de son visage scellé dans une dignité tragique, ses narines frémissantes… En dépit de la souffrance, elle n'a pas crié ni même pleuré lorsqu'il a fouillé son ventre ouvert pour retirer le cadavre de l'enfant. Il se souvient avec une acuité troublante de la neige, du cordon ombilical noirâtre et des flocons tombant sur ce petit corps cyanosé.

Les paupières d'Ayane se soulèvent.

– Maître…

Au moment où elle se redresse, il s'en veut presque d'avoir brisé ses rêves.

– Tu dormais, dit-il d'une voix froide. Tu ne m'attendais pas.

Il la frappe sur la joue. Une gifle conçue pour faire mal, les phalanges saillantes. Elle vacille, s'excuse du bout des lèvres. Il frappe à nouveau, puis rejoint l'eyzom pour se lover entre ses branches.

Ayane se relève, essuie avec ses doigts le sang qui coule sur son cou et s'exécute lorsqu'il lui fait signe de venir s'asseoir près de lui.

– Trop de secrets enfouis, siffle-t-il.

– Maître ?

– Je suis entouré de mensonges. Je sens un piège… les pistes se dérobent.

– Un complot contre vous, mon maître ?

– Peut-être.

– Dois-je vous lire la nécropsie ?

– Non.

Il ferme les yeux.

– Il y a deux facettes, dit-il à voix basse. Deux assassins ou un seul. Celui qui tue sans talent, par constriction, celui qui cache les grimoires chez S'Arayam en espérant nous abuser… Et l'autre : celui qui choisit son moment pour frapper, qui marque l'esclave du colporteur, qui est capable d'introduire une arme de Lumière dans la bibliothèque et de s'en servir en toute impunité…

– S'Ylice a déposé la liste des occupants, fait Ayane en lui tendant une liasse de parchemins retenue par une broche en argent.

S'Érum y jette un œil rapide. Seuls les ophidiens et les invités sont nommés. Les esclaves, eux, sont mentionnés par un simple chiffre sous le patronyme de leur maître.

S'Ardaï, bien sûr, avec une quinzaine d'archivistes. Un maître artisan, S'Enkz, et ses six disciples. Vingt guerriers sous les ordres de S'Erdh, le premier veilleur… S'Hysme, l'hôtelier, et près de trente esclaves à son service…

S'Ylice a mentionné les esclaves syhées, quatre femmes qui dépendent toutes d'un archiviste. Au bas de la page, S'Ylice confirme que personne n'a franchi la porte d'entrée dans ces dernières quarante-huit heures.

– Mon maître, croyez-vous que l'assassin soit toujours parmi nous ?

– Lui et peut-être même des complices.

– Avez-vous un mobile ?

Les anneaux du sydion se contractent.

– Un mobile… Je ne sais presque rien de ce colporteur. Un misanthrope cultivé, apparemment sans histoires…

– La harpe, mon maître. Et cette maison isolée, sans

un livre. Vous le dites misanthrope… À sa place, j'aurais conservé des ouvrages chez moi. Sait-on s'il fréquentait d'autres îlots ?

– Le premier veilleur affirme que non.

– Qu'allez-vous faire ?

– Aller à la surface. Aller à la rencontre de S'Holth, suivre sa trace.

– Je viens avec vous ?

– Tu restes ici.

Ses anneaux glissent entre les branches. Il cherche une position plus confortable et ordonne à la syhée de lui apporter un coffre. Il veut ses fleurs, il veut l'ivresse des cendres pour préparer son retour dans Cadwallon.

Chapitre IX

La cité de Cadwallon affirme son indépendance depuis sa création. Ses guildes nouent des alliances ambiguës avec les peuples qui s'affrontent pour son contrôle. Elles s'opposent également aux aventuriers réunis en ligues franches qui ont pour mission de protéger le Joyau de Lanever.

Rapport effectué
au roi Gorgyn d'Alahan.

S'Érum longe les murs d'une ruelle pentue. Vêtu de sa lourde houppelande, il progresse en position ramassée, la gueule dissimulée dans l'ombre du capuchon.

La réputation sulfureuse du quartier l'a incité à sortir 18 de son étui de cuir. Il tient l'arme dans sa main gauche. Contre sa paume, la crosse émet une chaleur rassurante. Il aime le contact de l'ivoire, ses courbes claires et harmonieuses. Le canon, long, vrillé et équilibré par un balancier de mercure, effleure ses écailles. 18 n'a jamais été pris en défaut depuis ce moment précieux où S'Érum l'a reçu des mains d'un artisan ophidien.

Un câble, souple et solide, relie le dessous de la crosse à un accessoire composé de plomb, de métal et de verre, fixé en travers de sa mâchoire. S'Érum a appris à comprendre les mécanismes complexes qui régissent le cycle de l'arme, afin que le venin, prélevé directement à la source, rejoigne la chambre et s'écoule à l'intérieur des balles. Il s'est habitué aux rouages qui grincent entre ses dents, à la piqûre des deux aiguillons qui s'enfoncent dans ses glandes pour prélever le poison dès lors qu'il effleure le levier d'argent. La fraîcheur du venin est une garantie, la certitude que la balle libérera un toxique d'une extrême virulence, un poison qui s'attaque aux nerfs et foudroie la victime en quelques secondes.

Il songe à la première fois, dans une auberge crasseuse des faubourgs de Luishana. À l'époque, il portait encore sa vieille muselière de cuir et avait été obligé de s'isoler dans la cave de l'établissement pour la retirer. Un endroit humide, mousseux et froid. Il revoit les barriques entassées contre le mur, il sent encore le relent de la vinasse qui formait de petites flaques sombres sur le sol pavé. L'obscurité l'avait aidé à oublier la cité et ses odeurs. Il avait retiré la muselière avec une hésitation, puis titubé et fracassé une barrique lorsque les miasmes de la cave avaient percuté son cerveau comme une vague rouge sang. Il avait mis un moment à retrouver ses esprits et à pouvoir coordonner les mouvements de ses mains pour ouvrir la caissette et extraire 18 de son logement.

18... Un chiffre pour une température idéale, le degré exact où le venin acquiert son efficacité maximale. L'ingéniosité du mécanisme tient à ce chiffre-là, à la manière dont le poison circule et se refroidit depuis son extraction des glandes jusqu'à son arrivée dans le logement prévu à l'intérieur de la balle. Une véritable horlogerie sous-tendue par la magie des Ténèbres.

La première fois, donc... et son émotion au moment d'armer le levier. Ressentir une douleur vive, intense et presque exaltante au contact des aiguillons qui s'enfoncent dans les glandes et pompent le précieux liquide avec une minutie chirurgicale. Le temps se compte en battements de cœur. Les entrailles de 18 crissent et trépignent jusqu'au cordon… Un bruit sec : une balle reçoit son dû et glisse dans un souffle à l'intérieur de la chambre. L'arme est chargée.

S'Érum n'a pas tiré dans cette cave. Il est sorti à l'air libre, a marché dans la nuit et a choisi sa victime au hasard, parmi les silhouettes furtives qui hantent les quais à la pointe du jour. Il s'est introduit dans une maison, a massacré la famille qui l'occupait et s'est rendu sur la terrasse où, face à la mer, il a écouté les vibrations qui montaient du port. Son choix s'est porté sur le pas alerte d'un enfant, une cible difficile, mouvante et imprévisible. Il a suivi l'écho de ses sandales, il s'est transporté jusqu'à lui, en pensée, pour se couler dans sa course comme une ombre. Focalisé sur l'enfant, il a pu entendre le cœur battre et en faire son repère, sa boussole, pour anticiper le moment précis où la mire croiserait la trajectoire du garçon.

18 n'a produit qu'un léger chuintement, comme une expiration, lorsque la balle a jailli du canon, traversé le quai et cueilli l'enfant en pleine poitrine. S'Érum n'a pas entendu le râle de sa victime, il a seulement perçu les convulsions des bras et des jambes avant même que le corps ne touche le sol, un battement d'air erratique et désespéré… Sublime pantomime. Le cœur, gorgé de vie, qui soudain s'emballe et, dans la même fraction de seconde, explose comme une outre. Plus tard, il a regretté ce plaisir fugace et cette certitude de l'époque qui lui faisait croire que rien n'égalait la mort prise et vécue comme un luxe. On ne gâche pas de futurs esclaves. Le peuple ophidien a la responsabilité de ce vivier qu'on appelle Aarklash.

Pour l'heure, le câble du fusil est fixé à son poignet et au mécanisme discret qui permet, selon le même principe que pour le venin, d'acheminer le sang du sydion jusqu'aux balles et leur conférer l'empreinte des Ténèbres. Moins efficace, mais parfois utile pour contaminer les serviteurs de la Lumière.

« Taverne des Obsidiens ». S'Érum s'immobilise et lève les yeux sur l'enseigne qui grince au-dessus d'une vieille porte en bois. Il rajuste sa houppelande et franchit le seuil.

Parfum de sueur, de tabac bon marché et de liqueurs frelatées. Un lieu sordide où croupit une poignée de voleurs décharnés. S'Érum distingue sur leurs bras nus le tatouage de l'Aigle noir, emblème d'une ligue moribonde et hors-la-loi. Le tavernier se dresse derrière un comptoir sommaire, une planche posée sur des tonneaux. Il a le front barré d'une mèche grasse et les joues creuses. Sa chemise ouverte laisse entrevoir une poitrine osseuse marquée par le fouet de la milice ducale. Il grogne et troque son torchon pour un gourdin hérissé de clous.

Les rares conversations s'éteignent brutalement. Au plafond, une lanterne aux verres crasseux oscille dans un courant d'air. S'Érum traverse la salle pour rejoindre le comptoir dans un silence tendu et voit distinctement la main du tavernier se crisper sur le manche de son gourdin. Le corps de l'humain empeste la peur.

– Antic, dit S'Érum d'une voix douce. Où est-il ?

Derrière lui, les voleurs commencent à bouger et provoquent d'imperceptibles remous dans l'atmosphère saturée par la fumée du tabac. Le tavernier écarte la mèche sur son front.

– Qui *la* demande ?

– Un ami du colporteur.

L'homme cligne des paupières, se mouille les lèvres et jette un coup d'œil sur la salle. Les veines de son front sont gonflées, sa poitrine se soulève à un rythme saccadé. S'Érum se contracte. La sueur qui coule aux tempes du tavernier exhale un parfum plus complexe qu'il ne le croyait. Il se penche et darde la langue. Au-delà de la peur, il sent une excitation troublante.

Le souffle, dans son dos, d'une épée qui glisse hors de son fourreau… l'expiration d'un voleur qui se rapproche à pas lents.

S'Érum ne se retourne pas. Pas encore. Sa gueule émerge de l'obscurité du capuchon et force le tavernier à reculer.

– On te paie pour mourir aujourd'hui ? demande le sydion.

Dorko, le maître des lieux, tressaille, les phalanges blanchies à force de serrer le manche de son arme. Il pense à cette récompense promise par l'autre ophidien, cette petite fortune qui leur permettrait, à lui et aux derniers fidèles de l'Aigle noir, de faire renaître la ligue de ses cendres, de se racheter auprès des autorités ducales. Un rêve embrumé par l'alcool, un rêve désespéré que le destin met à portée de main.

Passé et futur se bousculent dans son crâne. Il se revoit, enfant, dressé fièrement sur le comptoir comme une vigie, sous le regard attendri de Lilas, sa mère. À l'heure du souper, les clients se pressaient par dizaines dans l'auberge du Zéphyr. Attablés ou debout, la choppe à la main, ils formaient une véritable marée humaine que son père bravait à la force des épaules, guidé par la voix de son fils. Le danger aiguise ses souvenirs. Il regarde sa vie sans comprendre pourquoi il a échoué ici, dans ce bouge sinistre, alors qu'il pourrait être assis sur ce rocher, là-bas, au milieu des falaises plaintives, où les enfants de son âge se donnaient rendez-vous avant d'aller accueillir les pêcheurs. Son père mort, il a fui et tenté sa chance, comme tant d'autres, dans l'immense Cadwallon pour ne plus jamais revoir les yeux rougis d'une mère qu'il croyait invincible.

Les yeux vineux de l'ophidien interrogent son âme. Il peut encore faire signe à ses compagnons de renoncer, il peut lâcher ce gourdin, déterrer les deux cents ducats cachés dans son minuscule potager et refaire le chemin de sa vie en sens inverse pour rejoindre sa mère. Mais cette récompense… six mille ducats, de quoi enrôler de jeunes recrues, monter un ou deux coups d'envergure et redonner à l'Aigle noir son éclat d'antan. Ses sept compagnons, eux, ont déjà choisi. La convoitise et surtout l'espoir ont dilué la peur qui noue leurs entrailles. Il sait, lui, que le combat est inégal, que cette salle peut devenir le tombeau de la ligue.

La langue de l'ophidien claque à un centimètre de son visage comme la lanière d'un fouet. Un ultime avertissement. Comme si la créature, prise d'une émotion magnanime, lui offrait une porte de sortie.

Ce bruit sec fait craquer Torgash, pilier de l'Aigle noir, un colosse roublard et aigri par l'infortune. Peut-être a-t-il cru que l'ophidien était passé à l'attaque ou peut-être que ses nerfs ont lâché… Il se lance en avant, une épée brandie à deux mains. Un cri de guerre jaillit de sa gorge. Deux mètres le séparent de la silhouette massive de l'ophidien.

Dorko croit lire un regret dans les yeux de la créature avant qu'elle ne pivote dans un froissement d'étoffe. Le temps d'un soupir, il voit l'épée de Torgash suspendue dans les airs, sa bouche ouverte, haletante, son cou gonflé par l'effort.

L'ophidien a laissé venir l'attaque et ploie au dernier

moment pour éviter la trajectoire de l'épée. Torgash ne peut rien faire lorsque le bras écailleux jaillit des profondeurs de l'étoffe. La scène est trop rapide pour que Dorko parvienne à saisir le moment de l'impact. Il sent un liquide chaud gicler sur sa poitrine avant que le corps décapité de son compagnon ne s'écrase contre le comptoir.

Le silence retombe. Un dernier verre bascule et se brise au sol. Les voleurs de l'Aigle noir ne bougent plus.

S'Érum demeure immobile, lui aussi. Sur son bras, le sang goutte encore. Sa main droite, déployée comme la serre d'un oiseau, brandit la tête de Torgash.

À moitié assommé au milieu des débris de son comptoir, Dorko repousse avec horreur le cadavre qui s'est écroulé sur ses jambes et tâtonne autour de lui pour retrouver son gourdin. Il le déniche, enfin, et se redresse tant bien que mal. Sa cuisse semée d'échardes saigne abondamment.

Il a vu le pire dans la ville basse, mais rien de comparable à la tête arrachée d'un ami dont les paupières frémissent encore.

À ce moment précis, il prend conscience de l'absurdité, de la folie de ce combat. Il les connaît, pourtant, ces créatures venues du fond des âges. Il a fréquenté celui qu'on appelle le colporteur pendant près de quinze ans. Il l'a reçu dans la crainte, attentif à ses moindres désirs pour profiter de ses largesses. Sans lui, sans les ducats qu'il lâchait par dizaines avec désinvolture, cette taverne aurait fermé depuis bien longtemps. Qui est venu, cette nuit, pour promettre la récompense ? Pourquoi n'était-ce pas le colporteur, mais un autre qu'il n'avait jamais vu jusqu'ici ?

Tist', le petit frère de Torgash, a les yeux embués, les lèvres tremblantes. Un poignard dans chaque main, il est à bout de nerfs, rongé par des émotions contradictoires. Rage, peur et tristesse alternent sur son visage juvénile dévasté par la vérole. Ses compagnons l'observent sans un mot tout en reculant vers la porte d'entrée.

– Je vais… je vais te saigner ! hurle-t-il.

Il bafouille et s'étrangle. Un sanglot secoue ses épaules et s'achève en ricanements nerveux. Le sydion se détourne et reporte son attention sur le tavernier.

– Antic. Où puis-je la trouver ? dit-il d'une voix métallique.

– Retourne-toi ! hurle Tist'.

Dorko est tétanisé, les bras ballants. Il a l'impression que son gourdin pèse une tonne et finit par le lâcher. Il veut sourire à la créature et ne produit qu'une grimace.

– Là-haut, murmure-t-il en montrant le plafond. Au grenier.

– Qui a payé ?

– Un ophidien…

– Décris-le.

Tist' perd patience, enragé par l'indifférence de la créature. Il amorce un pas en avant et baisse les yeux, surpris par le crissement des écailles. L'ophidien n'a pas bougé, mais sa queue, elle, a glissé jusqu'à lui et oscille entre ses pieds. Il relève les yeux, croise ceux de Dorko. Une surprise sincère déforme son visage lorsque la queue se relève et se propulse jusqu'à son cou. Son dernier soupir n'a pas le temps de franchir sa gorge. L'étau s'est brusquement resserré. Ses vertèbres cervicales cèdent dans un craquement.

Dorko se mord les lèvres jusqu'au sang et sent un liquide poisseux couler entre ses cuisses. L'urine goutte sur ses vieilles chaussures alors qu'une écume vermeille inonde le menton de Tist'.

La queue de l'ophidien maintient encore sa victime à

la verticale. L'angle impossible de la tête a raison de la volonté des survivants. Tous, excepté Dorko, se précipitent vers la porte et disparaissent dans un parfum de pure panique.

S'Érum les ignore. Il n'a pas la force ni l'envie de les poursuivre, bien qu'il prenne ainsi un risque inutile. Des fuyards peuvent alerter des francs-ligueurs et initier une chasse qui l'obligerait à battre en retraite.

Il abandonne le corps du garçon et jette au loin la tête sanguinolente de son grand frère.

– Comme vous... lâche le tavernier. Plus grand encore. Sous un manteau en fourrure... Je ne sais pas. Je n'ai pas vu son visage, enfin sa gueule...

– Je ne *sens* pas son odeur. Quand est-il venu ?

– Cette nuit. Juste après minuit.

– Qu'a-t-il dit ?

– Qu'un ophidien viendrait. Pas le colporteur. Un autre. Vous... Il a parlé de votre houppelande. Six mille ducats... c'est une somme, n'est-ce pas ?

La voix de l'humain se brise. S'Érum s'interroge sur l'identité du commanditaire. L'embuscade ressemble, une fois encore, à une tentative maladroite. Pourquoi ne pas l'avoir dénoncé à des francs-ligueurs, un moyen bien plus radical et bien plus sûr pour se débarrasser de lui ? L'assassin a-t-il pris le risque de quitter la bibliothèque en personne pour venir jusqu'ici ? Est-ce un complice ?

Dorko, en tout cas, ne peut en dire plus.

– Conduis-moi à Antic, ordonne S'Érum.

Chapitre X

L'existence de Vortiris, le dieu reptile des ophidiens, suit un cycle. Il naît sous la forme d'un dragon destructeur qui embrase la Création. Puis, rassasié de massacre, il devient le serpent sage aux innombrables aspects. Enfin, il découvre la Vérité et se métamorphose en salamandre solaire. Il illumine la Création avant de mourir, épuisé. Un nouveau cycle peut alors commencer.

Extrait des *Hautes Légendes ophidiennes*,
par Arenh, vrai-né syhar.

L'escalier en bois qui grimpe aux étages supporte tout juste son poids et grince à chaque marche. Dorko le précède, les jambes flageolantes, une chandelle levée à hauteur des yeux. Il s'immobilise sur le dernier degré et montre une trappe au plafond.

– C'est là…, murmure-t-il.

– Attends-moi ici. Si quelqu'un vient, crie.

Le tavernier hoche plusieurs fois la tête avec un sourire servile, empli de gratitude. S'Érum se déploie et, dans un mouvement fluide, enfonce brutalement la trappe pour se hisser à travers. Le grenier est plongé dans l'obscurité. Vaste rectangle mansardé, il abrite un capharnaüm poussiéreux aux volumes incertains. S'Érum isole le spectre rougeoyant de petits rongeurs que sa présence affole. Les rats couinent et détalent.

Une silhouette s'esquisse dans la pénombre. À l'étroit sous la voûte, S'Érum frémit.

Une Akkyshane. Drapée dans une cape de velours sombre, l'elfe a le visage émacié, des membres squelettiques et de longues mains couvertes d'un poil blanc et duveteux. Les elfes-araignées s'aventurent rarement au-delà des lisières de la forêt des Toiles. S'Érum effleure la détente de 18. Il a vu l'araignée, une tarentule tapie sur le crâne chauve de l'Akkyshane. Derrière elle, il distingue les fils cristallins d'une toile qui se fond dans les profondeurs du grenier.

Antic ne doit pas avoir plus de vingt ans. Une adolescente, presque une enfant, dont les yeux, deux billes couleur d'ardoise, l'épient avec curiosité.

– Tu nous déranges, dit-elle.

Sa voie est éraillée. Elle produit un son désagréable, pareil au crissement d'une meule. L'araignée sur son crâne a glissé le long de sa joue pour s'installer au creux de son épaule.

– Le colporteur nous a oubliées ? demande-t-elle avec un étrange sourire.

– Il est mort.

– Tu le remplaces ?

– Je cherche l'assassin.

Elle se glisse jusqu'à un vieux fauteuil de cuir et s'assoit délicatement à l'intérieur.

– Il faudra réparer la trappe, fait-elle en raflant l'araignée sur son épaule. Aleth. Ma meilleure amie. Elle te plaît ?

– Elle te va bien… élude le sydion.

Il veut rester prudent. L'atmosphère du grenier l'intimide et le rend nerveux.

– Il est mort… Le colporteur est mort… dit-elle avec un petit rire sinistre.

Elle se lève brusquement pour se porter à sa hauteur.

– Le colporteur était bon avec nous. Tu dois trouver l'assassin.

– Il est venu ici cette nuit.

S'Érum voit les poils se dresser sur les mains de l'Akkyshane.

– Je ne l'ai pas vu. Ni entendu, dit-elle. La nuit, je ne suis pas ici. Je marche dans la ville.

– Il y a quelques jours, le colporteur est venu te voir.

Le visage d'Antic se ferme. Elle lui tourne brusquement le dos et reprend l'araignée dans ses mains.

– Antic, dit-il d'une voix douce, j'ai besoin de ton aide.

L'Akkyshane fait mine de ne rien entendre et continue de flatter l'abdomen de l'araignée.

S'Érum s'avance et se contorsionne pour passer la gueule au-dessus de son épaule. Antic se crispe, mais ne bouge pas. Avec prudence, il darde la langue et se joint à la caresse de l'elfe.

– Elle aime ça, souffle Antic.

Trois, peut-être même quatre minutes s'écoulent sans que le sydion ose interrompre ses caresses. Il ne sait pas si l'Akkyshane considère son geste comme une offrande nécessaire, mais elle semble peu à peu se détendre.

– S'Holth est venu, finit-elle par dire. Il avait faim… tellement faim. Ses yeux brillaient.

– Il avait faim ?

– Il lui en fallait toujours plus. Des vieux… Usés, craquelés, poussiéreux. Habités…

– Des livres ?

S'Érum frissonne. Il a surpris l'étincelle de mépris qui a brillé dans les yeux de l'Akkyshane.

– Oui, des livres. Désormais, il n'aura plus jamais faim.

Elle soupire et retourne s'asseoir dans le fauteuil.

– Je marchais beaucoup pour lui. Il prenait tout, mais ça ne suffisait jamais. Tous ceux qui avaient été touchés, tous ceux qui avaient vécu. De vieux grimoires, oui, qu'il palpait comme le corps d'un amant.

Ses paupières se baissent, tel un voile. Sur ses mains les poils oscillent sous une brise invisible.

– J'aimais voir son désir en présence des grimoires. Ses yeux brillaient…

S'Érum sent les battements de son cœur s'accélérer. Une intuition prend forme dans son esprit.

– Ses yeux brillaient, répète-t-il. Et sa langue ?

– Sinueuse. Avec des reflets. Elle vibrait, elle dansait au-dessus des grimoires.

Elle hausse les épaules avec un soupir.

– Parfois, il perdait la notion du temps. Il restait là, à attendre ses coffres.

– Il avait une sacoche ?

Elle sourit.

– Il la réservait aux ouvrages de la liste. Celle de son maître. Les autres grimoires, ceux qu'il préférait, il les rangeait dans des coffres.

– Ils sont ici, ces coffres ?

– Non, il les emmenait avec lui. Un par un.

Le sydion hoche la gueule. Il lui reste une question à poser pour être certain qu'il a vu juste :

– Antic, ses yeux changeaient-ils de couleur ?

Malgré l'obscurité, il lui semble que les joues pâles de l'Akkyshane rosissent.

– On aimait ses yeux, chuchote-t-elle. Ils changeaient presque à chaque fois.

S'Érum expire longuement.

Le Vice.

Les symptômes ne trompent pas. Dès lors que le principe obscur filtré par la cornée ophidienne devient instable, le *fond de l'œil* génère un véritable chaos prismatique. La couleur des yeux change d'une nuit à l'autre et oblige le vicié à user d'illusions pour échapper à l'attention de ses frères.

S'Érum se sent sale. Il aimerait pouvoir se glisser dans un bassin en compagnie d'Ayane. Il a touché le corps d'un vicié, il ne s'est pas méfié...

Le mal, pourtant, n'est pas contagieux. Il sommeille en chaque ophidien, comme une bête assoupie. Nul ne sait ce qui provoque l'éveil de la bête, ce moment clé où la conscience bascule dans un territoire inconnu pour s'abandonner à l'appel insatiable du Vice.

Vingt ans plus tôt, S'Érum est venu à l'Erratum pour lire les vieux grimoires parfumés de jadis. Semblables à des herbiers, les œuvres renferment la mémoire des pères du peuple, des patriarches et des plus grands mnémosiens.

Les langues mortes. Elles racontent le passé, elles racontent comment l'histoire ne cesse de poursuivre le peuple serpent malgré les recherches entreprises depuis des siècles pour circonscrire le mal. S'Érum se revoit vingt ans en arrière, ému et fébrile en présence des épais volumes disposés devant lui par un archiviste silencieux. Moment empreint de gravité au fur et à mesure qu'il soulève les pages épaisses et leur parfum d'antan. Les langues mortes fixées sur le vélin ressemblent à des brindilles. Elles exhalent une odeur capiteuse qui enveloppe sa conscience. Rêve éveillé, transe, peu importe le nom qu'on lui donne : il voit, il sent, il entend...

Sa perception se soumet aux visions venues du fond des âges.

Le temps d'un soupir, à travers le récit d'un mnémosien, il flotte dans le sillage des six dragons originels jaillis du Néant. Une scène fugitive dont la puissance évocatrice le tétanise. Des ophidiens sont morts sous l'emprise de telles visions. Il résiste, il lutte pour garder sa conscience au seuil des origines et contempler le vol tutélaire des dragons. Le battement de leurs ailes majestueuses délivre un message, comme si le vent murmurait leur volonté : ils se dispersent dans les royaumes élémentaires après la capture de leur créateur, le dieu Désir.

Il se souvient d'avoir vacillé, d'avoir empoigné le bord du pupitre pour conserver son équilibre sous le regard circonspect de l'archiviste.

Une autre page… une autre langue morte. Bouffées vertigineuses, pensées confuses et assourdissantes. Il se noie dans une caisse de résonance à l'échelle divine. Seul le filtre mnémosien l'empêche de sombrer dans la folie. Dans le sillage des dragons, il prend conscience que rendre sa liberté à Désir risque de détruire la Création et qu'ils doivent devenir les gardiens de son sanctuaire, les geôliers de sa prison.

Puis le chaos, une sensation fulgurante. Il manque de perdre connaissance. L'archiviste exige qu'il prenne une nuit de repos avant de poursuivre l'expérience. S'Érum s'exécute, bien entendu, sans imaginer que sa catalepsie durera quatre jours et que le maître archiviste en personne viendra l'arracher à un sommeil sans rêve. Il reprend sa lecture, prêt, cette fois, à affronter le chaos. Il ploie, mais ne cède pas sous la colère froide de Vortiris, le seul dragon qui désire toujours la libération de son créateur, et s'enfuit pour fonder un empire sur un autre continent, Belgorn.

L'Alliance enfin, celle des origines, celle de la conception d'un peuple. Les langues mortes évoquent le serment d'un dragon et d'un seigneur-mage, Célebdel, dont les enchantements offriront à Vortiris le moyen d'enfanter seul, de donner naissance à des rejetons primitifs, les premiers ophidiens dont il fera ses héritiers.

Matrice d'un demi-dieu et d'un magicien décadent. Le Vice est né dans ce creuset, le Vice s'est constitué au fil des échecs et des tentatives infructueuses, de tous ces monstres qui jalonnent l'histoire des premiers enfants de Vortiris.

Le Vice. Une force indomptable, une magie invisible et sournoise qui peut à tout moment s'emparer de votre âme et la dépecer. Elle vous habite, elle vous transcende et vous condamne.

S'Érum se souvient d'avoir pleuré, les mains cramponnées au pupitre. Larmes amères sur des langues mortes, larmes rageuses sur un peuple boiteux, enchaîné aux caprices imprévisibles de ses origines.

La main de l'Akkyshane caresse sa gueule.

– Le colporteur était un vicié, dit-il.

Elle se pince les lèvres.

– Il était inquiet, souffle-t-elle. Il avait peur.

Le jour ne va pas tarder à se lever. Une vague lueur filtre à travers le toit, les ombres vacillent. Il ne peut plus s'attarder.

– Peur de qui ?

Elle retire sa main comme si elle s'était brûlée et recule dans l'obscurité.

– Peur de l'autre. Celui qui savait.

– Qui ? Parle !

L'araignée a grimpé sur le crâne d'Antic et tournoie nerveusement sur elle-même.

– Je ne sais pas, crache l'Akkyshane en faisant un nouveau pas en arrière.

La colère froisse son visage et la rend hideuse.

– Vous l'avez tué ! crie-t-elle. Il était à moi !

S'Érum n'insiste pas. Antic devient dangereuse. Sur sa peau diaphane perlent d'épaisses gouttes de sueur. Un réflexe de défense, une sécrétion semblable à des perles de soie. La situation dégénère. Il lève 18 et tient l'Akkyshane en joue le temps de glisser par la trappe.

Dorko est plaqué contre un mur, les yeux terrorisés. L'urine a séché sur son pantalon et empoisonne l'air confiné de la cage d'escalier. Les nerfs à vif, S'Érum pose son canon sur le front de l'humain. Le tavernier se recroqueville et agrippe le fusil avec ses deux mains. Ses glapissements résonnent dans l'escalier.

– Seigneur ophidien… gémit-il.

Bruit sec et chuintant d'une détonation.

Tirée à bout pourtant, la balle a emporté la moitié supérieure du visage dans une gerbe d'esquilles et de mucosités rosâtres.

L'exécution soulage le sydion. Il essuie l'extrémité du canon et, d'une pression, s'assure qu'une nouvelle balle s'est logée dans la chambre.

Le jour se lève lorsqu'il quitte la taverne des Obsidiens.

Chapitre XI

L'œil n'est pas simplement un organe, mais un réceptacle. Entre les mains d'un nécropse, il devient l'orbe d'une vie, celui qui dévoile les souvenirs et restitue, parfois, les étapes les plus importantes de l'existence du défunt. La vérité gît à jamais au fond de l'œil.

Extrait d'*Œil pour œil*, ouvrage de référence destiné aux jeunes nécropses.

S'Érïn le nécropse habite une ancienne halle, un large bâtiment dont il a supervisé les travaux pour en faire son atelier. Il a longtemps cherché une structure adéquate, afin de bénéficier de larges espaces pour travailler, un lieu ouvert et baigné de lumière.

Cette halle s'élève au cœur de la ville basse de Cadwallon, dans un quartier tortueux et misérable. Les autorités ont décidé de l'oublier, ce quartier, préférant le circonscrire par d'imposantes tours de garde et l'abandonner à son sort. On y entre facilement, mais on en sort au péril de sa vie, du moins en surface. Sous les pavés, d'anciens égouts déversent nuit et jour leur flot de miséreux et de voleurs qui tentent leur chance dans d'autres quartiers mieux lotis.

S'Érïn aime cette humanité défaite, ce ramassis de loqueteux qui le vénèrent comme un roi et constituent, autour de son repère, une gangue infranchissable.

La halle forme un rectangle de quarante mètres de longueur sur dix de large, dont la façade sert de support aux miséreux pour y graver des prières à leur dieu. Lors de ses sorties, S'Érïn s'amuse parfois à exaucer l'une d'entre elles pour entretenir la légende.

Pour pénétrer dans son domaine, il faut, dans un premier temps, longer une venelle où siège une coterie de mendiants, dénicher une porte cochère, la franchir, s'aventurer dans une courette étroite, soulever la pierre qui condamne une antique margelle et s'engager dans une rampe en colimaçon qui mène sous terre, dans une ancienne galerie de déblaiement dont les parois ont été étayées et consolidées. Au bout de cette galerie s'élève une lourde porte en bronze, dernier rempart avant l'atelier.

L'intérieur offre un contraste saisissant avec les alentours. Les murs sont recouverts d'une chaux blanche, le sol est constitué d'un dallage de marbre. S'Érum frissonne. L'endroit est froid, trop propre pour s'y sentir à l'aise.

Il finit par lever les yeux sur la charpente en entendant le pas feutré des enfants. Le toit appartient aux orphelins de l'Aiguille, garçons et filles dont l'âge s'échelonne entre cinq et dix ans. Nuit et jour, ils veillent et entretiennent ce territoire dont ils ont la charge exclusive. Armés de longues aiguilles, ces jeunes acrobates dominent sans partage les hauteurs du quartier. Depuis près de quarante ans, S'Érïn a vu défiler de nombreuses générations sans pouvoir prendre à défaut ses jeunes protecteurs. Leur loyauté l'émeut plus qu'elle ne devrait. Ce n'est pas à proprement parler une croyance. Les enfants le respectent, les enfants le craignent, mais aucun ne donnerait la mort en son nom. Il n'a jamais vraiment compris que la loyauté puisse s'incarner en autre chose qu'une cause. Lui, il n'envisage sa loyauté qu'au regard de l'Alliance ophidienne et des principes de conquête qui guident son peuple. Cela étant, l'émotion est réelle lorsqu'il évoque ses enfants du toit. Il est devenu leur père, une figure tutélaire qui organise presque chaque année une fête somptueuse pour célébrer le départ des plus vieux. Un aiguillon ne peut dépasser l'âge des dix ans. S'Érïn ignore l'origine de cette loi étrange à laquelle personne ne déroge. Elle existe depuis le début, elle ne tolère aucune exception et chacun, au jour fatidique, s'accommode comme il peut de ce départ forcé.

L'atelier.

Pour S'Érïn, quatre cents mètres carrés dévolus à son métier. À droite, sur toute la longueur du bâtiment, pendent les mues cristallines de ses frères. Miroirs du temps, miroirs d'un peuple. Toutes sont fixées à l'intérieur de cadres noirs et rectangulaires qui coulissent le long de tiges métalliques. À ce jour, le nécropse en possède deux cent vingt et une et connaît chacune d'entre elles dans les moindres détails. À la nuit tombée, lorsque la lumière décline et rend le travail impossible, une profonde nostalgie pousse régulièrement S'Érïn à s'engager au milieu de ce labyrinthe pour contempler ses œuvres à l'éclat vacillant d'une lanterne. Un rituel rythmé par le grincement des cadres qui coulissent sur leurs rails, un rituel vital.

À gauche, face à la galerie, se trouve l'atelier proprement dit, de larges étals en marbre blanc recouverts d'un fatras d'alambics, de pots, de pinceaux et de loupes, le tout dominé par l'odeur enivrante des herbes et des concoctions. Sa vie se tient ici. Des heures, des mois, des années penché sur ses étals pour servir la cause ophidienne et ses alliés.

Mais l'essentiel, la matière première de son art, se trouve à l'extrémité nord du bâtiment, logé à l'intérieur du mur. Vingt cavités où il abrite les précieux organes, vingt cavités où il entrepose avec un soin maladif les globes oculaires que ses frères lui confient.

S'Érïn est un artiste du dernier soupir, un ophidien capable de voir au *fond de l'œil* pour révéler l'instant qui a précédé le décès. La dernière image, la dernière vision que la mort grave à jamais dans les yeux du défunt. Une réminiscence rétinienne que l'exercice combiné de la magie et de l'alchimie permet de graver sur un support, en l'occurrence les peaux mortes de ses frères.

Il n'existe pas d'autre support connu. D'essence magique, la mue est le seul « matériau » dont dispose le nécropse pour rendre visible le *fond de l'œil* et le garder dans un parfait état de conservation. C'est pour cette raison que S'Érïn tient à choisir ses peaux personnellement. Chacune d'entre elles raconte une histoire, avant même de devenir une toile. Au toucher, il peut en sentir les forces et les faiblesses, il peut dire si une vieille blessure risque d'affecter le processus de révélation, si la présence, même infime, d'une impureté de Lumière menace le résultat final… Il a subi bien des déboires avant d'acquérir une expérience solide et un jugement infaillible. Depuis dix ans déjà, il n'a plus connu un seul échec et se fournit auprès des guerriers qui traversent la troisième ou quatrième mue. Leurs peaux mortes sont d'une qualité exceptionnelle. Souples et résistantes, le meilleur support qui soit.

S'Érïn regrette que ses frères ne le comprennent pas. Personne ne voit les efforts qu'il produit pour que l'œuvre délivre une émotion fidèle à l'original, pour que la scène représentée soit aussi sincère que possible. Il ne sait plus à quel moment il est devenu un artiste plutôt qu'un artisan. De toute façon, la nuance n'intéresse que lui. Le peuple ophidien mène une guerre totale.

L'art canalise ses instincts, il en a pris conscience récemment. Et cela lui fait peur. Il sait qu'un jour ou l'autre on finira par se demander si, en dépit des services rendus, il est encore digne d'être un frère de l'Alliance, s'il n'a pas été contaminé par les miasmes humains… Les patriarches estiment que l'art est un luxe décadent, le premier pas vers une capitulation insidieuse. Peu lui importe le jugement de ses pères, pourtant. La peur se nourrit des regrets. S'il disparaît, ses œuvres seront dispersées, peut-être même détruites ou simplement reléguées dans une grotte humide, loin des regards.

Cette menace affecte son travail. Il s'efforce de la cantonner dans un coin de son esprit, mais elle revient toujours, comme un bruissement lancinant. Depuis la nuit dernière, elle ne se contente plus de bruisser, elle hurle : un sydion doit venir.

Six heures trente du matin. S'Érum frappe trois coups secs sur la porte de bronze de l'atelier.

Le nécropse ouvre. Les deux ophidiens s'observent en silence, l'odeur masquée. L'étiquette ophidienne accorde une place importante au salut. S'Ërïn cède le premier pour marquer son sens de l'hospitalité. L'onde de chaleur effleure la gueule de S'Érum. La tension, perceptible quelques secondes plus tôt, retombe.

Le sydion connaît la réputation du nécropse. De nombreuses rumeurs circulent à son sujet. Les patriarches ont manifesté leur inquiétude à son égard et ont fait parvenir des notes alarmantes: « Trop proche des humains. Preuves avérées de bienveillance envers des enfants. Recommandons une surveillance accrue. Indulgence requise eu égard à la qualité de son travail. Se méfier. »

S'Érum est venu sans idée préconçue et tient à se forger sa propre opinion, aujourd'hui. Néanmoins, il se sent en confiance. Rares sont ceux qui bravent l'autorité des patriarches pour s'accomplir et servir les hauts desseins de l'Alliance.

Il est surpris par la lumière qui baigne l'atelier.

– Tu as un bassin où nous pourrions discuter ? demande-t-il.

– Non. J'ai essayé, mais l'eau est impure. Impossible de la faire venir jusqu'ici dans de bonnes conditions.

S'Érum émet un crissement irrité.

– Le voyage jusque chez toi est très désagréable.

– Je sais. Je m'en excuse.

– Tu vis dans un lieu étrange, nécropse. Au milieu des humains, fait le sydion en levant les yeux. Ils marchent même sur ton toit. Tu devrais faire attention.

– Ils sont avec moi.

– Justement.

S'Érum déambule au milieu de l'atelier, la langue dardée. L'odeur humaine le dérange.

– Tu as des esclaves ?

– Non, je n'en vois pas l'utilité.

– Pourtant, tu es un maître de l'enskëm.

– Justement, dit-il avec une pointe d'ironie. J'ai un talent. Je ne veux pas le disperser.

S'Érum acquiesce et s'immobilise devant un étal.

– Je sens ta peur, frère. Tu ne dois pas t'inquiéter, je ne viens pas en leur nom.

S'Ërïn laisse échapper une bouffée de soulagement.

– J'ai cru qu'ils en avaient assez…

– Si tu dois mourir, ce sera ma décision, pas la leur, rétorque S'Érum d'une voix glacée.

– Alors, tu viens pour une toile ?

Le sydion lui présente une caissette.

– Les yeux d'un esclave. Il a été ensorcelé, mais il y a autre chose. Une contre-empreinte. Je veux savoir qui est responsable.

– L'esclave est mort quand ?

– Il est vivant.

S'Érïn se détourne, l'expression contrariée.

– Je ne sais pas si j'en suis capable. Révéler une contre-empreinte… Voilà bien longtemps que je n'ai pas pratiqué. Je ne travaille qu'avec les morts maintenant.

– Je sais. Je te demande juste d'essayer.

– Il faudra du temps.

– Je te donne cinq heures.

– Impossible… Il m'en faut au moins le double.

– Cinq heures.

– Je risque d'endommager les yeux. De tout perdre.

– Je prends le risque.

Le regard du sydion convainc S'Érïn de ne pas insister. Avec un soupir résigné, il prend la caissette, la dépose sur un étal et l'ouvre avec délicatesse.

Au début, le nécropse se contente d'observer les globes oculaires sans les toucher. Un travail minutieux qui l'isole et gomme peu à peu tout ce qui l'entoure. Il est armé de plusieurs loupes, chacune d'une taille différente, mais toutes munies des mêmes verres noirs, des gemmes de Ténèbres taillées sur mesure qui traquent l'émanation ophidienne.

Il trouve une première signature, la plus évidente. L'enskëm a été renouvelé plusieurs fois et toujours avec soin, de manière à épouser la marque précédente. Le maître était visiblement soucieux de ne pas abîmer le *fond de l'œil* et de préserver la personnalité de son esclave.

Au bout d'une heure, S'Érïn décide de s'arrêter un moment.

– J'ai isolé et suivi la première empreinte jusqu'au bout. Celui qui a fait ça tenait à son esclave.

– Possible.

– Un détail intéressant : il n'a pas touché au corps.

– Sois plus précis.

– L'esclave était maître de ses mouvements. Aucun interdit. En théorie, il pouvait aller où il voulait. Quel était son rôle ?

– Rien de bien défini.

– Aucune tâche particulière ?

– Une, peut-être : il jouait d'un instrument. Une harpe.

– C'est sans doute ça. Lui laisser l'opportunité de jouer sans entrave.

– Curieux…

– Je vais essayer d'isoler la contre-empreinte.

Le nécropse se remet aussitôt au travail. Cette fois, la tâche qui l'attend est bien plus compliquée et l'oblige à recourir à une magie complexe pour avoir une chance de percer les verrous invisibles de la contre-empreinte.

Sa langue s'agite et frappe contre son palais, son corps commence à onduler sur un rythme hypnotique. Des vibrations agitent ses écailles. La transe s'accomplit et puise sa force dans les gemmes de Ténèbres disposées en cercle autour des deux globes oculaires. Un premier trait d'énergie fuse et provoque une réaction en chaîne. En quelques secondes, le cercle des gemmes crépite d'éclairs d'onyx qui tremblent, s'entrecroisent et forment une voûte sombre au-dessus des yeux morts de Maliek.

Guidé par le nécropse, le principe obscur lance la traque et s'engouffre au *fond de l'œil*. S'Ërïn ne voit plus rien. Son corps tout entier frémit pour canaliser les courants magiques. Des visions fugitives se bousculent dans son crâne : Maliek, enfant de cinq ou six ans, dans la cour d'un palais, qui rit à gorge déployée en compagnie des garçons de son âge. Le même Maliek vautré dans la paille, le visage luisant, les mains cramponnées à la taille d'une adolescente qui le chevauche. Ils halètent et murmurent de plaisir jusqu'à ce que les gémissements se déforment pour devenir des hurlements stridents... L'adolescente disparaît. Un ophidien tient Maliek par le cou et l'entraîne dans une grotte. S'Ërïn vacille sous les vagues de terreur pure qui émanent du jeune homme. Les cris déclinent et se transforment peu à peu en notes cristallines. Maliek joue de la harpe, les yeux fervents et fixés sur le bassin où se baigne son maître.

Le nécropse commence peu à peu à contrôler le flux ininterrompu du passé de l'esclave. Pour tenter d'y voir clair, il doit discipliner ce flux, créer un chemin cohérent pour revivre l'histoire de Maliek en accéléré et débusquer la contre-empreinte. L'exercice est périlleux. Il exige une concentration et une force physique à toute épreuve. Des milliers d'heures de marche, de course dans les bois, d'efforts de toutes sortes se condensent, s'infiltrent dans sa conscience et s'écoulent dans son corps. Aucun humain ne résisterait à une telle pression. S'Ërïn, lui, résiste tant bien que mal dans sa chair. Il sent ses membres s'ankyloser au fur et à mesure que le fil de la vie se déroule, il sent son cœur battre à un rythme effréné. Même s'il se doute que la contre-empreinte se cache dans les dernières années, voire dans les dernières semaines, il est obligé de tout voir, de s'imprégner, de s'immerger totalement dans l'existence de cet humain. Le fil de la vie ne peut être tranché. Le fil doit se dérouler pour livrer son secret.

Près de deux heures s'écoulent avant que le principe obscur ne découvre le relief d'une contre-empreinte. S'Ërïn est épuisé. Forcé par les délais du sydion, il est allé au bout de ses forces. Sur l'étal, la voûte crépitante des Ténèbres a perdu de son intensité, faute d'être convenablement irriguée par la magie.

La contre-empreinte le fascine. Une merveille aboutie, une création presque parfaite. Camouflée dans les sillons de l'empreinte originelle du colporteur, elle ressemble à un glyphe noir de jais gravé au *fond de l'œil*.

– Je l'ai… souffle le nécropse à l'attention de S'Ërum.

Ce dernier s'approche pour observer les deux globes oculaires à travers la voûte obscure. S'Ërïn commence à décrire à voix haute ce qu'il voit :

– Une composition… une variante inconnue d'un glyphe de mémoire.

– Un souvenir effacé ?

– Je pense, oui. Je… je ne sais pas. Je peux briser le glyphe, mais je risque de tout perdre. Il ne restera rien.

– Fais-le.

S'Ërïn songe un bref moment à ses œuvres. Il se peut que le glyphe soit piégé, il n'a aucun moyen de le savoir, pas dans un délai aussi court. Il donne l'assaut avec la sensation de jouer sa vie sur un coup de dés.

Il choisit une attaque frontale, comme s'il se jetait sur une porte pour la défoncer. Le principe obscur lui sert de bélier et percute violemment la surface irisée du sceau de protection. Aucun bruit ne marque la défaite de l'enchantement. Le glyphe pâlit et s'évanouit. La vérité, la scène telle que Maliek l'a réellement vécue et que l'auteur de la contre-empreinte a voulu masquer, se trouve juste derrière.

Exalté par le souvenir dévoilé, le nécropse décrit sa vision d'une voix sourde :

– L'esclave vient de se réveiller... Il y a une chambre. Une chambre humaine. La sienne, je suppose.

– Que fait-il ?

– Il est assis sur le bord du lit, intrigué. Par un bruit... non, une conversation.

– Orale ?

– Vibratoire. Il a l'habitude. Il entend un clapotis.

Le colporteur dans son bassin, pense S'Érum.

– Il se lève, poursuit le nécropse. Il y a un rideau juste devant lui.

– Concentre-toi sur la conversation. Deux, trois intervenants ? Il doit y avoir au moins le colporteur et l'assassin. Quelqu'un d'autre ?

La gueule de S'Érïn se contracte.

– Je ne sais pas... J'entends ce que *lui* entend... et il ne comprend pas les vibrations.

S'Érum pousse un soupir de déception.

– Je... je pense qu'ils ne sont que deux, suggère le nécropse.

– Tu en es sûr ?

– Presque certain.

– Bon. Reviens sur Maliek.

– Il a levé la main pour écarter le rideau. Il hésite. Il a peur. Je crois qu'il sent que son maître est en colère. L'autre aussi, d'ailleurs. Le ton monte. Il lâche le rideau, il recule vers le lit.

– Non, grince le sydion.

– Il est terrorisé et...

S'Érïn vacille sur sa queue et se raccroche par les mains au bord de l'étal.

– On se bat… souffle-t-il. On se bat derrière ce rideau.

– Maliek, que fait Maliek ?

– Il hésite toujours. Il cherche une arme, je crois. Il vient de décrocher une torche. Éteinte. Il l'empoigne comme un gourdin.

Les éclairs qui lient les gemmes de Ténèbres perdent de leur vigueur. L'un d'eux s'élance et se brise en plein vol.

– Je… je vais le perdre, souffle S'Érïn.

Il succombe à la fatigue et aux émotions transmises par l'esclave. L'esprit de Maliek est tétanisé, déchiré entre l'instinct de survie et l'obéissance due à son maître. Derrière le rideau, un cri de rage retentit. Puis des râles et le bruit d'un corps qui se débat dans l'eau. Le nécropse entend distinctement une queue frappée furieusement à la surface.

Le cercle magique formé par les gemmes de Ténèbres agonise. S'Érïn est trop exténué pour ralentir l'érosion de l'enchantement. Les murs se gondolent comme du papier au moment où Maliek franchit le rideau pour faire irruption dans la chambre du maître.

Un bassin rouge sang. Maliek hurle et se précipite vers le cadavre d'un ophidien.

Sur l'étal, les derniers éclairs se sont transformés en poussière noire et étincelante.

Le nécropse ressent de plein fouet le désespoir de l'esclave agenouillé devant le cadavre de son maître. La scène est sur le point de disparaître. Maliek sursaute et se retourne. Dans l'encadrement d'une large porte ouverte à même la roche se profile l'ombre du meurtrier.

Une silhouette titanesque. Maliek n'a jamais vu un

ophidien de cette taille. Il empoigne son gourdin improvisé et se redresse lentement.

Les murs s'effacent.

Le nécropse s'écroule dans les bras de S'Érum.

Chapitre XII

Il est connu que Cadwallon a été fondée par des mercenaires assoiffés d'aventures et de trésors. De nos jours, les diplomates flattent les aristocrates pour parvenir à leurs fins dans la ville haute, tandis que la misère engendre la violence dans la ville basse. C'est pourquoi les Cadwës ne remarqueront pas notre présence dans les sous-sols de la cité.

Masselius.

En chemin vers les cales du navire, le templier s'est arrêté au milieu d'une coursive, loin des regards, le souffle court. Mankenz ne dit pas à ses hommes que, lorsqu'il s'enferme dans sa cabine pour prier, qu'il s'agenouille et ferme les yeux, le passé s'invite et le détourne de Merin. L'attente suscite une nostalgie dangereuse. Rien ou presque ne peut remplacer la complicité qui régnait dans la commanderie. Lorthis lui manque. Sa force, sa sérénité, ses visions. Leur amitié s'est délitée au fil des missions orchestrées par la loge, et surtout des trois ans dans l'enfer de l'Ignée Miséricorde. Mankenz regrette ses récits à la lumière du feu, les moments où il s'endormait sur ses genoux, bercé par sa voix claire.

Son poing frappe violemment une paroi.
– Merin, j'ai besoin de toi…

La Mère mesure quinze mètres de long et occupe pratiquement toute la longueur de la cale. Sa prison n'a pas de barreaux, mais des câbles, des tentacules de métal fichés entre ses écailles. Au début, elle souffrait. À présent, elle ne sent presque plus rien.

Les câbles serpentent à même le sol et convergent vers une étrange machine, un assemblage en apparence chaotique de réservoirs et de tuyères trépidantes. De lourds clapets se soulèvent régulièrement et laissent échapper des jets de vapeur. Elle a appris à apprécier ce bruit. Il rythme ses journées, lui sert de repère pour compter chaque jour qui l'éloigne un peu plus des siens et de son sanctuaire.

Un câble se tortille soudain sur le sol, preuve d'une nouvelle injection. Elle n'y prête plus attention. Les drogues ont fini par annihiler toute sensation et faire de son corps un poids mort. Son horizon se limite à une porte et à des tonnelets d'eau potable que des geôliers viennent déposer et reprendre. Les muscles atrophiés et les nerfs engourdis par les drogues, elle ne peut même pas bouger la gueule. Soulever les paupières représente un exercice fastidieux et éreintant. Il arrive qu'elle compte vingt-deux respirations de la machine avant de pouvoir entrouvrir un œil.

Elle connaît chaque geôlier par son nom. Certains l'ignorent, d'autres l'observent en silence et prient. Ceux-là ne tentent rien contre elle. Mais il y a le géant, un sadique au visage d'enfant, qui vient souvent pour la torturer. Il jouit de son pouvoir, il jouit de voir son corps tressauter lorsqu'il manipule la machine pour injecter dans ses veines le seul poison qui fasse encore effet : la Lumière.

Le principe obscur réagit toujours à celui de la Clarté. Une réaction immuable, un antagonisme originel. Le sadique en profite.

Il ne sait pas, en revanche, qu'elle utilise cette douleur pour réinvestir ce corps dont on a voulu la priver. En souffrant, elle existe. Elle retrouve des frontières physiques qui l'empêchent de sombrer définitivement dans la folie, elle lutte contre un désir d'en finir de plus en plus oppressant. Elle ne peut pas mourir, ils ont fait en sorte que ce soit impossible, mais elle pourrait glisser, lentement, sur la pente de l'oubli, se replier à l'intérieur de sa conscience, entamer une léthargie autodestructrice qui grignoterait peu à peu son intelligence et ses instincts, et l'abandonnerait à un vague principe organique.

Ce combat écarte la brume qui flotte dans son esprit et lui ouvre les sentiers du passé. Elle rêve d'immenses cathédrales de pierre peuplées de silhouettes fugitives, elle rêve le reflet safran de ses œufs alignés sous la voûte, elle rêve l'exaltation des premiers frémissements, lorsque la vie s'éveille à l'intérieur de la coquille, elle rêve les nuits où résonne le craquement originel, prélude à la naissance.

Elle est née pour être une Mère ; elle a grandi en ce sens. Chaque souffle, chaque soupir de son enfance a été consacré à la procréation dès lors que les patriarches ont été convaincus que le sang de Vortiris coulait dans ses veines. Les héritières du dragon incarnent l'avenir de l'Alliance. Elles seules peuvent enfanter, elles seules peuvent engendrer une nouvelle génération et assurer la perpétuation du peuple serpent.

Elle n'a jamais dit, ni même pensé, en présence des maîtres du sanctuaire que tout cela avait finalement bien peu d'importance à ses yeux. Avant, bien avant que le sadique ne la regarde souffrir, elle ne s'intéressait qu'à ses enfants et négligeait le discours fiévreux des patriarches qui évoquaient les grands desseins de l'Alliance.

Aujourd'hui encore, elle entend le bruissement des œufs dans son sillage, les vibrations ouatées qui s'échappaient des coquilles lorsque ses petits percevaient sa présence. Une communion complice, des instants privilégiés qu'elle conserve dans son cœur comme une planche de salut.

Un pas familier l'arrache à ses pensées. Elle a reconnu la démarche légère de son confident et entame son effort pour ouvrir un œil.

Mankenz se glisse derrière la machine pour procéder à un examen sommaire. Il n'apprécie guère de devoir composer avec cette technologie et tapote sans conviction sur les cadrans embrumés pour s'assurer que les indicateurs sont fiables. Tout fonctionne. Il enjambe un câble avec une grimace, attrape le dossier d'une chaise et s'installe à quelques centimètres de la gueule de l'ophidienne.

Il a appris à dominer la répugnance que lui inspire la créature. Il a longtemps été saisi de nausées du simple fait de se trouver dans la même pièce. S'habituer à sa présence et à son odeur a nécessité des années d'abnégation. Il a éprouvé des sentiments variés tout au long de cette période d'acclimatation.

Au début, il n'a ressenti qu'une curiosité malsaine. Son père était venu à bout de ses réticences et l'avait convaincu d'accepter la mission confiée par le Vieux Maître. La capture inespérée de l'ophidienne ouvrait, selon lui, d'innombrables perspectives, dont une, la plus importante à ses yeux, consistait à *séduire* la créature, à être accepté par elle sans se préoccuper du temps qu'il faudrait y consacrer.

« Tu vas vivre avec le Mal, lui avait confié Masselius à voix basse. Tu vas devoir l'accepter, le regarder droit dans les yeux. Ton corps tout entier va vouloir résister, mais il faudra que ton esprit demeure une forteresse inviolable. L'ophidienne saura toujours que tu es l'ennemi, mais son instinct faiblira si tu avances vers elle. Ne refuse pas le Mal. Définis toi-même les ultimes frontières de ton âme, celles que la créature ne devra jamais franchir, et, surtout, regarde-la avec ton cœur. Si tu la regardes avec les yeux, tu n'y arriveras pas. Tes yeux ne verront que la menace, le monstre, le Mal incarné. Efforce-toi d'oublier les apparences, essaye de l'imaginer sous les traits d'une femme que tu as aimée. Ta mère, peut-être ? Ou une sœur, une amie ? Ton père est convaincu que tu peux réussir. La tâche est ingrate, tu le sais déjà. Je te retire toute responsabilité au sein de la loge tant que tu ne m'auras pas apporté la preuve qu'elle se confie à toi et que tu es resté pur. À compter de ce jour, le destin des orphelins repose entre tes mains. J'ai pris une décision difficile en me privant de vos services pour les mois et peut-être les années à venir. Seulement… cette ophidienne est un signe que l'Unique nous adresse dans Son infinie miséricorde. Tu en as conscience ? Elle est un présent dont Il nous honore. Tu dois en faire bon usage. Elle peut nous apprendre beaucoup, bien plus que ce dont nous rêvions, elle peut nous permettre de porter un coup fatal à ce peuple maudit. Rendons au centuple ce que Merin nous a offert en la mettant sur notre route. Tel est ton rôle, Mankenz. »

Trois ans, trois longues années de pénitence pour que l'ophidienne, abrutie par les drogues, commence à perdre la raison, confonde rêve et réalité, et s'imagine que Mankenz est devenu une sorte de confident, une oreille attentive, quelqu'un à qui elle puisse se confier pour rendre sa solitude moins cruelle. Trois ans dans les profondeurs de l'Ignée Miséricorde, le fief du Vieux Maître, cantonné derrière de lourdes portes métalliques, sous la surveillance étroite de sa garde personnelle. Masselius n'a jamais voulu prendre le moindre risque et a assimilé les orphelins à des parias pendant toute la durée de l'expérience. Plusieurs compagnons, des templiers d'une grande valeur, n'ont pas tenu jusqu'au bout. Nul n'a voulu les blâmer. Consumés par l'isolement, ils n'ont pas résisté à ce huis clos qui les mettait en présence de l'ennemi nuit et jour, qui les obligeait à vivre une promiscuité contre nature derrière les murs d'une prison tenue par leurs propres frères. Mankenz ignore ce qu'ils sont devenus. Même son père, Lorthis, n'a pas voulu évoquer le sort qui leur a été réservé. Ceux qui sont restés les ont accompagnés en prière sans se faire d'illusions.

Trois ans plus tard, des quarante-quatre templiers enfermés volontairement avec la créature, il n'en restait que vingt-neuf. Tous avaient été profondément marqués par l'épreuve, Mankenz le premier. Bien que l'expérience l'ait en un sens fortifié, il comprend mieux désormais la complexité de son combat et surtout l'immense contribution de la loge de Hod au Rag'narok ; une loge que le Vieux Maître a conçue comme une arme divine pour accomplir le pire et frapper au cœur des Ténèbres. Alors que l'Église akkylannienne mène un combat en surface, la loge, elle, s'attaque au germe du Mal, à ses origines, et n'hésite pas à corrompre les siens pour mieux servir la Lumière.

Aucun inquisiteur n'aurait pu tenir trois ans en compagnie d'un serpent. Pas un seul n'aurait pu accepter de le nettoyer, de glisser la main sur ses écailles, d'écarter sa mâchoire pour soigner ses dents, de recueillir ses excréments. Bref, faire en sorte de le maintenir en vie, de prendre soin de lui…

Mankenz a passé des nuits entières sur une table bancale à noter l'évolution de son état physique et mental, à compiler les observations des hommes qui se relayaient au chevet de la Mère.

L'écriture a très vite constitué un refuge exclusif où, pour le compte de son père adoptif, il avait même accepté de répertorier les comportements déviants de ses compagnons, afin que le Vieux Maître puisse, au quotidien, se faire une idée générale de l'atmosphère qui régnait au sein de la faction.

« La contribution des orphelins à l'effort de guerre a été inestimable. La créature vous appartient, désormais. Nous allons enfin pouvoir atteindre l'Erratum. »

Cette phrase, prononcée par Masselius, a scellé le destin des vingt-neuf survivants. Pendant près de six mois, ils se sont rétablis sous l'œil paternel du Vieux Maître et de Lorthis, installés dans des chambres confortables de l'Ignée Miséricorde, libres d'aller et venir, libres de se promener dans les rues, libres de se laver et de se frotter la peau jusqu'au sang pour oublier le parfum de la créature.

Six mois avant… que le Vieux Maître ne les convoque pour leur confier son projet. Un coup de maître, un pari d'une audace inouïe dont le récit a bouleversé les orphelins de Hod.

Mankenz a pris conscience, cette nuit-là, du rôle crucial de la loge dans le Rag'narok. L'Inquisition, elle, n'aurait jamais admis qu'on puisse prendre soin d'un ophidien pour l'étudier, qu'on exige des serviteurs de la Lumière une redoutable intimité avec les Ténèbres.

Le Vieux Maître a longuement parlé de l'Erratum et de ses ouvrages impies, des vaines tentatives entreprises depuis plusieurs décennies pour localiser la bibliothèque dans les profondeurs de la cité des voleurs ou même, à défaut, capturer un ophidien susceptible de mener les templiers aux portes de la bibliothèque.

Au cours de la soirée, le vénérable a plusieurs fois brandi des parchemins noircis de l'écriture de Mankenz. C'est là, a-t-il dit, entre les lignes des rapports rédigés par l'orphelin, qu'il a conçu l'idée maîtresse de son plan.

« La Mère sera notre appât. » Aucun orphelin n'a oublié cette phrase. Le Vieux Maître a estimé qu'il fallait faire sortir le Mal de sa tanière. Le lien psychique qui unit la Mère à ses enfants est unique et indissociable des rares informations dont disposent les templiers sur l'Alliance. Tout ou presque a prouvé qu'il existe entre la Mère et l'enfant un cordon ombilical immatériel qui se forme après la naissance. C'est ce lien que la loge va utiliser, c'est ce lien qu'elle va transformer en appât pour attirer un ophidien de l'Erratum en surface.

Le vénérable a évoqué la subtilité, mais aussi les incertitudes de leur mission, l'importance qu'il faudrait accorder à l'improvisation, la manière dont il faudrait surveiller la Mère et empêcher qu'elle utilise le lien psychique pour donner l'alerte.

Les orphelins n'ont pas su, cette nuit-là, à quel point le Vieux Maître avait vu juste en parlant d'improvisation. À aucun moment Mankenz et les siens n'auraient pu envisager que le destin tournerait ainsi en leur faveur. Tous avaient imaginé une embuscade, la capture d'un enfant de la Mère attiré par son appel et la torture, mille et un procédés pour arracher à ce prisonnier d'exception la localisation de l'Erratum…

Les orphelins sont partis avec la Mère pour rejoindre Cadwallon. Ils ont quitté discrètement le port de Carthag-Fero à bord d'un navire marchand, ils ont traversé la mer de Migol et débarqué à la commanderie du Nord pour renforcer leur effectif et mettre sur pied une caravane afin de rallier l'embouchure du golfe de Syrlinh.

Là-bas, grâce aux ressources inépuisables de la loge, Mankenz a acheté rubis sur l'ongle un vieux navire rebaptisé le *Karl IV*, dont ils ont aménagé les cales pour recevoir l'ophidienne. Une semaine plus tard, le *Karl IV* est entré dans les eaux cadwëes.

Depuis, cinq mois ont passé et, contre toute attente, l'appât a été finalement à la mesure des ambitions du Vieux Maître. Le destin a souri à la Lumière et à ses serviteurs.

Le destin leur a offert un traître.

Chapitre XIII

Les vibrations incarnent le mouvement.
Les vibrations incarnent la vie.
Les vibrations incarnent le chaos.
Le Rag'narok est un chaos.
Celui qui maîtrise les vibrations maîtrise le Rag'narok.

Credo des vibrations,
bibliothèque de l'Erratum.

Ayane a bondi sur l'embarcadère pour nouer la corde d'amarrage et, la main au fourreau, observe le maître se glisser hors de l'embarcation. Il est fatigué, elle le sent. Il a besoin d'un bain, de ses caresses et de l'oubli dans les fleurs de cendre.

Une demi-heure plus tôt, elle mangeait sans réel appétit dans la salle principale de l'hôtellerie lorsqu'il a surgi comme un diable, l'a empoignée par le bras et lui a ordonné de l'accompagner à l'îlot des Religions. Elle s'est exécutée en silence, sous le regard intrigué de l'hôtelier qui, fait exceptionnel, a quitté son trône pour observer leur départ.

Le maître sait quelque chose. Elle perçoit son impatience. Il l'a frappée en chemin, irrité par la lenteur avec laquelle elle poussait la barque en direction de l'îlot. Elle lui emboîte le pas et pénètre dans la demeure de S'Holth sans que le veilleur posté à l'entrée ait jugé bon de s'enquérir de leurs intentions. On ne barre pas la route à un sydion à l'expression résolue.

Rien n'a bougé à l'intérieur. L'odeur du cadavre flotte encore dans l'air, bien que, sur ordre de S'Ardaï, il ait été transporté dans les profondeurs du Pilier.

S'Érum traverse le couloir et manque presque d'arracher le rideau de soie qui ouvre sur le vaste salon du colporteur. Ayane retrouve l'odeur des fleurs séchées et accélère le pas. Elle est gagnée, à son tour, par la fébrilité et serre fermement le pommeau de son épée. Dans la précipitation, elle a oublié d'emporter une lanterne ou une torche et doit se déplacer dans l'obscurité.

Le maître, qui utilise les vibrations pour appréhender l'espace, se repère sans difficulté dans cet endroit clos. Il s'est immobilisé devant l'imposant disque de pierre qui sépare le salon de la chambre de S'Holth et marque un temps d'arrêt.

Ayane ne bouge plus, les mains moites. Elle ignore ce que redoute le maître et le danger qui pourrait surgir de l'ombre, dans cette demeure silencieuse.

S'Érum entre dans la chambre. Au même moment, des bruits sourds retentissent à l'extérieur. Ayane sursaute, la main crispée sur son arme. Une vague tache de lumière se forme dans le couloir de l'entrée et progresse dans leur direction.

S'Ylice, l'archiviste, siffle entre ses dents en découvrant la syhée postée devant la chambre. Il a obéi sans discuter à l'ordre du sydion et l'a rejoint, à sa demande, avec Maliek, l'esclave du colporteur. L'humain porte une lanterne capuchonnée et avance lentement, l'épaule tenue par la main de l'ophidien. Un bandage brunâtre masque ses orbites évidées.

S'Ylice guide l'esclave à travers le salon, fait signe à

la syhée de s'écarter et s'engouffre dans la chambre.

S'Érum, lui, se dresse face au mur nord. Sa langue effleure la paroi rocheuse comme s'il cherchait un indice à la surface.

Je suis venu avec l'esclave, vibre S'Ylice.

Le sydion se retourne et observe, les yeux mi-clos, l'esclave aux yeux bandés. Il contourne le bassin et approche sa gueule à moins de cinq centimètres du visage de l'humain.

– Tu as joué, cette nuit-là, affirme-t-il.

Les onguents qui comblent les orbites distillent une odeur suave. S'Érum passe sa langue sur la joue de l'esclave.

– Je n'ai pas posé les bonnes questions lorsque nous nous sommes rencontrés. Tu jouais pour ouvrir un passage, n'est-ce pas ?

Le visage de l'humain tressaille. Sa bouche s'ouvre et se referme.

– Réponds ! siffle le sydion.

– Je jouais pour le maître.

– Pour sa bibliothèque, aussi. Elle est là, juste derrière, dit-il en montrant du doigt la paroi rocheuse.

L'esclave s'est mis à trembler. L'empreinte de S'Holth a fini par se dissiper dans sa conscience et ne subsiste plus qu'en fragments épars. Une magie résiduelle tente encore de bloquer les mots dans sa gorge. Agité par un conflit intérieur, il vacille sur ses jambes. S'Ylice raffermit son emprise sur l'épaule pour le maintenir debout.

– Tu dois me répondre, insiste S'Érum.

La voix claire du sydion dissipe les dernières résistances dans l'esprit de Maliek.

– Ne jamais jouer en présence d'un autre... Veiller à ce que la paroi soit propre... Chaque matin, frotter les rainures avec une gemme pour effacer l'odeur... Jouer la partition sans fausse note… Le maître dit que les vibrations sont des clés… Chaque note est une clé… Ne jamais parler de la bibliothèque… Garder le secret jusqu'à la mort… Se donner la mort s'il le faut.

L'esclave se tait brusquement et oscille sur ses pieds, en état de choc.

– Je veux qu'il ouvre ce passage, gronde S'Érum en arrachant l'esclave à S'Ylice pour le traîner sans ménagements vers l'alcôve qui abrite l'instrument.

Il le force à s'asseoir et lui ordonne de jouer. Les mains tendues de Maliek tâtonnent sur les contours de la harpe.

– Mon maître, intervient Ayane. Il ne peut pas jouer dans cet état.

La mâchoire de S'Érum grince. Le temps d'un soupir, 18 a surgi dans sa main, le canon pointé sur la syhée. Il aimerait tirer, ne serait-ce que pour apaiser la tension de ses nerfs. Son doigt se crispe sur la détente et relâche la pression au dernier moment. La morsure de l'aiguillon a dissipé le nuage rouge dans son crâne. Il grogne, pousse un long soupir et rengaine son arme.

Pétrifiée, Ayane observe les efforts pathétiques de l'esclave. Aveugle et traumatisé, Maliek pince les cordes en n'obtenant que des sons étouffés. Les notes discordantes arrachent une grimace à S'Érum. Il s'y prend mal et sent que la situation lui échappe, qu'à la moindre contrariété il risque d'arracher la tête de Maliek.

– Ayane, dit-il en s'éloignant de l'alcôve, occupe-toi de lui. Fais ce qu'il faut.

Il lui tourne les dos, les yeux fermés, les écailles frissonnantes. Elle se glisse près de l'esclave.

– Maliek, lâche-la, dit-elle d'une voix douce en écartant ses bras de l'instrument.

L'esclave se laisse faire. Le geste tendre, elle rajuste le bandeau sur ses yeux et commence à coiffer ses cheveux trempés de sueur. Ses doigts épousent la courbe de son crâne et amènent peu à peu son visage entre ses seins. Les épaules de Maliek s'affaissent. Elle masse sa nuque et lui murmure que tout va bien. L'affection prodiguée par cette femme ravive des souvenirs enfouis. Il ne peut plus contrôler ses sanglots, il a l'impression que la magie qui comprimait son esprit se dissout dans les larmes. Le passé se livre en bribes confuses et piétine les derniers vestiges de l'empreinte ophidienne.

Ayane a refermé les mains autour de sa nuque et posé le menton au sommet de son crâne. S'Ylice est le seul à pouvoir distinguer le regard glacé de la syhée tandis que l'esclave s'épanche dans ses bras.

– Tu dois jouer, finit-elle par dire. Pour ouvrir le passage. Ensuite, tu seras libre. Tu as ma parole.

Maliek esquisse un mince sourire.

– Tu as confiance en moi ? demande Ayane.

– Je crois, oui.

– Joue, s'il te plaît, murmure-t-elle.

Maliek expire et remue la tête de droite à gauche. Les lèvres pincées, Ayane s'est redressée en prenant une main de l'esclave dans la sienne. Elle s'agenouille devant lui et le fixe avec intensité.

– Tu connais S'Hysme ? C'est lui que tu vas rencontrer si tu refuses de jouer. Il va voir ce bandeau sur tes yeux et tu sais ce qu'il va se dire ? Que tu ne sers à rien. Ici, ta vie n'a aucune valeur. Aucune. Il va simplement tendre la main et te trancher la gorge. Comme ça, sans même avoir songé une seule seconde que tu as vécu avant d'être un esclave ici. C'est ça que tu veux ?

La main moite de l'esclave la dérange. Elle veut en finir et lui relève le menton entre deux doigts.

– Tu es déjà libre, lui chuchote-t-elle à l'oreille. Il te suffit de jouer. C'est moi qui t'accompagnerai jusqu'à la surface. En personne. Je te le promets.

L'esclave pose la main sur son instrument et la retire, comme s'il craignait de ne pas pouvoir aller jusqu'au bout. Ayane adresse un petit signe au maître et recule de trois pas.

– Je… je vais essayer, articule Maliek.

Il s'essuie lentement les mains sur son bliaud et cale la harpe entre ses genoux. Une première note s'élève et résonne dans la chambre. S'Érum se retourne, l'expression impénétrable. Une deuxième note, puis une troisième. Les doigts de l'esclave commencent à pincer les cordes et arrachent des sons limpides à l'instrument. La harpe vibre entre ses genoux.

Un craquement résonne à l'intérieur de la paroi rocheuse et S'Érum prend conscience qu'il a sous-estimé le colporteur. La magie qui rayonne à travers la pierre n'appartient plus qu'à quelques élus, des thémiurges retranchés dans leur sanctuaire et capables, aux dires des patriarches, d'écouter les forces minérales qui régissent Aarklash.

De fines particules de poussière s'échappent du mur au fur et à mesure qu'il se fissure et laisse apparaître, en surface, la silhouette d'une haute porte en ogive. Le visage penché en arrière, l'esclave semble transfiguré et conclut avec un sourire extatique.

Ayane, elle, se sent plus légère. S'Érum s'est approché pour souligner ses lèvres du bout de l'ongle. Un geste tendre, un geste qui ressemble à un « merci ».

L'esclave a lâché sa harpe et se lève lentement, les mains hasardeuses. Ayane le saisit par le poignet et l'entraîne à l'écart de l'alcôve.

– Le passage va rester ouvert ? demande-t-elle.

– Tant que je ne jouerai pas une autre mélodie, affirme Maliek.

Dans les pupilles de la syhée brille une lueur féroce. Elle s'est mise en danger pour obtenir ce qu'elle voulait. Elle sent qu'elle peut encore choisir et faire valoir son serment à l'égard de l'esclave pour faire en sorte qu'il soit épargné. Mais braver le maître est au-dessus de ses forces. Elle lui appartient, elle est l'instrument de sa perfidie.

S'Érum se retourne, pose les yeux sur le ventre de sa syhée, puis lui tourne le dos pour rejoindre S'Ylice. Ayane frémit et touche instinctivement ses cicatrices. Elle a aimé, elle s'est donnée corps et âme à un amant qui l'a humiliée et qui a condamné son fils à mourir sous la neige, entre les griffes du maître. La gratitude qui éclaire le visage de Maliek est un miroir, un reflet déformé jailli du passé. Elle était comme lui, aveugle, l'amour pour bandeau, incapable de discerner la vraie nature du Mal.

Elle agrippe l'esclave par les cheveux et le force à s'agenouiller.

– Arrête de sourire, grince-t-elle avec une violence qui la dépasse.

Elle sent à nouveau le regard du maître posé sur elle. À lui elle veut plaire plus qu'à tout autre. Elle a trouvé celui qu'elle pouvait admirer, celui qui ferait taire ses regrets, celui auquel elle pourrait se soumettre pour oublier.

L'esclave se tord brutalement à ses pieds pour lui échapper. Il tombe à la renverse, se relève tant bien que mal et marche à reculons en battant des bras devant lui.

– J'ai votre parole ! s'écrie-t-il.

Il se fige au chuintement d'une épée qui glisse hors de son fourreau. Ayane marche vers lui à grands pas et le frappe avec une rage folle. L'épée trouve l'épaule et l'entaille en profondeur. Le sang coule, le sang éclabousse ses bras. Elle frappe encore, sans retenue, avec la sensation de refermer une brèche ouverte dans son cœur desséché.

La boucherie s'achève. S'Érum tire Ayane loin du cadavre et essuie, avec sa langue, le sang sur ses joues.

– Je vais entrer avec S'Ylice. Toi, reste ici.

– Je m'excuse, mon maître.

– Nous verrons cela plus tard, dit-il avec froideur.

Les deux ophidiens se rejoignent devant l'entrée du passage et disparaissent à l'intérieur. Ayane s'est assise au bord du bassin et contemple l'eau croupie avec un regard trouble.

Chapitre XIV

Mère, guide-moi.
Entends les vibrations de mon cœur et inspire-les.
Mère, nos corps sont séparés, mais nos âmes sont liées.
Entends l'appel de mon âme, ô Mère.
Entends ton fils.

Prière des Mères en usage
chez les viciés.

Mankenz a claqué des doigts à trois reprises pour s'assurer que l'ophidienne est à l'écoute. L'odeur âcre de sa chair empeste la cale, mais voilà bien longtemps qu'il n'y prête plus attention.

– Tu m'entends ? souffle-t-il.

Il obtient, pour toute réponse, le tremblement d'une paupière.

– Je suis désolé pour Lysandre. Il est encore venu… t'importuner.

L'excuse racle la conscience de la Mère comme la pointe d'un couteau. Elle ne supporte pas sa condescendance, la façon dont il s'abrite derrière le sadique pour la déstabiliser. Elle parvient à entrouvrir l'œil gauche et à distinguer la silhouette de son geôlier. Il est penché vers elle, les coudes sur les cuisses, les mains croisées devant le visage.

– Comment te sens-tu ? demande-t-il.

À chaque fois qu'il vient, elle espère se réveiller et découvrir que tout cela n'était qu'un cauchemar, qu'elle ne gît pas ici, dans la cale puante de ce navire humain, à la merci d'un templier akkylannien qui s'enquiert de sa santé après l'avoir torturée et interrogée pendant presque quatre ans.

– Sommeil… parvient-elle à articuler au prix d'un douloureux effort.

– Tu préfères que je te laisse dormir ?

Je préférerais que tu meures, songe-t-elle. Je préférerais happer ta tête, l'ouvrir et gober ton cerveau pour le sentir fondre dans ma bouche…

Il a sans doute perçu l'étincelle de haine qui couvait dans son œil. Il se redresse instinctivement et croise les bras sur sa poitrine.

– Tu es en colère… À cause de lui ?

Elle hurle intérieurement et tente de maîtriser la haine qui obscurcit ses pensées. Ne rien montrer, jouer le rôle qu'il attend d'elle en flattant sa compassion.

– Il priera avec moi, ce soir, tout ira bien… je te le promets.

Vos prières ressemblent aux couinements des lâches, pense-t-elle avec mépris. Vortiris ne réclame pas des mots, mais des offrandes. Elle se sent incapable de soutenir une conversation avec le templier. Pas cette fois. La Lumière injectée dans ses veines a laissé des traces qu'elle veut exploiter, qu'elle veut suivre comme un chasseur dans l'ombre de sa proie. Les spasmes qui tordent ses nerfs et lui arrachent des cris silencieux sont autant de signaux d'un corps qui vit, qui existe et lui offre une lueur d'espoir. Elle referme sa paupière et se concentre sur les particules de Clarté qui se dispersent dans ses entrailles comme des glaçons de lumière.

Le visage de l'Akkylannien s'assombrit. Il n'apprécie pas son mutisme et se mordille la lèvre avec une expression contrariée.

– Tu devrais te réjouir, dit-il avec une pointe de méchanceté dans la voix. Grâce à toi, l'Erratum va disparaître à jamais.

Ses mots la blessent. Pendant près de six mois, elle a été persuadée que son état empêcherait son corps de rayonner à travers les rues de Cadwallon, que la résonance entre une Mère ophidienne et sa progéniture s'était dissoute dans les drogues. Elle se réjouissait en secret de voir les templiers se morfondre et perdre peu à peu espoir, de les entendre débattre des heures durant sur la machine et ses réglages.

Depuis quatre jours, depuis que l'ophidien est venu, la culpabilité la ronge comme un poison. Elle sait bien, pourtant, qu'elle n'a pas vraiment trahi, que seule sa nature magique est en cause. Le lignage ophidien transcende tous les clivages. Chaque enfant peut prendre conscience de ce lien intangible qui le relie à sa Mère. Une émotion, un regard, un traumatisme… la révélation s'accomplit sous des formes multiples. Certains disent qu'elle commande aux mues, que le corps grandit au fur et à mesure que le lien maternel se renforce. Elle croit, elle, qu'il est inutile de chercher des explications, que le mystère de la vie se suffit à lui-même et que seul Vortiris serait en droit de les éclairer à ce sujet.

S'Iris a donné naissance à cent soixante-deux enfants. Jadis, cent soixante-deux pulsations scandaient les battements de son propre cœur avant que le Vice ne finisse par les étouffer sous une chape de plomb. Un rythme lancinant, une véritable mélopée. Comme toutes ses sœurs, elle a appris à surmonter la mort soudaine d'une pulsation. Rien ne prépare une Mère au premier silence, à cet écho qui soudain cesse de battre et signifie que là-bas, quelque part à la surface d'Aarklash, un fils est tombé sur le front du Rag'narok.

Son Vice à elle s'est emparé de son âme après un silence comme celui-ci. Pourquoi celui-ci et pas un autre ? Pourquoi elle et pas une autre ? Elle n'a jamais eu de réponse. Elle a senti son corps changer et s'affûter, ses muscles se raffermir, ses écailles se durcir. Comme si le Vice cherchait à compenser l'emprise sur son âme en décuplant ses forces. Un temps, elle n'y a pas cru ; jusqu'à ce qu'elle couche avec un Père.

Ceux qui sont choisis par leur sanctuaire pour offrir leur semence vivent cette opportunité comme un honneur. S'Iris a connu toutes sortes d'amants. Des vicieux, des tendres, des timides… tous conscients du privilège que représente l'étreinte d'une Mère. Le plaisir existe, bien qu'il ne soit qu'un moyen de procréer. L'individualité ophidienne se conçoit à travers la guerre. Une Mère se doit d'enfanter pour participer à l'effort de guerre et offrir sa vie et celle de sa progéniture à l'Alliance. Seul le Vice peut altérer ce choix radical auquel chaque ophidien consent par principe.

Elle a tué le Père. Au début, elle n'a rien senti de particulier. Il l'a pénétrée sans préambule et, guidé par elle, a imprimé sa cadence. Elle a été surprise par le plaisir, presque honteuse de s'abandonner si rapidement à une telle volupté. Une Mère apprend à contrôler le désir, à le reléguer en arrière-plan pour se consacrer au mâle et obtenir de lui une semence abondante. Mais le plaisir est monté, en dépit de ses efforts pour l'endiguer.

Le Vice de la luxure a embrasé son corps. Elle a étouffé le Père, elle l'a broyé entre ses anneaux et a continué à remuer alors qu'il était déjà mort.

Le souvenir est une tache noire sur sa conscience, bien que le Vice, bâillonné par les drogues akkylanniennes, se soit retranché hors de portée et ne soit plus qu'une vague pulsation dans son cœur.

Un frisson agite ses écailles. Elle se persuade que ses frères déjoueront le complot des Akkylanniens, que l'Erratum saura, une fois encore, répondre à la menace et protéger le savoir de son peuple. Et si… et si les templiers parvenaient à investir la bibliothèque ? Elle se refuse à envisager un tel scénario ; elle se refuse à imaginer qu'elle pourrait être responsable d'une catastrophe dont les conséquences rejailliraient bien au-delà des faubourgs cadwës et risquerait de compromettre l'avenir de son peuple.

Elle s'est préparée à tenter l'impossible. Elle ne se fait guère d'illusions sur l'issue de la confrontation, mais elle est prête.

Elle a enduré le pire pour ce moment-là. Elle a éprouvé la course glaciale de la Lumière dans ses veines, elle a utilisé la torture pour que la Clarté lui permette de retrouver l'espace et les sensations de son propre corps.

Seulement, elle a besoin du Vice. Lui seul provoquera un choc sensoriel suffisamment puissant pour qu'elle retrouve ses sensations. Elle ne sait pas si cela suffira, si même le processus mettra quelques secondes ou des jours entiers.

Elle veut juste tenter sa chance et s'y emploie à chaque fois que le sadique pénètre dans la cale et se penche sur elle pour jouir de son pouvoir. Il se contente de la regarder et ne se méfie pas de ses paupières entrouvertes. Le *fond de l'œil* a parlé. La magie, filtrée par le regard, s'est immiscée dans son esprit et a créé de toutes pièces une femme, une humaine que S'Iris a baptisé Sylène. C'est par elle, par cette créature sublime arrachée aux fantasmes du sadique, qu'elle espère provoquer l'éveil de la Luxure.

Vivre le plaisir par procuration, profiter des faiblesses de l'âme humaine, des failles qui fragilisent la conscience du sadique. Lysandre est un templier aux fantasmes inassouvis, un garçon hanté par le souvenir d'un père lubrique. À travers les yeux de l'enfant, S'Iris s'est blottie dans l'entrebâillement d'une porte pour regarder un vieil homme en toge rouge, un cardinal respecté dans toute l'Akkylannie, abuser d'une jeune servante. Elle a vécu l'émoi du garçon, sa peur d'être découvert, le frisson de l'interdit, sa fascination pour les cuisses blanches et ouvertes de la jeune fille et pour le visage cramoisi de son père ahanant au-dessus d'elle.

S'Iris a creusé plus loin pour mettre au jour la colère sourde de l'adolescent lorsqu'il se rend compte que son père ne l'aime pas, qu'il ne l'a jamais aimé, qu'il l'entretient et veille à son éducation par culpabilité, persuadé qu'il arrachera sa rédemption en protégeant le fruit de ses péchés.

Lysandre n'a jamais pu oublier les petits gémissements de la servante, le tressautement de ses seins. Une vision impie, une vision qu'il a enfermée derrière les murs de sa foi, jusqu'à ce que S'Iris parvienne à les enfoncer et fasse apparaître Sylène.

Cette dernière ressemble en tout point à la jeune servante et se dévoile chaque nuit un peu plus. Une fois déjà, elle s'est laissé approcher et a soulevé son jupon pour qu'il lèche ses chevilles. Une autre fois, elle s'est allongée sur lui, elle a soulevé sa chemise et mordillé ses tétons... Le désir consume le templier. S'Iris, avec un art calculé, entretient la promesse d'un coït libérateur.

Elle sent l'Akkylannien au seuil de la folie, écartelé par le désir. En fouillant dans sa mémoire, elle a vu qu'il priait fiévreusement chaque matin pour tenter d'oublier ses rêves humides. Elle se délecte de sa souffrance et espère que la nuit prochaine, ou peut-être la suivante, il s'abandonnera dans les bras de Sylène, que sa jouissance sera une vague grondante, un véritable cyclone auquel S'Iris permettra d'envahir son corps pour réveiller la Luxure qui sommeille en elle.

Mankenz se lève avec une grimace de dédain. Il tolère de moins en moins bien le silence de sa prisonnière. D'un regard, il épouse la masse titanesque de la créature et éprouve une réelle déception à l'idée de devoir s'en séparer après toutes ces années. Lorsque les flammes divines consumeront l'Erratum, l'ophidienne n'aura plus d'importance. Son peuple ne se laissera plus duper par son aura. L'appât aura vécu et le Vieux Maître exigera sans doute une exécution sommaire pour clore cette histoire. Mankenz ignore s'il parviendra à la tuer de ses propres mains, et cette incertitude le met mal à l'aise.

Chapitre XV

Nos ennemis du Sphinx n'étaient que des esprits rêveurs abusés par leur passion de l'abstrait. Comment peut-on espérer atteindre la perfection au nom du Bien ? L'évolution jaillit de la corruption, de l'erreur, du Mal et de la mort.

S'Arayana, premier veilleur de Naherys.

S'Érum progresse lentement, la langue dardée. Le boyau, creusé à même la roche, se prolonge en pente douce sur une dizaine de mètres. Au toucher, et même à l'odeur, le sydion sent que la pierre est vieille, patinée d'effluves.

L'antre du colporteur est éclairé par un lustre de pierres de lune à l'éclat spectral. Un lieu serein, une retraite où les livres occupent les trois quarts de l'espace, entassés sur des étagères branlantes ou empilés à même le sol. Pour S'Érum, l'impression est très nette : le lieu est demeuré intact depuis la nuit du meurtre. Même si les visions de l'esclave prouvent que l'assassin s'est aventuré jusqu'ici, ou du moins jusqu'au boyau, le sydion ne relève aucune trace visible de pillage ou de vandalisme.

Bien que le colporteur soit un vicié, S'Érum est ému

de pouvoir effleurer *sa* vérité, de pénétrer dans *son* royaume. Car il n'en doute plus : le véritable S'Holth vivait ici, à cœur ouvert.

Les yeux du sydion s'attardent sur le relief tourmenté d'un eyzom en métal. La plupart des ophidiens méprisent l'usage d'un tel matériau. Le métal, par nature froid et sans mémoire, n'a jamais su convaincre. S'Érum se rappelle une tentative du même genre dans un sanctuaire du Nord. Pour honorer son hôte, il avait consenti à s'enrouler autour des branches glacées et garde un souvenir douloureux de l'expérience. Contrairement au bois, le métal ne plie pas. Il ne craque pas, ne s'use pas, ou trop peu, au contact des écailles, refusant l'empreinte de son propriétaire. Et puis, surtout, le silence, cette sensation de glisser ses anneaux sur une surface qui se refuse, inerte et sans âme.

D'emblée, S'Érum a la conviction que l'eyzom du colporteur fait exception. Comment a-t-il pu voyager jusqu'ici, il l'ignore, mais l'objet en soi le fascine. L'artisan, peut-être S'Holth lui-même, a voulu imprimer un mouvement délibéré aux branches. Toutes s'orientent dans la même direction, vers le sud. Ancrées à un socle qui imite à la perfection les courbes d'un tronc noueux, elles font penser aux cheveux d'un géant soulevés par une bourrasque. Une réelle harmonie se dégage de l'ensemble, d'autant qu'une odeur suinte entre les branches, l'odeur légère du sommeil, des écailles au repos, des anneaux distendus par la léthargie.

Ses yeux glissent sur le flanc ouest de la grotte, là où résonne le clapotis discret d'une fontaine. À cet endroit, le sol se soulève et forme un remblai autour d'une vasque naturelle remplie d'une eau claire. L'origine de la source est située deux mètres plus haut. S'Holth a fixé une feuille de bronze dans le prolongement d'une goulotte, afin que l'eau s'écoule en un filet régulier. S'Érum est frappé, une fois encore, par l'atmosphère de recueillement qui se dégage du bassin. On éprouve le besoin de s'y plonger pour se laisser bercer par le bruit discret de la cascade.

Sa langue n'a pas cessé de traquer les odeurs et perçoit à nouveau le parfum d'un apaisement. Le sydion repère la forme d'un dossier, à même le remblai, lissée comme la surface d'un galet, là où le colporteur devait reposer sa gueule. S'Érum veut glisser sa langue dans le creux de la marque, mais se ravise au dernier moment. Le fantôme du Vice plane comme une menace invisible.

Des tableaux, raffinement improbable pour un frère, sont fixés au mur. Des œuvres médiocres, des paysages grossiers, achetés vraisemblablement à des artistes itinérants. Nostalgie ou fenêtres sur le monde ? En tout cas, la preuve que l'âme du colporteur n'avait jamais cessé d'être à cheval entre l'Erratum et Cadwallon, entre ce refuge intime et calfeutré et les vastes étendues de la surface.

La langue du sydion vibre autour des toiles et ne détecte rien de particulier, en dehors du parfum fleuri des pigments.

Il croit en avoir fini lorsqu'il contourne l'eyzom et découvre, juste derrière, une épée posée contre le mur. Debout et logée dans son fourreau, rien, *a priori*, ne la distingue des autres. Toutefois, S'Érum a déjà vu des gardes semblables et ne peut croire que S'Holth possède une arme aussi rare.

Une épée vorpale.

Seuls les guerriers les plus puissants de l'Alliance sont autorisés à détenir et à utiliser de telles épées dont on prétend qu'elles tranchèrent, en leur temps, la tête des énigmatiques sphinx.

Sertie de gemmes de Ténèbres, la garde a la forme stylisée d'un dragon, dont les ailes déployées composent une coque protectrice. Le pommeau est constitué d'une gemme, un véritable trésor dont les multiples facettes réfractent la lumière blanche des pierres de lune.

Le cœur serré, S'Érum approche la main avec précaution, glisse ses doigts sous les ailes et les referme sur la poignée.

L'arme est tiède, presque chaleureuse. Elle l'accueille comme un ami et lui offre une onde de chaleur qui se répand dans ses entrailles comme une caresse. Le sydion tressaille et sent la présence de S'Ylice à son côté.

– Impossible… dit l'archiviste.

S'Érum extrait l'épée de son fourreau dans un chuintement qui joue une musique oubliée, celle d'une vibration qui a résonné longtemps aux confins du monde, qui a semé la peur et le doute dans le cœur de l'Utopie du Sphinx, l'ennemi juré de l'Alliance ophidienne.

Il sourit et lève l'épée vers la voûte. L'équilibre de la lame suffit à se faire une idée du forgeron qui l'a conçue. Le sydion accomplit quelques mouvements simples et a presque la sensation que l'air lui-même se soumet à l'épée pour faciliter ses trajectoires.

Courbée et élargie à son extrémité, l'arme rappelle la forme traditionnelle du cimeterre adopté par l'Alliance. S'Érum n'a aucune peine à imaginer les pèlerins de pierre rassemblés autour d'elle, leurs murmures parlant au métal pour l'enchanter et incarner l'âme vorpale. La magie s'est perpétuée au fil des siècles, à travers les symboles gravés des deux côtés de la lame. S'Érum reconnaît ces marques sans mal, bien qu'il soit incapable de les déchiffrer. Elles composent un langage à mi-chemin entre l'alphabet et le solfège, un langage forgé pour tuer.

L'épée dégage une férocité subtile. S'Érum se doute que les siècles n'ont pas entamé sa détermination, qu'elle est toujours capable de traquer les infimes vibrations des cordes vocales. Telle est sa vocation, tel était le dessein des forgerons qui la créèrent dans l'espoir de terrasser les sphinx. L'âme vorpale cherche le cou de l'adversaire, tout entière dévouée au principe de la décapitation. Elle s'accorde sur le son d'une voix, d'une respiration, et peut, entre les mains d'un guerrier accompli, devenir une redoutable faucheuse.

S'Érum sent qu'il pourrait s'abandonner à son influence, se laisser imprégner par sa hargne, mais une telle épée n'a pas conscience du temps qui passe. Certains frères seraient en mesure de la comprendre en quelques jours, d'autres n'en perceraient le secret qu'au bout de quelques mois, voire des années. Ce n'est pas seulement une arme, mais aussi, et surtout, une âme minérale qui doit être domestiquée, comprise et, d'une certaine façon, aimée pour obtenir sa parfaite dévotion.

S'Érum la glisse dans son fourreau avec une pointe de regret et s'interroge. Qui a fait en sorte que le colporteur puisse se la procurer ? Dans les faits, aucun patriarche n'aurait pu tolérer qu'une épée vorpale soit ainsi reléguée en arrière-plan et ne serve pas les intérêts de l'Alliance au front, en surface. S'Érum a retrouvé l'odeur de S'Holth sur le pommeau. L'arme lui appartenait, cela ne fait aucun doute.

– Je dois avertir mon maître, prévient S'Ylice en montrant l'épée du doigt. Sa présence, ici même, relève de la haute trahison… Et cette cache… tous ces livres volés, soustraits au regard de l'Alliance. Celui qui a tué a rendu la justice, conclut-il d'une voix sentencieuse.

S'Érum approuve du menton. Sur le fond, il partage l'opinion de l'archiviste : S'Holth était devenu un ennemi de l'Alliance. Cela étant, il y a eu meurtre, l'assassinat d'un frère au mépris des lois ophidiennes. Peu importe la nature de la victime, l'acte en lui-même ne peut rester impuni, à moins de laisser croire que les lois en question sont devenues obsolètes.

– Je veux sentir cette chambre, dit S'Érum. Laisse-moi seul et va prévenir S'Ardaï.

Le sydion attend que S'Ylice disparaisse dans le boyau pour fermer les yeux et s'isoler. Appréhender la pièce par ses odeurs revient toujours à voyager dans le passé. Les effluves qui planent autour de lui sont les perles d'un collier qu'il tâche de reconstituer, le collier d'une vie qui se dévoile par bouffées et esquisse peu à peu le portrait d'un autre colporteur.

Cet autre, c'est l'ophidien qui vient pour assouvir son Vice, qui se délecte de son secret et l'entretient comme un don. S'Érum saisit des remugles de jadis, des moments précis où S'Holth s'abandonnait à la maladie et laissait libre cours à ses instincts. Le sydion imagine les efforts qu'il a dû déployer pour sortir de la grotte et s'afficher devant les siens. La magie a étouffé les miasmes du Vice, la magie lui a permis de se faufiler dans l'Erratum, nuit après nuit, sans éveiller les soupçons et constituer sa bibliothèque secrète.

Les yeux clos, S'Érum se crispe. L'ivresse de S'Holth est si sincère sous l'emprise du Vice qu'il vacille et manque de renoncer. L'odeur exaltée qui habite chaque recoin de la grotte le dégoûte. Pourtant la maladie n'explique pas tout. Le sydion, soudain, comprend pourquoi : l'expérience close a perverti l'esprit du jeune

S'Holth. Élevé dans un espace clos, dans un univers cadenassé dont seul le maître archiviste détenait les clés, le colporteur n'a fait que substituer une prison à une autre.

L'odeur intime qui s'élève des ouvrages raconte l'histoire d'un ophidien choqué par la surface, bouleversé par un monde qu'il croyait circonscrit aux frontières de l'Erratum. Il a voyagé jusqu'à la forêt d'émeraude en espérant que le cordon qui le retenait à son père finirait par rompre, que la distance aurait raison de ses peurs et de ses regrets. S'Érum s'étonne de compatir au sort d'un frère piégé par le Vice. Rien de surprenant à ce que la maladie se soit repue des peurs qui le rongeaient, qu'elle lui ait offert le prétexte idéal pour créer son monde et revivre l'expérience close.

S'Érum pousse un long soupir, conscient que le maître archiviste a, sans le savoir, livré son disciple au Vice.

Il pivote et tente d'oublier le parfum de la maladie pour s'intéresser aux autres, des émanations plus nuancées qui l'intriguent et l'obligent à se concentrer.

La Lumière. Encore elle. Tout juste perceptible, comme une poussière suspendue dans les airs. Le sillage de l'assassin… car c'est bien de lui qu'il s'agit, S'Érum en est persuadé. Le principe de Clarté a franchi le boyau pour venir jusqu'ici. Est-ce, comme il persiste à le croire, une arme que le meurtrier est parvenu à introduire dans l'Erratum ? Ou un sortilège capable de laisser des marques profondes, semblables à des coups de griffes ?

S'Érum enrage de ne pas avoir la réponse et sent sa concentration se déliter. La fatigue et la tension accumulées ces dernières heures l'empêchent d'aller plus loin. Ses yeux s'ouvrent, les odeurs s'évanouissent.

Il ne peut plus attendre très longtemps. Les fleurs de cendre hantent la périphérie de son esprit. Il tient néanmoins à se faire une idée précise de la nature de la bibliothèque. Très vite, il constate que les ouvrages ont tous des origines très différentes. Il découvre des herbiers orques, des grimoires cuivrés venus des montagnes naines, des parchemins racornis sous le soleil du désert, des codex aux couvertures ciselées arrachées aux mains de l'Inquisition akkylannienne, de fines écorces gravées par les Wolfen, des gravures sur plaque d'une finesse incomparable signées par les scribes alchimiques…

Seul point commun : la patine du temps. Tous ces ouvrages ont vécu et ont traversé des siècles avant de finir sur les étagères du colporteur. Les révélations confuses d'Antic se confirment. Le Vice se nourrissait des œuvres précieuses, des plus rares et des plus coûteuses. Cette collection vaut une fortune et doit égaler, en qualité, les plus belles salles de l'Erratum.

S'Érum s'empare de plusieurs volumes au hasard et les feuillette rapidement. Il cherche un thème, un écho qui puisse le renseigner sur d'éventuelles recherches entamées par S'Holth. Des almanachs barhans côtoient des récits de bataille keltois, un traité de magie approuvé par le sceau de l'ordre de la Chimère voisine avec des gravures naïves composées par des clones du Scorpion en hommage au Basyleüs, l'empereur alchimique.

Aucune récurrence flagrante, en dehors d'un intérêt marqué pour la magie, ce qui ne le surprend pas. Le sydion a admis que l'envergure du colporteur dépassait largement le cadre trompeur fixé par son métier. S'Holth n'était pas un simple lettré, mais un frère capable de manier une épée vorpale et de masquer les altérations de son corps vicié.

S'Érum est déçu et sent poindre le découragement

malgré la découverte inespérée de cette chambre secrète. Certes, il a désormais une image très claire de la victime, mais l'assassin, lui, reste dans l'ombre. S'Ylice a peut-être raison sur le fond, mais sur la forme des détails ne concordent pas avec l'hypothèse d'un justicier solitaire. L'assassin pouvait se contenter d'une dénonciation et obtenir sans risque le même résultat. Sans compter l'acte de constriction, mise à mort bien trop intime pour quelqu'un que la haine du Vice aurait poussé au meurtre.

Le sydion s'approche de l'eyzom en métal. Le colporteur avait-il suffisamment confiance en l'assassin pour lui ouvrir les portes de son monde, pour le laisser s'installer entre les branches ? Les scènes restituées par les yeux de l'esclave prouvent que le meurtrier est passé par le boyau. Était-ce la première fois ? A-t-il menacé, et finalement tué S'Holth, pour s'introduire dans la grotte et y prendre un ouvrage particulier en se payant le luxe de négliger une épée vorpale ?

S'Érum est pressé d'échapper à l'atmosphère confinée de la grotte, mais ne parvient pas à s'éloigner de l'eyzom, retenu malgré lui par une intuition indéterminée. Il s'attarde, impatient d'en finir, et remarque un détail en voulant s'engager dans le fouillis épineux.

En faussant les perspectives, la lumière pâle des pierres de lune l'a induit en erreur. Son regard s'affûte et discerne désormais les différentes parties qui composent l'eyzom. La base, le socle fixé à même le sol, agit comme un contrepoids et se disperse en branches épaisses et espacées où S'Holth a trouvé refuge. Au-delà, pourtant, les branches forment un massif singulier et se ramifient de telle façon qu'il est impossible de s'y glisser. Avec une grimace, S'Érum s'immisce dans la partie accessible et perçoit presque aussitôt une résonance minérale. Au fur et à mesure qu'il resserre ses anneaux, l'eyzom vibre comme une âme vorpale.

Le sydion s'en veut de ne pas l'avoir compris plus tôt. Le métal n'est pas là par hasard : le colporteur s'y installait pour tenir son journal, entre complicité minérale et vibrations.

Peu à peu, les branches se mettent à parler.

Chapitre XVI

Construit sur d'anciens quais, le port de l'Ondine sert d'attache à de nombreux bateaux. Une foule croissante de notables s'y presse pour ne pas avoir à traverser les coupe-gorge de la ville basse. La milice s'intéresse peu à ce quartier réputé calme.

Note du colporteur.

Lysandre rêve.

Cette fois encore, il a contourné le jardin pour entrer par une porte dérobée du presbytère. Le vieux Dendreas lui a ouvert en silence et, l'œil torve, lui a remis la clé pour accéder à la chambre du haut.

Il avance, le cœur battant, les jambes flageolantes, et escalade à pas prudents le vieil escalier de bois qui mène au grenier.

Une onde de chaleur l'envahit dès lors qu'il pose le pied sur le palier. Une chaleur qui irradie son ventre et son pubis, un sentiment de puissance que les sermons de Dendreas dénoncent comme une œuvre des Ténèbres. Voilà bien longtemps, pourtant, que le vieux curé est complice de l'innommable et tolère que son presbytère abrite les passions interdites de Son Éminence.

L'adolescent n'aime pas lire les regrets dans les yeux

du curé. Dendreas a voulu l'éduquer et le soustraire à l'influence de son père, empêcher que les visites du cardinal soient, pour son protégé, l'occasion de jouir d'une liberté insolente et d'oublier les règles en vigueur dans l'Église.

Le garçon est fasciné par ce père en robe rouge, au menton hautain et aux yeux cendreux qui surgit parfois au milieu de la nuit, avec une dizaine de cavaliers pour escorte. Tous portent des pèlerines sombres et dissimulent leur visage sous un capuchon. Lysandre voudrait leur ressembler, avoir cette même assurance lorsqu'ils nouent leur monture à l'enclos voisin et se dispersent dans l'obscurité pour veiller à la sécurité du presbytère.

Il fait l'expérience du pouvoir, l'expérience d'un père qui incarne l'autorité absolue et peut prendre ce qui l'enchante au nom du Dieu unique. Le garçon trouve cette perspective à la fois terrifiante et captivante. Il sent bien le Mal à l'affût derrière cette morale bafouée, mais il se demande si la morale a un sens au regard de Merin. Dendreas dit que oui, mais Dendreas est vieux, désabusé et incapable de lui expliquer pourquoi il croit en un Dieu qui prône la justice et laisse un prélat abuser d'une fille plus jeune que son propre fils.

Le garçon se souvient de la première fois où son père est apparu dans la cuisine en compagnie du curé. Son Éminence s'est contentée de demander : « C'est lui ? », et Dendreas a hoché la tête. Puis ce père surgi du néant, dont les yeux gris semblaient lire à l'intérieur de son âme, a ébauché un sourire. Le premier et le dernier, un sourire que le garçon n'a jamais oublié. Tout a changé, après. Dendreas aussi. Un fossé s'est creusé, une distance que le garçon a mis du temps à comprendre, qu'il a éprouvé au fil des mois, puis des années, en prenant peu à peu l'ascendant sur son tuteur.

Pour l'heure, l'adolescent a oublié Dendreas et ses épaules voûtées à l'instant même où il s'est engagé dans le couloir étroit et mal éclairé qui mène à la chambre. La chaleur dans son ventre augmente à chaque pas qui le rapproche des bruits assourdis qui filtrent à travers la porte du fond.

Il glisse la clé dans la serrure, ouvre et se faufile dans le corridor attenant à la chambre.

Le bruit est plus fort. L'adolescent s'approche d'un rideau et colle son œil dans l'embrasure.

Son père est là, le dos tourné, debout, sa robe relevée à mi-cuisse. De chaque côté de sa taille émergent les jambes de Tinia. L'adolescent a la gorge sèche et se mordille les lèvres jusqu'au sang. Tinia gémit et pousse des petits cris, comme un oiseau. Ses jambes blanches tressautent. Lysandre ne voit pas son visage, mais il sait qu'elle est couchée sur la grande table en chêne où il est venu si souvent s'allonger et fermer les yeux pour sentir l'odeur du sexe.

Le sien s'est durci et lui fait mal. Il respire difficilement et sent que la fin est proche, qu'il va laisser retomber le rideau et s'enfuir, comme à chaque fois.

Le souffle court, les mollets tendus par l'effort, son père besogne Tinia.

Dans son lit défait d'une cabine du *Karl IV*, Lysandre se débat dans son sommeil, les paupières frémissantes. Le rêve, qui d'ordinaire s'achève, semble insister et fendiller les minces remparts de sa foi.

Son père s'est retourné :

– Viens, fils. Viens en profiter, dit-il d'une voix douce.

Lysandre ne respire plus. Son souffle reste bloqué dans son bas-ventre, là où son sexe n'en finit plus de grandir comme une extension de sa volonté.

Son père l'invite, lui, l'orphelin, l'adolescent reconnu sur le tard et caché dans un presbytère de province. Une main tendue qui le touche, qui l'émeut au point d'oublier Tinia, qui, les jambes resserrées contre la poitrine, le regarde et l'attend.

Il sent qu'il peut encore refuser d'écarter ce rideau, qu'il peut revenir sur ses pas, fermer la porte et rendre la clé à Dendreas. Mais la main tendue par son père est bien plus qu'une promesse. Elle lui ouvre un autre royaume, celui des adultes, de leurs pouvoirs et de leurs tourments.

La fierté le submerge. Il franchit le seuil et avance, les joues brûlantes, vers Tinia, vers ce corps frêle qui frémit en équilibre au bord de la grande table en chêne.

– Elle est à toi, dit son père. Je te l'offre.

Lysandre s'immobilise, pétrifié par l'abîme qui s'ouvre entre les jambes de Tinia. Le temps se fige ou s'écoule sans qu'il en ait conscience. Lorsque, enfin, il parvient à relever les yeux, le visage de la jeune fille a changé.

Sylène.

C'est elle et ses yeux d'or que son père montre du doigt. Lysandre rougit. Il ne voit plus que la bouche entrouverte de la promise, les lèvres humides et le rose de sa langue.

Dans ses draps entortillés, Lysandre gémit et étreint la petite statuette du Vieux Maître. Le rêve de la Mère fracture l'une après l'autre les serrures de son âme et s'engouffre dans les espaces que la foi n'a pu combler.

Une vague de plaisir inonde l'adolescent lorsque ses doigts se glissent sous les fesses de Sylène et les empoignent avec fermeté. Elle pousse un soupir et se laisse aller en arrière, les coudes sur la table. Ses cheveux noirs forment une flaque sombre où il voudrait se noyer. Ses cils frémissent dans la pénombre. Pour le templier, tout est parfait, tout est identique à ce dont il a rêvé. Elle referme ses cuisses et l'attire contre elle.

Il la pénètre, les yeux révulsés, et crie. Un hurlement de jouissance qui déchire le silence feutré du grenier et souffle l'image de son père comme la flamme d'une chandelle.

Dans la cale du *Karl IV*, le Vice s'éveille dans le corps de la Mère.

Elle a manqué de s'évanouir pour maintenir son empreinte sur les rêves du templier, elle a consumé une bonne partie de ses forces pour percer les cloisons de bois et se projeter dans la cabine du sadique, afin de lui offrir un fantasme sur mesure et donner à la Luxure une impulsion vitale.

Le plaisir de Lysandre s'est répercuté jusqu'à elle comme un retour de flammes et accomplit ce qu'elle attendait de lui : tirer le Vice de sa torpeur.

De lourds jets de vapeur ont fait tressaillir la machine. Ses câbles se sont tordus sous la pression des drogues qu'elle injecte massivement pour freiner l'extension du mal.

S'Iris guide le Vice au travers de ses organes et s'oriente grâce aux souvenirs cuisants laissés par les tortures du sadique. Les cicatrices de la Clarté sont les sentiers de sa renaissance. Elle sent ses muscles palpiter, ses nerfs se raffermir de seconde en seconde. L'écran des drogues fond ou se disloque au passage du Vice.

Une première secousse la saisit, tout entière. La machine s'emballe, les câbles se tendent. L'un d'eux cède dans un chuintement et se tortille dans les airs en vomissant de l'air chaud.

La Mère s'ébroue.

Le bruit qui a résonné dans les cales du *Karl IV* a tiré Adrius de sa torpeur. Préposé à la garde de l'ophidienne, le templier ouvre un œil et referme le bréviaire ouvert sur ses genoux. Il se lève, les sourcils froncés. Un son qu'il ne connaît pas s'élève derrière la porte. Un crissement sourd et inquiétant.

Il a été des premiers combats, de la longue marche des orphelins traqués par l'Inquisition, de la veillée sur les contreforts des montagnes de l'Akkylann. Sa maturité et ses excellentes qualités de combattant lui ont valu la confiance de Mankenz et, à travers lui, du Vieux Maître. Dans les quartiers cloisonnés de l'Ignée Miséricorde, son tempérament réservé et sa sérénité ont fait merveille. Adrius ignore la peur et n'a jamais cru que la vie avait autant d'importance qu'on voulait bien le lui faire croire. Mourir lui est indifférent, à condition que l'heure soit venue. Sa vie lui convient, mais la suivante, aux côtés de Merin, lui semble bien plus prometteuse. En attendant, il fait de son mieux et promène sa silhouette trapue avec un détachement que ses compagnons lui envient.

Une épée longue a jailli dans sa main gauche. Le visage fermé, il marche jusqu'au bas de l'escalier et interpelle la vigie postée sur le pont supérieur.

– Tarante ?

Le garçon, assoupi contre une caisse de munitions, n'a visiblement rien entendu et sursaute, les paupières lourdes, avant de se pencher dans l'escalier en grognant.

– Quoi ? lance-t-il sur un ton bourru.

– L'ophidienne s'est libérée, annonce Adrius d'une voix posée. Préviens Mankenz et donne l'alerte.

Une expression incrédule se peint sur le visage du garçon. Un long craquement s'échappe de la cale.

– Merin nous protège… dit Tarante.
– Je vais essayer de la ralentir, conclut Adrius. Tâche de faire vite.

La queue de la Mère fouette rageusement le fond de la cale. Une poutre, pulvérisée par l'impact, arrose la pièce d'une mitraille d'échardes. Galvanisée par l'énergie du Vice, S'Iris prend une revanche sur des années de solitude et de souffrance. Elle veut tout détruire, effacer cette prison de sa mémoire et faire en sorte qu'aucun ophidien ne soit soumis, comme elle, aux trépidations d'une machine.

Les câbles ont fini par céder les uns après les autres et balaient le sol comme une hydre prise de folie. La vapeur s'épaissit et trouble sa vision.

S'Iris voit un templier entrer et marquer une seconde d'hésitation devant ce spectacle apocalyptique. La vapeur s'écoule par la porte ouverte et commence à envahir le navire.

Armé d'une lanterne, Adrius s'engage dans la cale avec la certitude d'y mourir. Dans le pinceau de lumière, il saisit l'éclat fugitif des écailles en mouvement, il entend la machine grincer et éructer. Un câble passe soudain devant lui et va frapper contre un flanc de la coque. Il se laisse surprendre par le suivant qui surgit de l'ombre, rebondit sur sa poitrine et lui coupe le souffle en balayant sa joue d'une vapeur brûlante.

La douleur lui arrache un cri qui se perd dans la tourmente. Le vacarme est assourdissant, relayé au loin par une cloche qui carillonne. La course effrénée des templiers résonne dans le *Karl IV*, tandis que l'ophidienne se débat comme un animal pris au piège.

Ses anneaux cognent aux quatre coins de la cale et ébranlent le navire. À l'étage supérieur, un jeune disciple a vu avec horreur le plancher se fendiller, se soulever et finalement se rompre brutalement sous ses pieds. Happé par le vide, il hurle avant d'être broyé par la créature et jeté au travers de la cale comme un pantin désarticulé.

Adrius aurait aimé se battre. Il veut avancer et larder l'ophidienne avec son épée, mais son bras n'obéit plus. Ni même ses jambes qui, soudain, se dérobent comme si elles ne lui appartenaient plus.

Il tombe à la renverse et lâche son arme, incapable de maintenir sa prise sur le pommeau. Il n'a plus aucune force dans les doigts et laisse pendre ses mains, incapable d'imposer sa volonté à ses propres poignets. Il voudrait alerter ses compagnons, les prévenir que le poison injecté dans les veines de leur prisonnière se répand désormais dans le navire. Les doses massives crachées par la machine pour freiner la progression du Vice sont devenues des langues brumeuses qui se faufilent sous le pas des portes et s'invitent dans les cabines.

Les muscles crispés, Adrius sent déjà son organisme fonctionner au ralenti, les battements de son cœur s'espacer et ralentir. Au prix d'un effort démesuré, il est parvenu à soulever une main pour ramener la lanterne vers lui et la serrer contre sa poitrine. Il veut emporter cette lumière avec lui ; il ne sait pas au juste pourquoi, mais il est persuadé que Merin sera sensible à ce cadeau, à cette petite flamme qui peu à peu s'éloigne.

Il meurt sans douleur au moment même où les mouvements désordonnés de la Mère provoquent une première voie d'eau. La rupture a eu lieu sous la ligne de flottaison et se transforme rapidement en geyser. S'Iris se méfie de cette eau glacée qui s'engouffre dans la cale, mais elle n'a plus le choix.

À la proue du *Karl IV*, Mankenz sait déjà que le navire est perdu. Une fumée grasse et orangée s'échappe des écoutilles et attire de plus en plus de noctambules, là-bas, au loin, sur le bord des quais. Il a vu des lueurs aux fenêtres de la capitainerie. Il faut partir.

Une rage froide crispe les traits de son visage. Jamais il n'aurait dû faire confiance à la machine et s'en remettre aux élixirs prétendus infaillibles. À présent, la machine tue ses hommes mieux qu'un régiment achéronien.

La mort dans l'âme, il ordonne l'évacuation immédiate et envoie de jeunes disciples au suicide pour ramener du matériel et rameuter ses meilleurs guerriers engagés dans les entrailles du bateau. Il doit sauver ce qui peut être sauvé, il doit faire en sorte que les orphelins survivent à cet épisode imprévu, que la loge panse ses plaies et soit prête à donner l'assaut à l'Erratum.

Le *Karl IV* agonise et commence à gîter à tribord. Mankenz empoigne la barre et, à la voix, guide la manœuvre pour mettre les barques à l'eau avant qu'il ne soit trop tard.

La Mère a élargi la brèche et redoute l'engourdissement. Le niveau n'en finit plus de monter. L'eau a déjà envahi la moitié de la cale. S'Iris attend le dernier souffle de la machine et les ultimes soubresauts des câbles pour quitter sa prison et s'engouffrer dans les eaux noires du port de Cadwallon.

Mankenz, lui, a patienté jusqu'au bout. Quelques caisses ont pu être déchargées à bord des trois barques mises à flot. Une vingtaine d'hommes, peut-être moins, ont réussi à échapper à l'enfer et à embarquer en silence. À moins de trois cents mètres, le quai grouille d'hommes en armes et de curieux qui assistent au naufrage. Ceux-là verront les brefs éclats d'un pistolet donner le signal du départ. Sans le moindre état d'âme, et désireux de ne laisser aucun témoin aux mains de la milice ducale, Mankenz s'est approché des cinq disciples qui ont pu remonter sur le pont. Asphyxiés et à moitié paralysés, ils n'ont pas bougé lorsqu'il s'est penché à leur oreille pour prononcer une brève absolution avant de les achever un par un d'une balle dans la tête.

Puis, avec l'aide de Lysandre, il a grimpé dans une barque et a donné l'ordre aux deux autres embarcations de se disperser pour se fondre au milieu des centaines de navires qui croisent dans les eaux du port et dont certains manœuvrent pour porter secours au bateau en détresse.

Il est trois heures du matin lorsque le *Karl IV* sombre dans un nuage de vapeur.

Chapitre XVII

Syd a mené les troupes de la forteresse de Kaïber à la victoire, puis a renoncé au titre de commandeur de l'Alliance de la Lumière. Il s'est ensuite rendu à Wyde, avant de rejoindre les rives de Belgorn pour obtenir des informations sur les ophidiens et leurs ennemis. Nous pensons qu'il doit comparaître devant nous.

Rapport secret adressé
au guide des elfes cynwälls.

Le colporteur a tenu un journal et l'a gravé dans les branches de l'eyzom. Il a joué des infimes vibrations du métal et du langage minéral pour écrire son histoire, pour l'ancrer dans la matière et s'assurer qu'elle lui survivrait. S'Érum ne contrôle rien et la découvre par petites touches, à la faveur des mouvements qu'il imprime aux branches. Les extraits se dévoilent comme des notes. Certains sont inaudibles et ne produisent qu'un grincement aigu, d'autres en revanche se livrent avec une étrange limpidité comme si, ce jour-là, S'Holth avait voulu s'adresser à un interlocuteur imaginaire.

Je hais ce que le Vice a fait de moi. Il me transforme. Il s'immisce dans mon corps, dans mes pensées et main-

tenant dans mes rêves (un crissement que S'Érum interprète, sans en être sûr, comme une exclamation de dépit ou de colère). *J'ai tout essayé. Je me suis battu pour le repousser. Rien ne l'arrête. Poison ? Le Vice donne et reprend. Il s'équilibre dans votre âme. Balance ? Peut-être. Ne pas capituler. Je n'ai jamais capitulé. Je me cache. La magie me déguise. Elle est mon manteau, ma capuche. Sans elle, je serais mort.*

L'extrait se brouille. Le sydion ne perçoit plus que de vagues échos, puis le silence. Il décale un anneau sur une branche et sent le frissonnement de l'eyzom. Un nouvel extrait surgit du néant :

Je n'ai pas honte de mentir. Ils m'ont tous menti. Lui, et tous les autres. Surtout lui. Le maître. Je l'aime et je voudrais le tuer. J'aurais voulu qu'il réussisse. Penser la bibliothèque comme un monde. Voyager par l'esprit. Voyager et penser par procuration. Analyser le travail des autres pour forger un avis objectif. Un avis neutre, loin de la surface, pour conseiller les patriarches. Ne s'exposer à aucune influence. Filtrer le monde pour mieux le comprendre. Recul. Prendre du recul en tout. Vivre pour penser ? (un ricanement ponctue cette dernière question.) *Tuer le maître ne servirait à rien. Le décevoir me fait peur. Il m'a tout donné. Il m'a tout appris. Il m'a créé. Pourquoi l'échec ? Pourquoi ne pas avoir pu se contenter de la bibliothèque ? L'appel du monde. L'appel de la surface.* (L'humeur du colporteur se dégrade. La suite prend les allures d'une puissante secousse tellurique, comme si le colporteur prêchait devant un auditoire.) *Je rêve et vous rêvez tous des ailes de Vortiris. Notre esprit fonctionne à chaque soupir pour racler notre mémoire et retrouver la trace de ses ailes. Nous sommes des amputés. Nous devrions voler dans le ciel. Toute notre vie, nous recherchons des ailes invisibles. Voir au-delà ? Se servir du Vice pour retrouver le chemin qui mène à la vérité de notre ascendance. Le Vice conçu pour s'envoler ? Si je me laissais faire ? Si je laissais la maladie m'envahir et me posséder, peut-être sentirais-je des ailes pousser dans mon dos ? Réaction instinctive à l'expérience close, fantasme de liberté ? Mais pourquoi le dragon a-t-il fait de nous des êtres rampants, des êtres qui se cachent sous la terre ? Devons-nous régner à jamais sur les profondeurs d'Aarklash ? J'ai peur. Bien trop peur pour accepter l'idée que nous soyons l'engeance maudite d'une expérience divine qui a échoué. Peur...*

Ce dernier mot s'achève sur une cacophonie stridente qui oblige le sydion à changer de position. Il cherche une autre piste et sent que plusieurs extraits se dérobent avant que les branches s'apaisent et harmonisent leurs ondulations pour restituer un récit cohérent.

L'extrait suivant dénote un changement de ton radical. La couleur de la confession s'est transformée. Elle est plus maîtrisée, moins chaotique, comme si le colporteur prenait de l'assurance.

Septième mue. Soulagement. Ma vieille peau emporte mes appréhensions. Elle va pourrir, disparaître et me consacrer, moi, le vicié. Je me suis trompé. Le Vice est une étape, une transition. Je m'apaise et peux lire, grâce au Vice, pendant six ou sept jours d'affilée sans perdre ma concentration. Je cherche les racines, les preuves, les témoignages, le récit des expériences, les gravures, je me replonge dans notre histoire.

J'ai l'intime conviction que notre tradition primitive est la bonne. Nous avons entamé, sans nous en rendre compte ou sans vouloir l'admettre, l'ère de la méta-

morphose. Le cycle s'accomplit. Maintenant, je comprends pourquoi les viciés ont la sensation de se chercher et d'errer dans un monde hostile. Nous vivons le cycle des serpents. Le cycle de l'apaisement après celui de la rage, de la colère et du souffle qui a embrasé le jardin univers. Vortiris a donné naissance au monde par son souffle. Puis il a entamé une quête initiatique sous la forme d'un serpent. J'ai buté sur le sens donné à cette étape du cycle. J'ai fini par comprendre que cette forme ophidienne a de multiples visages. Elle est le peuple. Son peuple. Nous incarnons son cycle. Nous perpétuons son cycle. Les anciens disent qu'il arpente le jardin univers à la recherche du savoir et de la sagesse. Nous sommes l'extension de sa volonté, nous sommes les rouages d'un cycle qui doit advenir. J'ai trouvé de nombreuses allusions à la notion d'accomplissement. Plusieurs patriarches évoquent une rencontre entre le « brasier intérieur » et la « sagesse de l'esprit ». Selon eux, en alliant les deux, nous deviendrions des salamandres solaires. Le brasier intérieur. Le Vice. Allier le Vice à la spiritualité et rejoindre la surface pour prendre notre place sous les soleils. La source vitale des êtres à sang froid. Nous dev…

S'Érum perd le fil de l'extrait. Les vibrations contiennent une telle force émotionnelle qu'il est incapable de la déchiffrer. Il lui faut plus d'une dizaine de minutes pour saisir à nouveau un passage audible :

Un dîner, hier, chez S'Hysme. Étrange jouissance à porter le masque en leur présence. Je me sens loin d'eux. Leurs préoccupations me font penser à des nénuphars fanés flottant sur une mare d'eau croupie. Ils sont dépassés. Ils ne comprennent pas l'essence prophétique du Vice. Ils refusent d'admettre que l'es-

prit se plie à la volonté du Vice dans l'espoir de nous guider vers la métamorphose. S'Enkz a tenu un discours élogieux sur les sanctuaires. Les autres ont approuvé. Sont-ils aveugles ?

Le Vice est un appel. Il invite à s'accomplir au-delà des contingences politiques qui régissent nos sanctuaires. N'appartenir qu'à soi. Le Vice est une énergie qui libère, qui nous fait signe de partir, d'entreprendre notre quête initiatique. S'affranchir de l'autorité patriarcale. Rejoindre la surface pour sentir le changement s'opérer. S'Erdh nous a parlé de l'instinct. Je rencontre souvent ses guerriers. J'ai senti qu'ils étaient sensibles à la tradition primitive. Ils veulent rejoindre la surface pour se battre. Ils ignorent encore que le Vice parle à leur place. Je doute que notre génération voie le cycle s'achever. Il faudra des décennies avant que le Vice ne devienne la norme. J'aurais aimé voir les sanctuaires se déliter et se vider de leurs guerriers. Entendre la clameur victorieuse de ces guerriers dans les rues de Wyde. Savoir que les routes et les sentiers d'Aarklash appartiennent aux viciés.

Je veux rester à l'écart. Assouvir ma Gourmandise dans ce qu'elle a de plus abject. Lire. Ne plus jamais cesser de lire et d'apprendre. M'accomplir, peut-être, dans les œuvres que je rassemble et procéder, qui sait, à une métamorphose. Isoler le principe de mutation de la Gourmandise revient à développer un appétit insatiable. Je suis obligé de m'aventurer de plus en plus loin et de plus en plus longtemps dans Cadwallon.

La surface change. Le Rag'narok prend de l'ampleur. La récente bataille de Kaïber en a fourni une preuve tangible. Nous avons parlé des Cynwälls. Les elfes sentent que l'ère de la métamorphose approche. Le Cynwäll prend peur. Il se tourne vers son passé et les artefacts d'hier.

Il y a eu des signes à Kaïber. Le maître se délecte à l'idée que les psychés qui vivent dans l'entourage du Grand Crâne utilisent la défaite d'Achéron à leurs fins. À présent, les Cynwälls vont jouer les apprentis sorciers et se brûler les doigts. À entendre le maître, il ne s'écoulera que quelques années avant que nous nous répandions dans les rues de Wyde pour y achever les derniers survivants. Je me suis tu. J'aurais pu lui dire que nos psychés se trompent. La manipulation de nos alliés est un leurre. Nous devons servir Vortiris à la lumière du jour. Utiliser Achéron revient à persuader nos jeunes guerriers que l'Alliance ne jouera jamais son rôle.

Une nouvelle race va naître. Les mensonges et les illusions deviendront inutiles. Seules compteront nos forces vives jetées dans la bataille, sous l'emprise du Vice.

Il est fou. Que croit-il ? Je ne l'aide pas. Je l'utilise. Je me sers de lui pour cacher le Vice et agrandir ma bibliothèque. Il connaît mon secret. Il est le seul que je laisse descendre chez moi. Il est venu hier soir me parler de ses rêves. Je l'ai écouté attentivement. Ses symptômes diffèrent, mais obéissent aux mêmes règles que les miens. Ses rêves se ressemblent et commencent tous de la même façon. Il parle d'une femme. Une elfe cynwäll. Elle a des cheveux dont la couleur évoque le miel. C'est étrange. Il me dit qu'il n'a jamais goûté ni même vu du miel, mais que la comparaison lui paraît évidente. Je devrais lui en rapporter lors de mon prochain voyage. J'ai déjà goûté du miel. Je n'aime pas.

L'elfe est assise. Elle porte un masque lisse. Elle a une arbalète glissée dans le dos. Une belle arme, me dit-il. Il est venu pour la tuer. Il ignore pourquoi, mais il sent que sa vie en dépend. Elle est un obstacle entre lui et l'ombre. Jusqu'ici, l'ombre était un personnage récurrent. Il a essayé plusieurs fois de s'en rapprocher, mais elle finit toujours par disparaître dans l'obscurité. Cette nuit, il a tué la femelle. Il s'est glissé derrière elle et lui a arraché la tête. On peut parler d'une évolution positive. C'est ce que je lui ai dit. D'ailleurs, l'ombre a un nom maintenant : Syd de Kaïber.

Nous avons parlé de Syd presque toute la nuit. L'elfe cynwäll s'est illustré à la seconde bataille de Kaïber. L'Erratum a obtenu la copie d'un message adressé aux patriarches par l'un de nos psychés d'Achéron. J'ai lu ce message. Le dénommé Syd est puissant et possède un artefact baptisé l'Échyrion, un artefact de Lumière qui remplace son bras droit.

Il est persuadé qu'il doit tuer Syd pour guérir. Rien ne permet de l'affirmer. Je suppose qu'il est prêt à tout essayer. Il veut préparer son départ. Quitter l'Erratum, retrouver Syd de Kaïber et le tuer pour empêcher la maladie de progresser ou même la vaincre définitivement. Je ne l'encourage pas dans ce sens. Il m'est trop utile, bien qu'il soit de moins en moins sensible à mes arguments. Je vais être obligé de sortir à la surface avec lui, l'éloigner de l'Erratum pour lui faire peur. Je suis persuadé que l'expérience va lui déplaire et le pousser à renoncer à son projet. L'essentiel est de le garder sous contrôle tant que la maladie le rend utile. Je dois…

Une vive douleur a brutalement interrompu l'extrait.

L'eyzom prend vie. S'Érum ne met qu'une fraction de seconde à mesurer le danger dans ce léger mouvement qui anime les branches. L'une d'entre elles a déjà attaqué. Recourbée comme une serre, elle a visé le cœur sans pouvoir l'atteindre, arrêtée par les écailles. Le piège se referme. Les branches constituent désormais un buisson acéré qui se déforme pour l'empêcher de fuir. Le temps d'un soupir, le sydion détermine la trajectoire de ses anneaux et la manière dont il peut se dégager. Il doit faire vite. Les extrémités des branches se tordent et raclent sur ses écailles pour le harponner. La force minérale qui anime ce buisson dépasse largement celle de l'ophidien. S'Érum doit compenser par l'agilité et éviter de céder à la panique. Le sang coule. Des pointes le griffent, d'autres s'accrochent et lui arrachent des lambeaux de peau.

L'eyzom se défend, l'eyzom protège son intégrité et la mémoire de son maître. Ses branches se convulsent et se tordent avec férocité. Une hydre de fer, songe le sydion au moment où sa queue, couverte de sang et crochée par plusieurs branches, parvient à s'arracher et le libérer.

L'eyzom s'apaise aussi vite qu'il a attaqué. Sa ramure cramoisie forme un tableau saisissant à la lumière blanche des pierres de lune.

S'Érum s'est retranché à l'entrée du boyau en laissant une traînée sanglante sur le sol. La douleur inonde son corps et trouble son jugement. Il manque de perdre connaissance et accueille avec soulagement l'aide de la syhée venue à sa rencontre. Elle le soutient, l'encourage et le guide à travers la maison du colporteur. Il s'abandonne à elle et au mince filet de sa voix. Elle l'aide à grimper dans la barque et, d'une poussée vigoureuse, conduit l'embarcation en direction de l'hôtellerie.

Chapitre XVIII

L'espèce ophidienne, dans sa ténébreuse noblesse, porte en elle les vices de ses créateurs. Comme Vortiris, elle est confiante en sa force et prompte à s'emporter. Comme Célebdel, l'empereur-mage d'Algandie, elle est décadente et ne tolère aucune contrariété. La puissance a un prix : le Vice.

Selith Tanit.

Ayane s'est déshabillée pour suivre son maître dans l'eau claire du bassin de leur chambre. Auparavant, elle a pris soin de disposer des bougeoirs tout autour. La vue vacillante des flammèches apaise le sydion dont le cœur bat désormais au ralenti. Les bras en appui sur le rebord, il profite de l'attention de sa syhée et de la caresse des nénuphars qui flottent autour d'eux. Ceux-là ont des vertus curatives que les ophidiens ont appris à exploiter. Leurs larges feuilles frémissent et se teintent peu à peu d'une couleur rousse. S'Érum sent leurs efforts pour que l'eau du bassin devienne un élixir cicatrisant et berce ses flancs écorchés. Pour lui, les nénuphars s'épuisent et se meurent.

Ayane est immergée jusqu'à la taille dans l'eau rougie par le sang du maître. Armée d'un linge, elle nettoie avec délicatesse une marque plus profonde, à moins de cinq centimètres de la gueule. Le métal a laissé un sillon très net qu'elle doit recoudre.

– Mon éternel, souffle-t-elle à son oreille, puis-je ?

S'Érum accepte d'un infime mouvement des paupières. Ayane troque le linge pour une aiguille et du fil arachnéen. Ce dernier, couleur argent et légèrement poisseux, est enroulé autour d'une bobine en cristal, un bâtonnet muni d'une gemme de Ténèbres à chaque extrémité, afin de préserver les qualités de la fibre. Elle l'a acheté à des mercenaires, des femmes sessaires surnommées les « fileuses » qui s'aventurent jusqu'à la lisière des forêts akkyshanes.

Ayane se sèche les mains, déroule le fil avec précaution, le glisse dans le chas de l'aiguille et pique la peau du maître. S'Érum tressaille. La fibre contient des toxines qui éveillent une douleur marginale, la sensation d'être là-bas, dans l'obscurité la plus totale, la poitrine oppressée par le bruissement des arbres. Sécrété par une femme araignée, le fil transmet ses visions au fur à mesure qu'Ayane le déroule pour joindre les deux bords de la plaie. Des images macabres pilonnent la conscience du sydion. Il marche au cœur d'une forêt, dominé par des troncs d'onyx semés d'ossements. Il voit une sève grise suinter de l'écorce, comme du sang, pour recouvrir le squelette des victimes…

Ayane achève son travail et coupe le fil avec ses dents. S'Érum se sent mieux. La douleur reflue. Bientôt, elle ne sera plus un écran entre lui et les fleurs de cendre. Il pourra ouvrir une caisse et s'abandonner à leur parfum.

Des coups sourds ébranlent la porte.

– Entre, S'Ardaï.

Après un moment d'hésitation sur le seuil de la chambre, le maître archiviste traverse la pièce et se plante face au sydion, de l'autre côté du bassin.

S'Érum le remercie d'être venu d'un petit signe de la gueule. S'Ardaï reste muet et observe ses blessures. Son regard se porte sur les nénuphars flétris. Il grimace.

– Tu aurais pu mourir.

Un sourire étire la mâchoire du sydion.

– J'aurais pu, oui, fait-il en ouvrant les yeux.

Ayane s'est reculée pour rejoindre un angle éloigné du bassin et croise les bras sur ses seins.

– L'Erratum pourrit de l'intérieur, dit S'Érum. Après ce que j'ai vu, je pourrais ordonner une évacuation immédiate.

– S'Ylice m'a raconté. S'Holth a osé soustraire des œuvres à l'Alliance. Nous priver d'un savoir. Combien d'années avons-nous perdues par sa faute ? Combien de secrets et de vérités inexpliqués ? L'Alliance a…

– S'Ylice n'a rien vu, interrompt S'Érum d'une voix ferme. Je suis entré et j'ai failli mourir. Ton royaume pourrit, S'Ardaï, ton royaume mériterait de se consumer dans les flammes.

La menace provoque une brusque montée de température dans le corps du maître archiviste. S'Érum sent une brise chaude l'effleurer, comme un avertissement.

– Le colporteur était un vicié, déclare le sydion. Ce que l'Alliance peut produire de pire. Tu l'as enfermé dans son Vice avec tes expériences, tu l'as condamné à devenir un traître dont les ambitions, crois-moi, méritent que cette grotte soit détruite ou scellée.

– Tu tiens l'assassin ?

– Peut-être. Mais avant, je veux que tu aies bien conscience de ce qui se passe. Dans la grotte, j'ai découvert des œuvres majeures, des ouvrages amassés depuis des années par le colporteur sans que personne, et toi le premier, remarque quoi que ce soit. Où est la faille, S'Ardaï ? À quel moment ton laxisme et ton orgueil ont-ils pu t'aveugler au point de laisser une telle créature agir en toute liberté ?

S'Érum se déploie pour traverser le bassin en direction du maître archiviste.

– Le colporteur prônait l'avènement du Vice. Une telle idée, un tel concept est une hérésie qui me glace le sang. Jusqu'ici, les viciés se sont considérés comme des exilés, des parias... des êtres rongés par la culpabilité et condamnés à mourir sous l'emprise du Vice. Le colporteur a visiblement pu contrôler le mal, en faire non seulement un instrument, mais encore une vocation qui remet en question l'autorité patriarcale, qui envisage de renoncer aux sanctuaires pour une Alliance fragmentée, une Alliance au rabais, chaotique, qui nous jetterait à la surface d'Aarklash comme une poignée de grains.

– Il est mort, rétorque S'Ardaï. L'hérésie dont tu parles n'existe déjà plus.

– Il prétendait que le Vice est un brasier intérieur. Un moyen d'opérer une mue sans rapport avec la précédente. Devenir une salamandre solaire pour perpétuer le cycle de Vortiris.

– Une vision primitive...

– Précisément. Une vision concise, capable de rallier à elle tous les viciés dispersés dans le monde. C'est un espoir, S'Ardaï. Le colporteur a offert une quête aux viciés, il leur a offert le droit d'exister, une légitimité divine.

– Tu crois qu'il n'est pas le seul ? Qu'il a pu en parler autour de lui ?

– Peux-tu seulement prendre le risque de penser qu'il n'a rien dit ? Peut-on seulement se satisfaire de sa mort et fermer les yeux ? Pas moi. Je n'ai aucune preuve du contraire. Aucune preuve qu'il n'ait pas répandu ses idées auprès de tous ceux qu'il a côtoyés en surface.

J'ai peur, S'Ardaï. Une peur viscérale que sa parole résonne en ce moment même dans nos sanctuaires, que des viciés, traqués ou masqués, entrevoient une lueur d'espoir et commencent à se rassembler.

– Qu'est-ce qui te fait si peur, au fond ?

– La décadence. La perte de notre libre arbitre, de la forme la plus simple et la plus aboutie des libertés qui consiste juste à avoir le choix… Le choix des armes, en l'occurrence. Nous avons mis des siècles à nous reconstruire, à panser nos plaies, à retisser les bases de notre civilisation. Le Rag'narok augure le temps de la reconquête. J'œuvre en ce sens depuis l'instant où j'ai accepté de vivre et d'enfiler une muselière de cuir, où j'ai accepté le principe de toutes ces souffrances pour servir l'Alliance. Je ne tiens pas à voir des illuminés la détruire en nous dispersant, en faisant de nous des bêtes sauvages soumises à l'instinct du Vice.

– Moi non plus, sydion. Moi non plus.

– Nos ennemis nous imaginent comme des créatures serviles, des zélotes sans cervelle tout juste capables d'incarner le principe obscur, alors que nous nous servons de lui pour transformer Aarklash. Nous colonisons les ombres et les silences, nous sommes le liant qui fera le monde à notre image.

Sa gueule se tourne vers la syhée avec un rictus cruel.

– Regarde-la. Regarde-la bien. Comment veux-tu qu'un monde appartienne à ce bipède et à ses semblables ? Leurs cités deviendront bientôt les forces motrices de notre règne. La Lumière vacille sous le vent du Rag'narok. C'est un vent que d'autres soufflent pour nous, auquel nous imprimons notre volonté. Tous, Achéroniens, Drunes, et même nos compagnons syhars, deviendront nos gardiens et nos soldats, les cordes d'un même instrument dont nous serons les musiciens. Ensuite, seulement, viendra la conquête des royaumes inachevés. Toi, moi, nous pensons le monde à son échelle. Aarklash a vécu ses âges comme des mues, afin d'atteindre une maturité pensée, voulue et construite par nous.

– Tu es bien plus proche des patriarches que tu le crois.

– Sauf que je ne fais aucune concession.

– À des lois qui furent pensées et formulées il y a plusieurs siècles, rétorque S'Ardaï avec une pointe d'ironie.

– Une époque où les derniers mnémosiens avaient vu Vortiris et Célebdel de leurs propres yeux, renchérit le sydion. Nos créateurs, S'Ardaï. Ils avaient parlé avec eux. Je crois qu'ils étaient bien placés pour concevoir ces lois.

– Tu as vu où elles nous ont menés ?

Le ton du sydion se durcit :

– Je vais oublier ce que tu viens de dire.

– Tu aimes le pouvoir ?

– Je m'en sers.

– Pourtant tu ne peux pas te passer de ceux que tu as tués. Tu t'égares, sydion, tu es peut-être même en proie au doute. Tu me parles de liberté, alors que tu deviendrais fou sans tes fleurs de cendre. Jusqu'où t'influencent-elles ? Tes pairs devraient peut-être y regarder de plus près. Tu soulages ta conscience dans le rêve des assassins et des viciés. Où commence la perversion, sydion, dis-moi… C'est bien toi, n'est-ce pas, qui me reproches de rendre ce sanctuaire indispensable à l'Alliance ? C'est toi, aussi qui te félicites que chaque sanctuaire soit indépendant, que la destruction de l'un ne puisse en rien menacer les autres.

Le maître archiviste s'interrompt et cherche ses mots.

– Et si le colporteur avait raison ? demande-t-il d'une voix sourde. Et si l'Alliance grandissait en s'incarnant en chacun de nous, en nous laissant livrés à nous-mêmes, en nous lâchant sur ce monde pour mieux le précipiter dans le chaos ?

– Régner sur des ruines ? L'Alliance mérite bien mieux.

S'Érum s'extrait du bassin et contemple, un bref instant, les plaies qui parsèment son corps. Le baume des antiques nénuphars a fait son effet. Il ne ressent plus qu'une vague sensation de brûlure là où les branches de fer ont été les plus cruelles. Il approche sa gueule à moins de dix centimètres du maître archiviste.

– Nous devons agir à présent. Sauver ce qui peut être sauvé. Tes archivistes devraient recenser au plus vite les ouvrages de la grotte. Les autres sont à l'abri ?

– L'Erratum est désormais une coquille vide. Tous les grimoires qui comptent ont été protégés et rangés dans des caisses, sous le Pilier. Ils quitteront la bibliothèque dès que j'en donnerai l'ordre.

– Où et comment ?

– Tu n'as pas à le savoir, fait S'Ardaï en dardant la langue.

– Si. Tu préfères que j'en réfère aux patriarches ? Je n'y tiens pas plus que toi. Si le conseil patriarcal intervient, l'avenir de l'Erratum nous échappe. À toi comme à moi.

– Tu tomberas avec moi.

– Sans doute, mais, contrairement à toi, je suis prêt à aller jusqu'au bout, affirme le sydion.

– Te sacrifier pour eux ?

– Pas pour eux.

– Pour l'Alliance ?

– Entre autres.

– Pour qui d'autre ?

S'Érum marque une seconde d'hésitation et pointe un doigt sur Ayane.

– Elle…

– Ce bipède ?

– Souviens-toi de l'expérience close. On existe dans les yeux de l'autre, on existe dans la confrontation, on existe en se mettant en danger à la surface. C'est pareil. Il m'arrive de mieux vivre dans ses yeux.

– Je ne te comprends pas.

S'Érum esquisse un geste d'impatience.

– Où, S'Ardaï ? Où iront toutes ces caisses ?

Le maître archiviste lorgne Ayane et répond par vibrations :

Le passage mène vers les ruines cynwälls.

Des veilleurs se sont assuré que la voie est libre ?

Bien sûr. Mais enfin, qui nous menace ?

S'Érum renifle et braque ses yeux dans ceux du maître archiviste.

Un dragon, mon frère. Il vit ici, dans l'Erratum.

Chapitre XIX

L'En-dessous, l'Autre Cité, l'Ombre cadwëe... Autant de noms pour un cloaque qui s'enfonce dans les profondeurs de la terre, mêlant les strates de jadis à celles des guildes. Il y a le connu et l'inconnu, il y a les chemins balisés et ceux que l'on préfère ignorer, là où résonne le chant des écailles...

Extrait des *Mémoires des bas-fonds*,
par Songe-de-Jais.

S'Iris a faim et froid.

La faim la ronge de l'intérieur. Pour parfaire l'art de l'enfantement, les Mères ont perfectionné l'art culinaire. Jadis, elle veillait toujours à recevoir personnellement des herboristes venus vendre leurs meilleurs arômes et prenait plaisir à composer, pour elle mais aussi pour ses sœurs, des plats raffinés qu'elles dégustaient des nuits durant à la lumière des torches.

Le souvenir est amer. Pendant des années, la machine a étouffé son appétit et nourri son corps de toxines de substitution. À présent, ses entrailles réclament une véritable nourriture. Des mets qui se croquent, qui se mâchent, qui s'avalent, des mets dotés d'un parfum et d'un goût uniques. Au fur et à mesure, son organisme s'éveille, son estomac brûle et lui arrache des gémissements de douleur.

S'Iris a froid, aussi. Ses geôles, dans les profondeurs de l'Ignée Miséricorde ou même dans la cale, ont été des cocons léthargiques qui lui ont fait oublier les températures redoutées de la surface. Dans les premiers instants, alors qu'elle se faufilait sous la coque des navires qui se dirigeaient vers le *Karl IV*, le froid a été son allié et l'a empêchée de perdre connaissance. Très vite, pourtant, elle a retrouvé cette terreur instinctive que chaque ophidien se doit de ressentir lorsque l'hiver s'installe et transforme la nature en terrain hostile.

Les quais, et leur promesse d'un accès hypothétique aux égouts, ne sont plus très loin lorsque ses forces commencent à décliner. L'eau glacée engourdit ses réflexes et se referme comme un manteau de neige autour de ses écailles. S'Iris lutte avec l'énergie du désespoir et se dirige tant bien que mal vers les fondations de la ville basse.

Elle a fermé les yeux. L'eau est trop sale et l'obscurité trop angoissante. Elle s'en remet aux vibrations des coques et de leurs équipages pour s'orienter.

La pierre, enfin. Le quai se dresse juste devant elle. S'Iris l'effleure et perçoit les trépidations assourdies de la ville, le piétinement régulier des curieux qui s'agglutinent le long du quai pour observer l'agonie du navire.

La Mère doit faire vite et trouver un chemin d'accès aux égouts avant que le froid n'ait raison de ses dernières résistances. Pendant une brève seconde, elle doit combattre un intense sentiment de panique. Elle se voit couler lentement vers le fond, vaincue par l'engourdissement, alors qu'elle vient d'échapper aux drogues, à la machine et à ses bourreaux.

Elle se mord la langue et s'écorche les flancs sur les

pierres disjointes pour vaincre le froid par la douleur. La panique reflue. Dans son crâne, sa détermination résonne comme une prière : s'enfoncer dans les égouts, traquer les rides magiques pour retrouver le sanctuaire de l'Erratum et prévenir ses frères. Une quête en forme de rachat. Elle a trop souffert pour échapper à ses geôliers et ne veut pas que les siens en deviennent d'autres sous prétexte que le Vice s'est emparé d'elle. Elle est innocente, elle en est convaincue. On la soignera, on lui redonnera sa place et demain, qui sait, elle pourra entendre ses œufs frémir.

La grille, usée et sciée à deux endroits pour permettre à un humain de s'y glisser, cède sans difficulté entre ses anneaux. S'Iris frappe devant elle du bout de la queue. Des coups de sonde pour se faire une idée précise de ce qui l'attend au-delà de ce passage tout juste assez large pour la laisser s'introduire.

L'odeur abominable demeure un obstacle de taille. Les eaux usées qui finissent leur course dans ce boyau ont eu raison de la force minérale des vieilles pierres dont la Mère ne parvient pas à capter le souffle vital. Pour elle, la ville est une blessure, une plaie à la surface d'Aarklash, les égouts pour sanies.

Elle avance, la conscience scellée pour ne pas devenir folle. Ses flancs raclent contre la pierre et soulèvent des sédiments qui collent à ses écailles. S'Iris manque plusieurs fois de rebrousser chemin lorsque les passages les plus étroits l'obligent à se contorsionner, à se débattre avec la sensation que le boyau se referme sur elle pour la piéger comme les câbles de la machine.

Mais elle avance toujours et débouche, une heure plus tard, dans une première grotte. Une étroite coursive en épouse le pourtour, à un mètre au-dessus du niveau de l'eau. S'Iris consent à soulever les paupières et patiente le temps que ses yeux s'acclimatent à la pénombre. Une faille, au plafond, laisse filtrer le pâle rayon d'une nuit de pleine lune. La Mère distingue, sur les murs, des tuyaux qui forment un fouillis inextricable et convergent vers d'épaisses portes de plomb.

Lysandre a évoqué les complicités nouées par les orphelins dans la guilde des égoutiers. La perspective d'une traque dans les profondeurs de Cadwallon a obligé les templiers, au grand dam du sadique, à séduire et corrompre les émissaires de la guilde. La Mère s'est amusée du dégoût éprouvé par Lysandre en présence de ces égoutiers squelettiques qui fuient la lumière du soleil et portent tous les mêmes monocles de cuivre. Ils ont hanté les rêves du sadique et la Mère s'est surprise à éprouver un vague sentiment de fraternité avec ce petit peuple qui s'est inventé un royaume des profondeurs.

Un bruit, derrière elle. Une vanne vient de s'ouvrir en grinçant et livre passage à un homme seul muni d'une lanterne. Grand et décharné, il porte des houseaux de cuir noir et une longue veste crasseuse. Il tient, en appui sur son épaule, un long bâton de fer aiguisé comme une lance aux deux extrémités. La mine taciturne, il commence à marcher le long de la coursive.

S'Iris voit la tache de lumière se déplacer au-dessus de l'eau. Elle a besoin de cet homme, il peut lui servir de guide.

Elle émerge lentement au centre du bassin, dans l'espoir de ne pas trop l'effrayer. L'homme s'est immobilisé dès la première seconde où la Mère est apparue. Il n'a pas sursauté ni même cherché à s'enfuir. Il a posé la lanterne devant lui et a saisi son bâton à deux mains, par le milieu.

Sagoth a fêté ses trente-deux ans le mois dernier. Ses pairs le considèrent déjà comme un ancien et lui vouent un profond respect. Natif de Cadwallon, il a grandi comme tant d'autres enfants, au milieu des épaves désossées du port où, en compagnie de sa sœur, il a simplement cherché à survivre de jour en jour, sans même concevoir l'idée d'un avenir. Sa sœur, Thymète, a forgé son destin. Pendant quinze ans, Sagoth l'a protégée, il a fait en sorte qu'elle mange à sa faim et puisse, chaque soir, venir se réfugier dans le grand mât.

Quinze ans dans l'ombre de ce pilier planté dans le sable comme un doigt vengeur, ce mât cédé par la guilde des nochers aux enfants oubliés, et devenu, par la force des choses, une tour improbable, une ruche de guingois colonisée par des tonneaux, des planches et tous les matériaux de récupération arrachés aux épaves en sursis.

Sagoth a consacré plusieurs années à l'amélioration de ces quatre mètres carrés, nichés à douze mètres de hauteur, où sa sœur a vécu comme une reine. Il a déniché lui-même chaque clou, chaque morceau de bois qui a servi à sa construction. Il a même risqué sa vie en arrachant à la volée les rideaux de soie d'une chaise à porteur pour les fixer à l'unique fenêtre de leur refuge. Quinze ans de petites victoires sur la vie, quinze ans d'une dévotion sans pareille.

Thymète en voulait plus. Beaucoup plus qu'un toit sommaire et les parois branlantes d'un refuge que chaque tempête menaçait d'emporter. Au retour de ses expéditions, Sagoth la trouvait toujours assise devant la fenêtre, une main caressant la soie du rideau, les yeux tournés vers la ville haute. Il n'était pas là quand elle est partie. Les jeunes vigies du mât lui ont raconté qu'un vieux monsieur était venu, qu'il avait attendu Thymète au pied du mât en compagnie de deux miliciens, qu'il l'avait accueillie avec un étrange sourire et l'avait enveloppée dans une lourde cape de velours rouge avant de disparaître, avec elle et son escorte, dans un lourd carrosse.

Sagoth n'a jamais revu sa sœur. D'elle il n'a gardé qu'une petite planche arrachée à leur foyer où, faute de savoir écrire, elle avait gravé un cœur et une larme juste au-dessous. Il a cédé le refuge le lendemain à l'aube, en échange d'un nom, celui d'un égoutier qui se cherchait un disciple et qui pouvait lui offrir le gîte et le couvert.

Sagoth a intégré la guilde des égoutiers en se jurant de ne plus jamais remettre les pieds en surface. Il a oublié Thymète, avec la même volonté qu'il avait employée à la protéger, et a consacré le reste de son existence à la guilde.

Il aime son métier. Il aime l'idée d'être le dernier maillon d'une chaîne, le maître d'un royaume qui charrie le pus de Cadwallon. Il aime les longues heures de marche et l'écho de ses pas, il aime les rouages et le bruit des vannes qui libèrent les flots usés de la cité. En revanche, il ne supporte pas les intrus, et encore moins ces ophidiens qui représentent une menace permanente pour les siens. L'histoire de la guilde est jalonnée de cadavres broyés ou déchiquetés par ces créatures qui remontent des entrailles de la terre. Il existe une limite à ne pas franchir, une frontière marquée par le sceau ducal et les gemmes de Lumière incrustées sur les parois des vannes. Seuls les plus anciens, comme lui, peuvent circuler à la lisière des royaumes interdits et vérifier, le cas échéant, si le principe de Clarté n'a pas subi les outrages de ces monstres.

Il soupèse le bâton entre ses doigts et mesure ses chances d'affronter la créature. Elle est énorme comparée à l'ophidien qu'il a croisé voilà deux ans. Des plaies à vif parsèment ses flancs, des trous purulents et probablement causés par les balles d'un fusil. Sagoth ignore ce qui a pu lui arriver et dans quelles circonstances il est parvenu jusqu'ici, mais il a la certitude que l'ophidien est malade, à en juger par la couleur verdâtre de ses écailles et son regard halluciné.

Sagoth lorgne la porte par laquelle il est entré et la distance qui l'en sépare : dix ou onze mètres. Beaucoup trop malgré l'état piteux de son adversaire.

L'égoutier fait tournoyer son bâton et se décale légèrement sur la droite, dos à une vanne dont il pourrait se servir en cas d'urgence.

S'Iris ondule sans parvenir à se décider. Les intentions de l'humain ont beau être explicites, elle ne veut pas encore se résoudre à un combat. En temps normal, elle n'aurait aucune difficulté à se débarrasser de lui, mais ici elle n'est plus tout à fait sûre d'avoir le dessus. Blessée, épuisée et gagnée par de douloureuses nausées, elle veut simplement qu'on l'aide.

– Je… ne te veux… pas de mal, articule la Mère avec difficulté.

Le fait de devoir parler expose directement sa langue aux odeurs. Elle chancelle, giflée par une main invisible, et vomit une bile jaunâtre sous le regard incrédule de l'égoutier.

– Je vais te battre à mort, grince-t-il.

Courbée au-dessus de l'eau, la Mère voit la pièce tournoyer autour d'elle, mais refuse de capituler. Son corps tout entier implore l'inconscience. Elle veut encore croire à ce destin capricieux qui lui a offert une liberté si chèrement acquise. Elle glisse dans l'eau pour se rapprocher de l'humain. Il se tasse, le bâton armé. Elle franchit un mètre de plus avant de vomir une nouvelle fois un liquide poisseux teinté de sang.

Lorsqu'elle relève la gueule, elle a décelé une infime hésitation dans les prunelles de l'humain. S'il avait dû attaquer, il aurait pu le faire à cet instant précis. S'Iris a vu sa chance et monopolise ses dernières forces pour plonger au *fond de l'œil*.

Sagoth tressaille, l'âme effleurée par la magie. Il ignore qu'elle puise déjà dans ses sentiments les plus profonds pour les altérer et les mettre au service de la Mère. La manipulation mentale s'opère en quelques secondes sans qu'il en ait conscience. Ses sentiments à l'égard de la créature se nuancent. À présent, il sait que le serpent est une femelle, une ophidienne et une Mère accomplie, il sait aussi qu'elle a besoin d'être protégée et qu'elle ne le trahira pas. Le temps d'un soupir, il a revu le visage mélancolique de sa sœur.

La Mère a livré son dernier combat. Le froid, la faim, le sang perdu et les toxines de Hod ont eu raison de sa volonté. Sagoth voit son corps s'arquer, ses bras se crisper. Sa langue jaillit comme un ultime appel. Elle bascule en arrière et s'écrase à la surface du bassin.

Chapitre XX

Frères, la maldorée n'est pas un mal comme les autres. Elle a le visage de notre fin, de notre disparition et peut-être même de celles des Ténèbres tout entières. Si, un jour, nous succombons à la peste d'or et devenons des dragons de la Lumière, alors l'Obscur risque de tomber avec nous. Je vous implore, mes frères, d'exécuter sans tarder tous ceux que l'on soupçonne de porter le mal en eux. Même si, pour cela, nous devons faire des erreurs. Je préfère la mort d'un frère innocent à celle d'un peuple…

Harangue du sydion S'Ehrvir
devant les patriarches
du sanctuaire d'Onyrum.

Silence.

Le désarroi du maître archiviste est palpable. Ses anneaux se contorsionnent et font crisser ses cilices.

Un dragon ? répète-t-il d'une vibration sonore.

Ayane ne bouge plus, saisie par la tension qui règne dans la chambre. À la lueur des bougies disposées autour du bassin, les deux ophidiens s'observent, gueule contre gueule.

Tu es devenu fou, sydion… Tu t'es perdu dans tes rêves de cendre.

S'Érum jette un coup d'œil à la syhée et répond au maître archiviste à haute voix :

– Crois-moi, j'aurais préféré me tromper. Mais la vérité était là, sous nos yeux, depuis le début. Le colporteur connaissait très bien son meurtrier, il le connaissait même mieux que la plupart d'entre vous. Il s'est servi de lui, il l'a protégé jusqu'à la nuit du meurtre…

– Qui ?

S'Érum ignore l'interruption :

– Un miroir du passé… un fantôme. On ne fera jamais l'économie de nos origines, de ce moment crucial où Vortiris a décidé de s'affranchir des lois naturelles. Il nous a condamnés à errer à la lisière de l'imparfait, à la lisière du Vice, et c'est peut-être cela qui me rend amer. L'idée que le sang qui coule dans nos veines est le résultat d'expériences avortées, de tâtonnements… Crois-tu que nous soyons des cobayes ? Peut-être même l'équivalent des clones conçus par nos alliés alchimistes ?

« Cette marque sur la nuque de S'Holth… tu te souviens de sa forme ? Comme une griffure, trois profondes entailles… Aucun syhé, et *a fortiori* un humain, n'aurait pu porter un coup d'une telle violence. Et les scories, ces traces glacées de Clarté. Nous n'avions pas assez d'imagination pour voir au-delà des apparences, au-delà d'une arme de Lumière manipulée par un frère. À vrai dire, nous n'étions pas très loin de la vérité. Nous tournions autour sans pouvoir admettre qu'un frère serait capable de manipuler délibérément le principe de Clarté.

« Tout, ou presque, m'est apparu très clairement dans la grotte en écoutant le colporteur. Un autre regard… un moyen de comprendre pourquoi Maliek avait été impressionné par la taille du meurtrier. J'ignore encore pourquoi il a été épargné, mais il l'a vu, pendant quelques secondes, près du boyau qui mène à la grotte. Et il a bien senti que malgré la lumière, malgré ses émotions, celui qui se profilait à l'entrée de ce boyau n'était pas comme les autres… Le *fond de l'œil* a parlé.

« Tout est signé. Les deux facettes de l'assassin. Celui qui avance en aveugle, qui essaie tant bien que mal de canaliser sa rage et son intelligence. Et l'autre, plus cynique, moins impulsif, qui parvient à effacer ses traces. Deux facettes d'un seul et même frère.

S'Érum laisse planer un nouveau silence. Ses pupilles luisent d'un éclat sauvage. L'ivresse de la chasse, la sensation, enfin, de voir l'ombre refluer autour du meurtrier. Démasquer l'assassin et faire appliquer la loi. La sentence comme exutoire, un moyen de se laver, de purger tous les miasmes accumulés dans cette bibliothèque rongée de l'intérieur et promise à la destruction. Le meurtrier n'est pas celui qu'il attendait. Personne, d'ailleurs, n'aurait pu imaginer que l'histoire ophidienne se répéterait de cette façon.

– Le Lazarium, murmure le sydion. Te souviens-tu du Lazarium et de la maladie qu'on y soignait ?

Le maître archiviste se raidit, une lueur d'incrédulité dans le regard. Puis la stupeur déforme ses traits.

– Non. Pas ici…

– Oh si, ici même. Sous tes yeux. Je ne sais pas comment ni pourquoi, mais l'assassin a contracté la maldorée. Depuis quand ? Nous le saurons bientôt, mais le colporteur, lui, savait.

– Cette maladie n'existe plus. Nous l'avons éradiquée.

– Des rejetons, nous sommes des rejetons, S'Ardaï. À quoi bon le nier ? Les mnémosiens en parlaient avec une extrême prudence… Ils touchaient au tabou suprême, à l'essence même de notre peuple. Jusqu'ici, je ne m'étais jamais posé la question, je ne m'étais pas interrogé sur la finalité d'une telle maladie. Est-ce la Clarté et l'Obscurité qui cohabitent dans notre mémoire, dans notre sang ? Est-ce un combat permanent qui déchire notre conscience sans que nous nous en rendions compte ? Tu as raison, voilà des siècles que la maldorée a disparu, que nous pensions l'avoir contrôlée et étouffée entre les murs du Lazarium. Mais tous ces monstres, tous ces frères déformés et contaminés par la Lumière ont laissé quelque chose. Et ce quelque chose rôde dans l'Erratum.

« Encore une preuve de laxisme. Pourquoi avoir voulu les étudier ? Pourquoi ne nous sommes-nous pas contentés de les exécuter ? C'était la seule réponse possible. Mais il a fallu que nos ancêtres veuillent comprendre. Comprendre la Lumière ? À quoi bon...

La mâchoire du sydion grince, son regard s'embrase.

– À quoi bon vouloir sauver un frère transformé en dragon de Lumière ! hurle-t-il à la gueule du maître archiviste. Réponds !

Sa nervosité ravive la douleur de ses plaies.

– Évacuons. Maintenant, dit S'Ardaï.

S'Érum l'attire contre lui.

– Il faut purifier cet endroit, dit-il. Lui rendre sa virginité.

– Évacuons, c'est la seule solution.

S'Érum se penche en arrière et hoche la tête de gauche à droite.

– Trop tard. Vous êtes tous coupables. Vous et tous ceux qui sont entrés ici. Vous avez été *exposés*... La seule solution, ce serait de vous tuer et de traquer tous ceux qui sont passés ici depuis que l'assassin est atteint.

– Toi aussi alors.

– Bien sûr. Moi, l'hôtelier, vos veilleurs, vos artisans, vos invités… L'Alliance est peut-être condamnée à plus ou moins brève échéance. Et, pour l'instant, nous sommes les seuls à le savoir. Avant de le tuer, je dois en savoir plus… savoir si la maladie peut se transmettre, si lui pense qu'il a pu contaminer d'autres frères. Tu vas convoquer tes archivistes et leur demander de chercher tout ce qu'ils peuvent trouver sur le sujet.

– C'est compliqué. Tous les grimoires qui concernent cette époque sont destinés à partir. Ils sont inaccessibles, rangés dans les caisses sous le Pilier.

– Ouvre-les. Au besoin, demande à S'Hysme de recruter des frères de confiance parmi ses invités.

Le regard du sydion se perd dans le vide, comme s'il réfléchissait à voix haute.

– L'assassin n'a pas atteint sa forme définitive. Je suppose qu'il affronte des crises plus ou moins violentes, des moments où il ne peut plus contrôler la Lumière. Une métamorphose avortée… un hybride aveuglé par la douleur. Comment fait-il pour passer inaperçu ? Comment fait-il pour canaliser ses crises ? Les contrôle-t-il ? La magie ne pourrait pas masquer une transformation mue par la Clarté. Je suis persuadé qu'il accueillera la mort avec soulagement. Il faut éviter à tout prix qu'il panique et se transforme.

– Qui est-ce ? Dis-le-moi.

– Celui que le colporteur avait tout intérêt à manipuler. Celui dont le rôle, au sein de l'Erratum, pouvait servir son commerce et lui permettre d'agrandir sa bibliothèque à ton insu. Celui qui, en fermant les yeux, lui assurait une impunité sans égale.

– Qui ? Un veilleur ?

– Le premier d'entre eux, oui. Le plus puissant guerrier de l'Erratum.

Le maître archiviste recule vers la porte. Le parfum de l'angoisse transpire à la surface de son corps. S'Érum se doute que ce frère prend conscience que son œuvre, ce monde de savoir et de magie qu'il a mis tant d'années à construire, se fissure de l'intérieur et menace de s'effondrer.

– Il a parlé de la primauté de l'instinct, souffle S'Érum. Sans doute voulait-il me mettre sur la voie, sans doute espère-t-il en secret qu'on le délivre, qu'on le démasque et qu'on arrête ses souffrances. Il a cherché de l'aide auprès du colporteur. Il a même évoqué l'espoir d'une guérison à travers une ombre, *son* ombre. Syd de Kaïber.

– Le Cynwäll ? Mais quoi ? Une tentative d'empoisonnement ?

– J'en doute. Si les elfes avaient trouvé le moyen de répandre la maldorée, nous le saurions déjà. Peut-être un coup d'essai. Je crois plus à une série de coïncidences, à un fond de vérité sur ce dénommé Syd. Nos psychés spéculent sur sa probable incarnation à la bataille de Kaïber.

– Dispersion des essences… fait S'Ardaï en arquant les sourcils. Je comprends où tu veux en venir. L'elfe est incarné, son âme se disperse et un fragment échoue ici, dans l'esprit de S'Erdh.

– Je ne vois pas d'autre explication. Il prétendait qu'en tuant son ombre il pourrait endiguer la maldorée. Il fait des rêves récurrents.

– Il n'existe aucun précédent.

– Non. Jusqu'ici, nous avons eu de la chance qu'il ne tente pas de s'enfuir. Il a cherché l'affrontement et j'ai cru pouvoir expliquer cette violence par cette quête de l'« instinct » dont il semblait si fier. Il m'a provoqué… Je suis persuadé qu'il est en quête de sa rédemption. Il a assassiné le colporteur. Plus rien, en théorie, ne le retient ici. Il pourrait déjà être là-haut, en surface, sur les traces de Syd de Kaïber.

– Mais il est resté…

– Oui, il est resté. Il veut qu'on le délivre. Tu vas prendre toutes les dispositions nécessaires pour contrôler les veilleurs. Je me méfie de leur réaction.

– Je les connais mieux que toi… Ils ont prêté serment au nom de ce sanctuaire, pas au nom de leur chef. Ils accepteront ta sentence.

– Je l'espère. Tu dois également donner l'ordre formel de détruire l'eyzom de S'Holth et condamner l'accès à la grotte une fois que ses grimoires seront en sécurité.

– Ce sera fait.

– J'insiste pour que tes archivistes fassent des recherches sur le Lazarium. Essaye d'en apprendre le plus possible. Cela nous servira lorsque je convaincrai les patriarches.

– Tu veux les convoquer ici ?

– Il le faudra bien. Pour le moment, nous devons avancer avec précaution.

S'Érum baisse les yeux sur les cilices qui barrent le corps du maître archiviste. Des rigoles de sang se faufilent sur ses écailles et gouttent sur le sol. S'Ardaï a surpris son regard.

– Ne t'inquiète pas, dit-il. Simple nervosité…

– Dans le meilleur des cas, je parviens à m'isoler avec S'Erdh, je le fais parler et je le tue. Ensuite, nous verrons.

– Tu parais bien sûr de toi. J'ai envie de commencer l'évacuation dès maintenant.

– N'insiste pas. Rien ni personne ne quitte l'Erratum avant que je n'aie rencontré le premier veilleur. Je n'ai qu'une seule priorité : empêcher la maldorée de se répandre. Je veux des certitudes et des garanties. Le sort de l'Erratum en dépendra. Maintenant, va, laisse-moi seul. Je viendrai te chercher au Pilier.

La caresse des fleurs de cendre a apaisé son esprit. Un répit de courte durée, une sensation trop furtive pour le soulager en profondeur, mais assez pour préparer sa confrontation avec le premier veilleur. Ayane est inquiète et s'approche, les lèvres pincées, alors qu'il glisse 18 sous sa houppelande.

– C'est bien lui, n'est-ce pas ? dit-elle.

– C'est lui.

Il ne veut pas de sa compassion et lui jette un regard méprisant. Elle sait combien il redoute de devoir choisir sa victime depuis la dernière exécution. Il s'est trompé et a manqué de tout perdre.

Chapitre XXI

Notre plus grande Mère, S'Ylthia la Généreuse, eut deux cent trente-sept fils. Le lien psychique entre elle et ses enfants ne fut jamais altéré par le nombre ou la distance. Les Mères doivent consacrer leur vie entière à l'enfantement pour que l'Alliance grandisse. Elles sont notre avenir et notre force. Chaque frère doit être prêt au sacrifice ultime pour sauver une Mère en péril.

Extrait de la *Charte des Mères*, bibliothèque de l'Erratum.

Ils ne sont désormais plus que quinze. Quinze templiers de Hod serrés les uns contre les autres dans l'espace restreint d'un grenier, les visages crispés par l'épreuve. Il n'a pas suffi qu'ils grandissent dans l'ombre de l'Église, il leur faut une fois de plus tolérer en silence la présence du Mal, frôler, non sans dégoût, les filaments poisseux de la toile et attendre, ne faire qu'attendre dans cet univers clos saturé de poussière.

La nuit est tombée sur Cadwallon. Le vent venu du large a forci. Son souffle ébranle régulièrement la charpente et renforce l'impression de solitude éprouvée par les templiers. La journée s'est écoulée avec une lenteur oppressante. Tous ceux qui sont parvenus à fuir le *Karl IV* ont pu débarquer et se glisser, avant le lever du soleil, jusqu'à la taverne des Obsidiens sans attirer l'attention. En dépit des scellés de la milice qui condamnaient la porte d'entrée, ils se sont faufilés à l'intérieur et, comme convenu, se sont rassemblés dans le grenier sous l'œil attentif de l'Akkyshane.

Antic n'a pas prononcé une parole depuis que le premier orphelin a franchi le seuil de son antre. Elle s'est retirée dans l'obscurité, l'araignée juchée sur son épaule.

La veste boutonnée, une épée posée au travers des cuisses, Mankenz n'a pas esquissé un seul geste depuis près de deux heures. Figé dans ses pensées, il cherche une explication et n'en trouve aucune qui le satisfasse. Il s'estime trahi par une machine et n'éprouve aucun remords, bien que le Vieux Maître lui ait confié une mission dont il devait, en théorie, maîtriser tous les aspects, y compris celui-là. Il est persuadé, néanmoins, que les templiers ont vocation à moissonner les âmes, à les élever ou les abaisser devant Merin, et qu'à ce titre rien ne justifiait vraiment que l'on confie l'ophidienne à une machine plutôt qu'à un geôlier en chair et en os.

À la périphérie de son esprit rôde un sentiment qu'il préfère ignorer, une émotion interdite et confuse qu'il refoule tant bien que mal dès lors que le souvenir de S'Iris devient trop prégnant. Se peut-il qu'elle lui manque ? À vrai dire, il se sent trahi ; il se sent abandonné par celle dont il croyait avoir gagné la confiance. A-t-elle joué toutes ces années ? A-t-elle feint de s'endormir plusieurs fois en posant l'extrémité de sa gueule sur son épaule ? Il a cru à un mal converti à leur complicité, à un fil tendu entre le bourreau et sa victime. Un fil de lumière, imprégné de Clarté qu'il espérait ancrer dans l'âme de l'ophidienne. Une ancre, oui.

C'est cette idée qui, depuis longtemps, le poussait à croire qu'il pourrait la convertir et sauver son âme.

Mankenz a décidé de ne pas modifier le plan d'origine malgré l'évasion de la Mère. C'est un risque qu'il accepte de prendre en son âme et conscience. Quitte ou double, il le sait. Néanmoins, il doute qu'elle ait les forces suffisantes pour rejoindre l'Erratum et donner l'alerte avant l'assaut. Les drogues, l'eau froide, les égouts... autant d'obstacles que l'Unique mettra sur la route de l'ophidienne pour faire en sorte qu'elle n'arrive jamais à destination.

Mankenz ne laissera pas l'incertitude et le doute fissurer sa détermination ; il se raccroche à des images sorties tout droit de son imagination. Il les voit, il les entend, ces flammes rouges et rageuses qui dévorent les grimoires impies. Il les a fantasmées, il les a sculptées dans ses rêves pour en faire le plus beau brasier que Merin ait jamais contemplé. Un feu de joie, de lumière et d'espoir. Il ne doit pas trembler. Pas devant ses hommes que la présence d'Antic maintient en éveil.

Il a rendez-vous ici même avec le traître et ne veut à aucun prix manquer cette rencontre qui lui offrira son brasier. Les sacrifices consentis pour en arriver là vont bientôt avoir une signification nouvelle, une portée considérable pour l'avenir de la foi et de la Lumière.

Pour la première fois, ses yeux se posent sur ses soldats et détaillent leurs visages. Certes, ils ont été marqués par le naufrage, mais l'événement n'a pas ébranlé leurs convictions. Ils sont prêts, Mankenz le sent.

Un murmure dans les rangs l'arrache à ses pensées. Il n'a pas vu venir celui dont la seule apparition a suffi à mettre ses hommes à genoux.

Le Vieux Maître. Le doute n'est pas permis et Mankenz, tout aussi ému que ses frères d'armes, s'incline respectueusement devant le maître de la loge de Hod.

Masselius porte une simple robe de bure nouée à la taille par une cordelette. Malgré l'étoffe bouffante, on devine sa silhouette imposante, les épaules larges et la poitrine impérieuse. Ses yeux noirs, enchâssés sous d'épais sourcils, ressemblent à des abîmes qu'aucun templier ne parvient à sonder. Le Vénérable a légèrement incliné son crâne rasé pour saluer ses soldats et leur fait signe de se relever.

Mankenz s'est jeté aux pieds du maître pour baiser l'anneau de jais glissé à son index.

– Maître, souffle-t-il, vous êtes venu…

– Contraint et forcé.

La main de Masselius se dérobe et se pose sur l'épaule de l'orphelin de Hod.

– Peux-tu expliquer comment elle vous a échappé ?

La question fait tressaillir Mankenz. Il répond, le visage baissé, l'épaule broyée par les doigts noueux du Vieux Maître :

– La machine nous a trahis, se justifie-t-il.

La pression devient intolérable et lui arrache une grimace de douleur.

– La machine est ce qu'on en fait, dit Masselius. Tu as déshonoré la loge.

– Pardonnez-moi…

Mankenz n'a aucune raison d'espérer la clémence. La gorge nouée, il ferme les yeux, persuadé que le Vieux Maître est venu en personne pour exécuter la sentence. Les doigts, pourtant, relâchent leur emprise et libèrent son épaule.

– Relève-toi, orphelin. Et écoute.

Mankenz s'exécute et recule sous le regard hermétique de son maître.

– Je veux croire que je ne me suis pas trompé, déclare Masselius. Je veux croire que vous n'êtes pas de petites âmes incapables d'imaginer que le futur nous appartient. J'ai consacré du temps à votre formation et à votre détermination. J'ai fait en sorte que vous soyez dépositaires du savoir de la loge, de son expérience et de son ambition.

« Je suis fatigué, orphelins. Vous êtes une arme que j'ai choyée et je ne veux pas être déçu comme aujourd'hui. Rien n'excuse votre négligence. L'ophidienne risque de compromettre l'attaque de l'Erratum. Je n'envisage pas l'échec. Je ne le *conçois* pas.

La voix, jusqu'ici maîtrisée, se casse et s'achève sur une violente quinte de toux. Le Vieux Maître se détourne et s'essuie la bouche sur la manche de sa robe.

– Notre cause a les faveurs de Merin. Et, jusqu'ici, vous aviez la mienne. Merin pardonnera, mais il exige le meilleur. Pour la première fois, nous tenons une occasion unique de porter la Lumière au cœur du Mal, nous tenons une occasion de porter un coup fatal à l'Alliance ophidienne. La priver de son savoir revient à la priver d'un futur. Ai-je présumé de vos forces ? Je ne veux pas être obligé de revenir ici, dans ce grenier sordide, pour m'assurer que vous êtes dignes de confiance. Je veux être là-bas, chez nous, et attendre avec certitude celui qui m'apportera les clés de l'Erratum. Vous êtes l'élite du Dieu unique et, à ce titre, je veux que la bibliothèque me soit livrée intacte.

Un murmure de stupéfaction court sur les lèvres des templiers. Le Vieux Maître le fait taire d'un geste sec.

– Vous avez été forgés pour être à l'épreuve du Mal, pour concevoir votre vie comme un don, un sacrifice sur l'autel de la foi. Je vous demande des clés, pas un bûcher. Je vous demande d'investir l'Erratum, d'en chasser le Mal et d'en devenir les gardiens.

Un profond silence s'instaure. La loge des orphelins

tremble comme un seul homme, tétanisée par les exigences du Vénérable.

Mankenz refoule des larmes de rage, tant il a rêvé ce bûcher qui consumerait la bibliothèque impie.

– Maître, dit-il, vous ne pouvez pas…

– Silence, l'interrompt le vieil homme d'une voix douce. N'oubliez pas ce pour quoi vous avez été conçus. Votre âme est un roseau que l'Obscur peut faire ployer, mais qu'il ne pourra jamais faire céder.

Le Vieux Maître se tord dans une nouvelle quinte et cherche appui sur Mankenz.

– Mon temps est compté, orphelins. Votre bien-aimé Ambrosius me succédera bientôt et fera de vous les garants d'un serment que je veux sceller ici même.

Masselius se redresse, le teint hâve.

– À genoux !

Les templiers obéissent aussitôt, faisant trembler le plancher.

– Avec moi, orphelins ! Réjouissez-vous dans votre sacrifice…

D'une seule voix, les templiers font écho au Vieux Maître qui dicte son serment en fendant les rangs à pas lents, la main ouverte sur leurs nuques ployées.

– Réjouissez-vous donc dans votre devoir ; que votre cœur soit dans l'allégresse pour veiller sur la Clarté ; marchez selon les promesses de votre âme et le regard de vos yeux pour respecter les savoirs interdits de l'Erratum et sachez que Merin vous fera rendre compte, en son jugement, de cette promesse…

Au fur et à mesure que Masselius déroule sa litanie, la récitation des orphelins s'apparente à une confession. Ils ont failli devant Merin et veulent se racheter quand bien même il leur faudrait renoncer à cet autodafé longtemps brandi par la loge comme une ultime récompense.

Le serment les soulage. Tous ont besoin de sceller ce désir de vengeance qui les hante depuis l'épreuve subie dans les sous-sols de Carthag-Fero. Là-bas, ils ont cru à ce trophée pour vaincre leurs peurs et affronter, jour après jour, la présence du Mal à leurs côtés. Tous en ont déjà parlé, tous ont partagé des soirées entières à rivaliser d'imagination pour décrire le spectacle de la bibliothèque en feu. La mission confiée par le Vieux Maître les a pétrifiés, mais finit peu à peu par leur redonner confiance, tant elle exige de leur foi et de leurs valeurs. Ils vont non seulement devoir se rendre maîtres de l'Erratum, mais également s'y installer, le fortifier et peut-être même y vivre des mois, voire des années.

Le Vieux Maître sait qu'il a accompli le plus difficile. Un bref instant, la réaction de Mankenz lui a inspiré le doute. Qu'un fidèle comme lui ose braver son autorité montre que les orphelins ont atteint leur point de rupture. À présent, il est convaincu que seule une victoire les empêchera de basculer et les sauvera de la damnation.

Masselius les salue avec gravité, attendri par la dévotion et l'espoir qu'il lit sur leurs visages.

– Soldats de Merin… je prierai pour vous, conclut-il avant de disparaître dans l'ombre.

Le temps s'étire avec une lenteur angoissante. Confinés dans le grenier, les templiers se sont rapprochés les uns des autres. Leurs mains, rendues moites et fébriles par l'attente, ont fini par se joindre. Nul ne sait qui, le premier, a chuchoté une première prière que les autres, soulagés de pouvoir briser le silence, ont accompagnée avec ferveur. Soudés dans l'adversité, ces hommes se relâchent et laissent libre cours à leurs émotions. Certains pleurent, d'autres se mordent la lèvre jusqu'au sang. Il n'y a plus de honte ni de masque, il n'y a que leur foi complice.

Le traître s'annonce trois heures plus tard et pénètre dans l'antre d'Antic avec un sifflement nerveux. Dissimulé sous un lourd manteau de cuir et de fourrure, il observe un court moment le cercle des templiers en prière et s'adresse directement à Mankenz :

– L'antidote.

Sa voix ferme brise l'enchantement qui unissait les orphelins de Hod.

L'heure a sonné.

Mankenz extrait de l'intérieur de sa veste une fiole de cuivre scellée par un bouchon de cire et la tend à l'ophidien. Le traître s'en empare pour la glisser sous son manteau.

– Rien de nouveau ? demande-t-il.

Mankenz secoue la tête de gauche à droite. Non, rien, songe-t-il avec une pointe de cynisme. Inutile de mentir, de toute façon. L'antidote n'a jamais été qu'un rouage du piège tendu par le Vieux Maître, un moyen rapide et efficace de contrôler l'ophidien et de lui faire croire que la maldorée pourrait, à terme, être soignée. L'antidote a stabilisé la maladie, il l'a canalisée afin que le traître puisse demeurer parmi les siens et contrôler les crises de plus en plus fréquentes. L'ironie de la situation n'échappe pas à Mankenz. Depuis que la Mère a guidé son rejeton jusqu'à eux, il a fourni à cet ophidien le moyen de lutter contre le principe de Clarté et empêcher son corps de muter. Un piège complexe, un complot dont les ramifications ont fini par lui peser, tant il espère une confrontation, un combat à mort pour se rendre maître de la bibliothèque.

Si l'ophidien est déçu ou lassé par l'absence de résultat, il ne le montre pas. Pour l'heure, l'antidote lui suffit.

– Je crois que le moment est venu, dit-il d'une voix ferme.

– Alors, la Mère n'a pas donné l'alerte…

Le traître se fige. Sous la capuche de son manteau, la langue frémit.

– Elle nous a échappé, lâche Mankenz. La nuit dernière.

– Cela change tout.

– Ça ne change rien, affirme le templier d'une voix qu'il veut aussi ferme que possible. Conduisez-nous à l'Erratum.

Le traître garde le silence, la respiration courte et sifflante, avant de s'interroger à voix haute :

– Peut-être savent-ils déjà… murmure-t-il. Peut-être m'ont-ils suivi jusqu'ici ?

– La Mère ignore votre existence. Au pire, nous aurons perdu l'effet de surprise.

Chapitre XXII

J'ai vu le Vice à l'œuvre, je le jure devant Merin. Le Vice est une force nouvelle qui anime nos ennemis. Il coule dans leurs veines comme un élixir, les rend insensibles à la peur et décuple leurs forces. À présent, il faut craindre le vicié. Il est devenu l'un des pires prédateurs nés des Ténèbres.

Templier Merenphis.

Sagoth a sauvé la Mère d'une mort certaine. Trois heures plus tôt, alors qu'elle basculait en arrière et commençait à s'enfoncer dans l'eau crasseuse, l'égoutier a réagi sans perdre une seconde. Sachant bien qu'il n'aurait aucune chance de lui porter secours à la seule force de ses bras, il s'est précipité en direction des vannes qui commandent les mécanismes du bassin et a permis l'évacuation rapide des eaux.

S'Iris gît à présent au fond de la cuvette. Le front en sueur, les bras douloureux, Sagoth a entrepris de délimiter un espace vital en écartant, à l'aide d'une vieille pelle, la couche limoneuse qui tapisse le fond du bassin. L'odeur soulevée par la manœuvre est atroce, même pour un homme familiarisé depuis longtemps avec les remugles des bas-fonds.

Son visage pâle et anguleux a rosi sous l'effort. Il

contemple le corps de l'ophidienne et passe une main prudente sur son flanc. Il n'a jamais pu observer une telle créature d'aussi près et se passionne pour le relief des écailles. L'ophidienne respire faiblement, mais la vie coule encore dans ses veines. Sous sa paume, l'égoutier perçoit le rythme sourd d'un cœur en léthargie. Il n'a pas la moindre idée des soins que l'on prodigue à un tel organisme. Privé de repères, il décide d'accomplir des gestes basiques et, dans un premier temps, de trouver le moyen de laver les blessures.

Un vague sentiment de culpabilité le taraude lorsqu'il prend sa décision. Il lui faut une eau pure, qu'en théorie seuls les maîtres égoutiers accordent sur ordre écrit et frappé du sceau de la guilde. Les risques encourus ne freinent pas sa résolution. Il escalade les parois incurvées du bassin et grimpe sur la coursive pour atteindre une vanne discrète, enchâssée entre deux tuyaux de cuivre.

L'eau date des fondations de la cité et son histoire se confond avec les traditions de la guilde, en particulier celle qui destine les jeunes disciples à un voyage solitaire dans les profondeurs du cloaque. Au terme de son périple initiatique, Sagoth a eu le droit de pénétrer dans le réservoir cynwäll. Il a gardé un souvenir ému de ce lac miroitant, de ses passerelles de cuivre oxydé et, surtout, de ses gardiens silencieux, une foule de constructs pétrifiés par la rouille et adorés par les égoutiers comme des divinités bienfaisantes.

Depuis sa découverte, le réservoir a offert à la guilde un atout majeur. Le duc a signé une concession de vingt-deux ans, autant d'années que la guilde compte mettre à profit pour tirer le meilleur parti du précieux liquide. On lui prête toutes les vertus et, bien que Sagoth en doute, son succès auprès de la société cadwëe ne s'est encore jamais démenti.

Une canalisation éructe et libère soudain un mince filet d'eau dans la partie supérieure du bassin. Sagoth observe sa descente avec un frisson au creux des reins. Une veine bleutée coule désormais jusqu'au fond du bassin et s'agrandit en une flaque scintillante sous le corps de l'ophidienne.

Sagoth la rejoint, déchire un pan de sa chemise et, à genoux, commence à nettoyer les blessures de sa protégée.

Trois ou quatre heures passent sans que l'égoutier relève la tête, tout entier à sa tâche. En dépit de ses origines, l'eau ne s'est pas refusée à l'ophidienne. Le sang qui coulait de ses plaies a disparu, phagocyté par la flaque. Sagoth sait que puiser dans le réservoir revient à dilapider une ressource exceptionnelle et, en d'autres termes, risquer sa place, sinon sa vie. Il n'y attache plus d'importance. Il a franchi une frontière au-delà de laquelle il ne peut plus faire marche arrière.

S'Iris reprend connaissance et aperçoit l'égoutier courbé devant elle. La compassion qu'elle lit dans ses yeux la rassure. Étrange qu'un humain puisse lui faire cet effet et lui donner l'impression qu'elle est en sécurité. Elle redresse la gueule pour contempler son corps mutilé.

– Comment as-tu fait, humain ? souffle-t-elle en découvrant ses plaies nettoyées et scellées par une fragile membrane.

– Régénération, répond Sagoth d'une voix posée. Une eau cynwäll.

L'ophidienne frissonne et détourne le regard. Certes, le viol est consommé, mais elle ne peut s'empêcher d'éprouver un dégoût viscéral à l'idée que son sang se soit mêlé à l'eau glacée qui l'entoure.

– Il faut partir, dit-elle.

– Pour aller où ?

– La bibliothèque… l'Erratum. Tu dois m'y conduire.

– Alors elle existe vraiment ?

– Oui.

– Je ne peux pas t'aider.

– Tu peux me guider dans les égouts. Me mener aux portes du cloaque, là où les humains ne vont jamais.

– Je pourrais, oui.

Au prix d'un violent effort, S'Iris est parvenue à se redresser au-dessus de l'humain.

– Merci, dit-elle.

Sagoth hoche la tête et empoigne son bâton. Il accepte ce qu'elle lui demande, bien que son instinct lui dicte le contraire. Il ne sait pas au juste ce qui motive son attirance pour la créature, ce qui fait qu'un égoutier comme lui puisse s'émouvoir à ce point du sort réservé à cette ophidienne. Il veut la protéger, certes, mais, avant tout, il ne tient pas à être abandonné une seconde fois.

Les égouts forment un labyrinthe inextricable. S'Iris se concentre sur le mince halo de lumière qui nimbe l'égoutier. Son guide a capuchonné la lanterne et progresse au ralenti, soucieux de ne pas alerter ses frères des profondeurs.

Ils viennent de s'engager dans un large couloir à sec lorsque Sagoth lève le bras et ferme le clapet de sa lanterne.

– Les rats, murmure-t-il dans une complète obscurité.

Ses soupçons se confirment. Depuis qu'il progresse en compagnie de l'ophidienne, la seule présence de la créature a dissuadé les rongeurs d'approcher et forcé la plupart à refluer. Ceux qui, à présent, se faufilent entre les jambes de Sagoth et longent les murs fuient quelque chose d'autre, quelque chose qui se dresse devant eux et leur donne le courage de frôler un serpent.

Des chiffonniers.

L'égoutier a appris à haïr ce ramassis de gobelins qui détient, en vertu d'un accord ducal, le droit de circuler dans le réseau des égouts pour y chasser la vermine. Les incidents n'ont jamais cessé d'opposer les membres de la guilde à ces créatures qui profitent de leur droit de passage pour piller et rançonner tous ceux qui ont une bonne raison de s'aventurer dans les égouts. Sagoth en a déjà bastonné plusieurs et même manqué d'en tuer un au cours d'un violent affrontement. Les gobelins ne respectent pas le cloaque et encore moins les canalisations de la guilde. Ils démontent des tuyaux, des vannes et même des passerelles pour les revendre en surface sans se soucier un seul instant du fragile équilibre des installations. Six jours plus tôt, une porte prétendument étanche a cédé et provoqué de sérieuses infiltrations en surface qui ont empuanti l'atmosphère d'un quartier entier. Sagoth lui-même a relevé sur la porte fautive les preuves d'un pillage.

Les épaules tendues, il se tourne vers l'ophidienne.

– Des gobelins.

– Et alors ? s'étonne S'Iris.

– Ceux-là sont hargneux et stupides. Des chiffonniers.

– Je sais. Mes frères en parlent comme de proies faciles.

Une lueur blafarde est apparue à l'extrémité du couloir et progresse dans leur direction. Une rumeur enfle avec elle. Des rires, des pas furtifs…

– On rebrousse chemin, ordonne l'égoutier.

– Ils sont dix ou douze.

– Tu es trop faible.

– Ils auront peur…

– Pas eux. Pas ceux-là.

Les rires se sont brutalement interrompus.

– Qui va là ? lance une voix aigrelette.

S'Iris s'étonne de sentir la peur chez l'humain. Il recule à sa hauteur, pose la lanterne sur le sol et tient son bâton à deux mains, le cœur battant.

Les gobelins accélèrent soudain le pas et trottinent jusqu'à eux sans que S'Iris esquisse le moindre geste.

Odeur d'alcool, de parfums frelatés et de champignons.

Les gobelins sont au nombre de onze, tous vêtus de haillons. Certains cachent leurs visages sous des masques de cuir grossier et d'étranges lunettes aux verres dépolis. D'autres sont affublés de longs chapeaux ou de calottes de cuir et fixent sur le couple des yeux injectés de sang. Tous ont la même arme, un soufflet raccordé à une barrique qu'ils portent sur le dos.

– Des souffleurs… dit Sagoth d'une voix résignée.

S'Iris garde le silence. Elle sent l'excitation des gobelins filtrée par la fumée des pipes vissées à leurs lèvres. Droguées, nerveuses et visiblement surprises de découvrir un égoutier en compagnie d'un ophidien, les créatures s'interrogent sur la conduite à tenir en se dandinant et en se bousculant avec des cris étouffés.

Celui qui semble être leur chef impose le silence et fait un pas en avant. Sa mine verdâtre, semée de pustules et barrée par une longue cicatrice sur la joue gauche, se renfrogne. Il tend le nez, renifle, se tape la poitrine et d'une voix pâteuse déclare :

– Je me présente : marquis du Chenal et comte des

Écluses du Nord. Qui êtes-vous et que faites-vous sur mes terres ?

L'insolence du chiffonnier crispe la mâchoire de Sagoth. S'Iris, elle, surprise par la hardiesse de ce gobelin, se dresse sur ses anneaux et fait siffler sa langue.

– Laisse-nous passer, dit-elle.

Le chiffonnier sursaute, se cambre et rejette la tête en arrière.

– Ô rat, entends-tu ?

Ses compagnons pouffent et resserrent les rangs. Le front plissé, le marquis glisse son soufflet dans son dos, pose les mains sur ses hanches et lève les yeux vers S'Iris.

– Sur mes terres, moi seul décide qui passe ou ne passe pas. Je…

– Méfie-toi, chiffonnier, tu offenses la guilde… dit Sagoth.

Le gobelin fronce les sourcils et adresse à l'égoutier un large sourire qui se transforme en grimace.

– Privilège des marquis. Ta guilde, je lui fourre mon soufflet dans le cul, fait-il en mimant le geste d'un souffleur. Et j'envoie le gaz pour que toutes les faces de craie dans ton genre dansent pour moi avec le bide en feu !

Il relève les yeux et adresse un sourire contrit à S'Iris.

– Voilà, à chaque fois que je croise une face de craie, je perds mon sang-froid. Reprenons. Je disais donc que c'est moi, Krups le Second, marquis du Chenal et comte des Écluses du Nord, qui décide si oui ou non vous allez poursuivre votre chemin.

Il se tourne vers ses compagnons et chuchote de façon à être entendu par tous :

– Et quelque chose me dit que ce n'est pas du tout ce dont j'ai envie.

La bande pouffe et se dandine de plus belle. Le dénommé Krups fait volte-face et pointe un doigt théâtral sur l'égoutier.

– Toi, face de craie, tu fricotes avec les rampants. C'est pas bien… c'est pas *normal*. C'est un don chez moi : les pervers dans ton genre, je les repère de loin. Il t'a promis quoi, le rampant ? Ou alors, il t'a ensorcelé… T'as plus que du jus dans la caboche, je parie. Un vieux jus tout noir à la place du cerveau. Il t'a bouffé les yeux, le rampant…

Un gobelin qui vient juste d'inhaler une bouffée de son soufflet sautille jusqu'à Krups avec des yeux exorbités.

– On les tue ?

– Ta gueule ! hurle le marquis chiffonnier en repoussant son compagnon.

– Laissez-nous passer, insiste S'Iris d'une voix absente.

– Hein ? Laissez-nous passer, répète Krups avec une voix geignarde. T'as pas un peu fini de me dire ce que je dois faire ? Et puis, d'ailleurs, toi, le rampant, à y regarder de plus près, t'as vraiment une sale mine.

Il se hisse sur ses pieds, fait rouler sa pipe de droite à gauche et souffle à la gueule de S'Iris :

– Je dis ça… faut voir que ça m'arrange. D'habitude, tes frères me foutent la trouille. Sans blague, avec vos gueules de travers et vos sifflements, vous me foutez les jetons. Toi, t'es pas comme les autres. T'es énorme, déjà ! J'en ai jamais vu, des comme toi. Et puis… attends voir.

Il tire une longue bouffée, se penche et se gratte la tête.

– C'est pas vrai… Une *rampante*.

Les yeux de Sagoth vont et viennent de l'ophidienne

aux gobelins. Il ne comprend pas pourquoi elle laisse ce gobelin la narguer sans réagir. Elle paraît indifférente, comme si rien de tout cela ne la concernait.

Krups interpelle ses compagnons :

– Une rampante, vous vous rendez compte ? Une Mère !

Murmure de stupéfaction dans les rangs de la bande. Tous se tassent derrière leur chef pour tenter de mieux voir l'ophidienne.

Une étincelle avide a embrasé le regard de Krups.

– Dis-moi… tu serais pas un peu enceinte, par hasard ? Parce que les œufs, ça se vend bien.

– Non, répond S'Iris.

Krups ne sourit plus et saisit son soufflet.

– Tu sais quoi ? J'avais pas six ans que mon père m'apprenait déjà une règle d'or : la parole d'un ophidien, ça vaut rien.

Il lève les bras comme un prédicateur.

– Ô rat, la rampante ment-elle à ton serviteur ?

Silence. Plusieurs gobelins lèvent les yeux au plafond.

– Peut-être bien qu'y sait pas ? lance l'un d'eux d'une voix timide.

Krups lui jette un regard noir et reporte son attention sur S'Iris.

– Va falloir qu'on vérifie. Ça fera un peu mal, on va un peu t'abîmer, mais c'est pour la bonne cause, hein. Y a bien cent, peut-être même deux cents ducats si on fait gaffe à pas endommager la marchandise. Seulement, j'ai dans l'idée que face de craie n'est pas d'accord.

Il pointe son soufflet vers Sagoth.

– T'es encore pire qu'elle, toi. T'es vraiment laid, en plus. T'es tout maigre, tout… Ouais, on dirait un… un squelette mal fagoté.

Les rires gras qui montent dans son dos lui font visiblement plaisir.

En temps normal, Krups se serait bien gardé de défier une ophidienne. Rongé par les drogues et l'alcool frelaté, il a oublié la terreur que pouvait encore susciter, voilà tout juste deux semaines, le simple crissement d'une écaille. Entre-temps, il y a eu l'entrevue avec le Capitaine, la légende vivante des chiffonniers. Voilà près de dix ans que Krups essaie d'appartenir à sa garde rapprochée. Il a travaillé dur afin d'obtenir, après cinq échecs successifs, le droit de concourir pour obtenir sa place. Il a réussi à tuer son adversaire du jour, il a réussi à briser entre ses dents la nuque de soixante rats d'affilée, il a même réussi à résister plus de sept minutes dans une grotte enfumée et à retrouver le chemin de la sortie. Et puis il y a eu la dernière épreuve.

Des larmes de rage lui montent aux yeux. Comment pouvait-il se douter ? Personne ne l'a prévenu, pas même les élus des années précédentes qui se sont contentés de ricaner en le voyant saisir avec des mains fébriles le parchemin tendu par le Capitaine. Krups se souvient avec une acuité douloureuse de la sensation qu'il a éprouvée au moment où ses yeux se sont posés sur les signes étranges qui couvraient le parchemin ; une chute vertigineuse, et ce jusqu'à ce qu'il parvienne à articuler une réponse sincère et pathétique : « C'est que je sais pas lire, Capitaine. » Ce dernier a poussé un soupir désabusé et lâché du bout des lèvres : « Alors tu n'as rien à faire ici. Dégage. Allez, au suivant ! »

La honte, le rire des élus qui résonne encore dans sa tête, la fin d'un rêve. Et puis la drogue, ses économies englouties pour obtenir une nuit entière dans la champignonnière où il a goûté à tout, sans aucune limite. La suite, il s'en souvient à peine. Les ordres de routine se sont transformés en sentence. Il est parti avec la ferme intention d'en finir, il a recruté les plus faibles, les plus stupides, et s'est enfoncé avec eux dans le cloaque pour y chercher une mort rapide.

Décontenancée par l'attitude singulière des gobelins, S'Iris, elle, s'est réfugiée ailleurs, dans un espace délimité par sa souffrance, la seule véritable émotion qui lui demeure familière. Sa liberté précoce ne l'a pas préparée à affronter cette violence brute, sordide, ce mur de haine dressé entre elle et ses frères. Elle veut oublier, se reposer. Elle veut de l'amour, sentir la langue d'un serpent épouser l'arête de son front, elle veut retrouver le cercle familier des Mères et ses discussions interminables, elle veut reposer ses yeux sur les courbes d'un œuf, elle veut le silence…

Les cris et les gesticulations de Krups se noient dans une brume couleur sang. Ses acolytes forment une tache indistincte en arrière-plan dont elle ne retient qu'une seule image : le fouillis des câbles qui joignent leur soufflet à la barrique ficelée sur leur dos. Une image trop claire, trop semblable à la machine et à ses tentacules qui l'ont privée de la nature, de son corps, de sa vie et de ses cent soixante-deux enfants.

La colère embrase son cœur et exige un massacre cathartique pour retrouver le lien originel qui la lie à son peuple, pour troquer la violence gobeline avec la sienne et rétablir l'équilibre qui lui rendra sa vie.

S'Iris passe à l'attaque de manière si soudaine que l'égoutier n'a pas l'occasion de réagir. Un battement de cœur sépare l'ophidienne au regard absent de la créature déchaînée qui s'est propulsée en avant pour semer la mort.

Un sang vermeil éclabousse les murs du conduit. Sagoth se recroqueville lentement sur le sol, les tympans déchirés par les hurlements et le chuintement de la chair éventrée. Incapable de soutenir un tel spectacle, il s'est mis à trembler et à réciter, d'une voix vibrante, la prière de la guilde.

S'Iris exulte. Sa queue étouffe et broie avec un appétit démesuré, ses ongles labourent avec délectation. Tandis que ses compagnons tentent sans succès de prendre la fuite, Krups songe au Capitaine. Le marquis est tombé à genoux, les mains jointes à hauteur du bas-ventre pour recueillir le flot fumant de ses intestins. En dépit de la douleur qui broie son crâne, il ne peut s'empêcher de rire en maudissant le nom de son héros.

Trois derniers chiffonniers tiennent encore debout, épaule contre épaule, leur soufflet pointé sur l'ophidienne. Drapée de sang, S'Iris répand une odeur pestilentielle et fixe les survivants d'un regard froid. Dégrisés par la mort de leurs compagnons, les trois chiffonniers opèrent une retraite laborieuse, centimètre par centimètre.

Insatisfaite, l'ophidienne se porte brutalement à leur rencontre. Les soufflets tintent sur le sol. Sagoth, le visage enfoui dans le creux de ses mains, n'entend que la course précipitée des fuyards, leurs glapissements, puis des chocs sourds, des cris étouffés, et enfin le silence.

À l'instant où l'égoutier relève la tête, S'Iris s'est déjà glissée jusqu'à lui et l'observe à travers ses paupières mi-closes. Un bref instant, Sagoth sent qu'elle pourrait le tuer, lui aussi. Elle oscille devant lui comme un prédateur, son corps tout entier régenté par l'instinct.

Le temps se suspend. L'égoutier ne bouge plus, la gorge nouée. Un rat affamé et enhardi par la présence des cadavres a poussé jusqu'à eux et tente de contourner l'ophidienne. La queue balaie le sol et propulse le rongeur contre un mur. Disloqué par l'impact, l'animal se résume à une tache rougeâtre qui s'écoule lentement jusqu'au sol.

Les traits de l'ophidienne se détendent. L'étincelle sauvage qui luisait dans ses yeux disparaît.

– Je me sens mieux, dit-elle.

Elle tend le bras pour aider l'égoutier à se relever. Il tient à peine sur ses jambes et refrène sa nausée.

– Mène-moi aux portes du cloaque, conclut la Mère.

Chapitre XXIII

Votre Majesté,
La guerre contre les rebelles d'Achéron connaît un tournant historique. J'ai constaté de mes propres yeux la présence de contingents ophidiens aux côtés des Obscurs. Ceux qui, jusqu'à maintenant, étaient considérés comme les reliques d'un lointain passé s'engagent dans le Rag'narok.
Que la Lumière vous accompagne !

Lettre de Kyllion, commandant de Kaïber, au roi Gorgyn d'Alahan.

S'Érum a rejoint le premier veilleur sur une passerelle, dans l'axe du principal îlot de garde. Vêtu d'un manteau de cuir et de fourrure, l'ophidien ne semble pas réellement surpris de sa visite, ni même dupe des intentions qui l'animent. Une profonde et sincère résignation se lit sur sa gueule. S'Érum, lui, a la main posée sur la crosse de 18.

– C'est étrange, lâche S'Erdh. Je m'apprêtais à partir.

Le sydion ne répond pas et l'invite, d'un simple mouvement de paupières, à ouvrir la marche.

– Non, pas par là, dit le premier veilleur avec une pointe de nostalgie. Pas chez moi, pas devant eux. La bibliothèque, là-bas. Nous y serons plus tranquilles.

Les deux ophidiens s'installent dans une salle d'étude circulaire, près d'une cheminée tapissée de braises. Ayane est restée debout, adossée trois mètres plus loin à un pupitre.

– La vérité, dit S'Érum. Rien qu'elle.

Le premier veilleur ne cherche pas à se dérober ni même à protester pour la forme. Il rajuste un pli de son manteau et dit :

– Que veux-tu savoir ?

– Tout. Commence par le début.

– Le début… C'était au retour d'une patrouille. Avec le temps, je me rends compte que le hasard a parfois d'étranges détours. J'ai… Je n'y ai pas attaché beaucoup d'importance sur le moment. Juste une larme.

Son ongle se pose sur le bord inférieur de son œil gauche.

– Là, poursuit-il, exactement à cet endroit. J'ai eu une sorte de… une sorte de vertige ou d'absence, je ne saurais pas très bien l'expliquer. Je me souviens surtout d'une sensation de froid intense… Oui, très intense. Comme si une bourrasque m'avait heurté de plein fouet. J'ai bien senti qu'il se passait quelque chose.

Son ongle dessine un trait dans le creux de sa joue et s'immobilise au coin de la lèvre.

– Elle est descendue jusque-là avant que je l'avale. Un simple coup de langue… un réflexe, mais je me demande encore aujourd'hui ce qui aurait pu se passer si je n'y avais pas goûté… Crois-tu que tu serais là, devant moi ?…

– Continue.

– J'étais fatigué. La patrouille avait duré plus de dix heures. Nous avions avancé jusqu'au domaine des chiffonniers. S'Anak, c'est un serpentin, voulait chasser et j'avais accepté. J'ai accordé finalement une tête de chiffonnier à chaque guerrier. Six têtes, donc. Nous avons chassé, pris nos trophées. Nous sommes rentrés. C'est en montant l'escalier que la larme est venue. Après coup, je me suis demandé si les chiffonniers ne m'avaient pas transmis l'une de leurs maladies. Et puis j'ai oublié, je n'y ai plus pensé.

– Tu me dis que ta maladie est née avec cette larme. Comment peux-tu en être sûr ?

– Attends. Trois jours ont passé. Je ne me sentais pas très bien et je croyais encore à une simple infection du cloaque. Des détails ont fini par éveiller mes soupçons.

– Des exemples ?

– Je rêvais.

– De Syd ?

Le premier veilleur ne cherche même pas à dissimuler sa surprise.

– Non, pas de Syd, dit-il. Pas tout de suite. J'entre rarement en léthargie, je n'ai pas l'habitude de rêver. Pourtant, après cette dernière patrouille, j'avais besoin de me reposer souvent. Oh, pas longtemps... Une heure par-ci, par-là. À chaque fois, je rêvais du ciel. J'errais au milieu des nuages. Je sentais le vent sur ma gueule. Le monde était en dessous, très loin... inaccessible. J'étais heureux là-haut. Le troisième jour, j'ai fait un dernier rêve. Différent, plus oppressant. Je me suis réveillé en sursaut. J'étais installé sur mon eyzom et quand j'ai ouvert les yeux... je les ai *senties*.

Il s'interrompt. S'Érum l'invite à poursuivre du regard.

– Les ailes, sydion.

Le premier veilleur perd de sa superbe. Son visage exprime une profonde détresse et sa voix, jusqu'ici contrôlée, se distord avec un sifflement caverneux.

S'Érum ne tient pas à provoquer une crise et veut garder le contrôle de la situation.

– Calme-toi, dit-il en se composant une expression rassurante. Rien ne presse. Je veux comprendre ce qui est arrivé. C'est fini, tu n'as plus besoin de te cacher. Raconte-moi : tu t'es réveillé et tu as senti – c'est le mot, n'est-ce pas ? –, tu as senti des ailes...

S'Erdh joint les mains derrière sa gueule et baisse les yeux.

– Des ailes, murmure-t-il. J'aurais aimé qu'elles soient vraies, mais c'était bien pire. C'était... une tentative, une première incursion... La Clarté bouillonne dans mon sang, sydion. Elle s'exprime comme elle peut. C'étaient des verrues, des choses immondes, comme des membranes fripées... Pas très grandes. Un mètre d'envergure, pas plus.

Il s'interrompt et se frotte vigoureusement les mains.

– Les voir, les sentir... ce n'était pas le plus dur. J'étais là, cloué à mon eyzom, tétanisé et... elles se sont mises à bouger.

Une grimace déforme sa mâchoire.

– Tu ne peux pas imaginer ce que j'ai pu éprouver à ce moment-là, dit-il. Voir ces... choses soudées à mon corps qui essayaient de bouger, de battre avec des efforts pathétiques. J'ai cru devenir fou, j'ai pensé les couper, les arracher...

Une colère froide luit fugitivement dans ses prunelles.

– Je n'ai pas pu. La Lumière n'a pas vocation à s'autodétruire, pas plus qu'elle ne tolère la mutilation. Elle veut s'épanouir, se nourrir, enfler... et se substituer au principe obscur. Elle veut atteindre un équilibre vital. C'est une force qui se nourrit d'elle-même, ce qui la rend infiniment puissante. Et c'est mon corps qu'elle a choisi.

Le désarroi du premier veilleur est si palpable que S'Érum doit faire un effort de volonté pour ne pas saisir 18 et loger une balle dans son crâne. Tirer un trait définitif sur cette histoire le démange.

– Tu souffrais ? demande-t-il.

– Au début, non. La douleur a augmenté petit à petit. Elle est devenue insupportable lorsque les ailes ont commencé à se rétracter.

– Comment ?

– Je n'en sais rien... La mutation agit en profondeur et modifie la morphologie. Après cette première crise, j'ai changé de l'intérieur. Dans les jours qui ont suivi, j'ai été assailli par des crampes atroces. J'ai senti des muscles se paralyser...

– Et ensuite ?

– J'ai compris ce qui se passait. Je connaissais l'histoire du Lazarium et je me suis plongé dans mes livres pour essayer de savoir s'il existait un remède. Je n'avais que cela en tête, sydion. Trouver un remède. J'étais tenaillé par la honte, et aussi par un sentiment d'injustice. Avais-je commis une faute qui me justifie cette souffrance ? Pourquoi cette larme sur ma joue m'avait-elle condamné à ce cauchemar ?

– Avant de te tuer, il faudra que j'obtienne des réponses à ces questions.

Un ricanement fait grincer la gueule du premier veilleur.

– Des réponses ? Tu vas être déçu. Le Lazarium a justifié nos ignorances. On a enfermé les nôtres pour ne pas voir la maldorée les ronger et en faire des monstres contrefaits, des dragons atrophiés... J'ai lu le récit qu'on en fait et, crois-moi, ils ont enduré les tortures les plus abjectes. On les a enfermés, on a creusé des trous, des cellules étroites conçues pour les garder en vie et donner aux mnémosiens le temps nécessaire pour étudier l'évolution de la maladie. Tu imagines ce que cela a pu représenter pour nos frères ? Cloîtré entre quatre murs, ton corps qui se déforme, tes veines glacées par le fluide de la Lumière… La nature, sydion. La nature se venge. Elle n'a jamais admis que Vortiris la viole pour nous concevoir et assurer notre descendance. Elle reprend ce qu'elle a concédé sous la contrainte.

– Tu interprètes.

– Oh non, tu te trompes. Je vis la même chose qu'eux. Et, comme eux, je vais mourir sans savoir. Dragons et ophidiens sont liés. Les Cynwälls et leurs chevaliers-dragons sont des frères ennemis. Un jour, il faudra percer cette énigme pour découvrir ce que nous sommes vraiment.

– La larme. Sais-tu ce qu'elle représentait ?

– Un fragment d'essence. Je n'ai jamais cessé de rêver de Syd de Kaïber. Il m'obsède, il me hante. Les dieux l'ont incarné lors de la dernière bataille à Kaïber, ils ont fragmenté son essence. Et moi, j'ai hérité d'une partie qui m'a contaminé.

– Tu es devenu son ombre.

– Sans aucun doute. À moins qu'il ne soit la mienne…

– Que s'est-il passé après ?

– Après la première crise ? J'ai commencé à me cacher. Et à avoir froid. Tout est lié. La Lumière, le froid, la léthargie, les rêves… La Clarté est l'hiver de mes veines. Lorsque je ne suis pas en crise, elle se sert du froid pour m'engourdir et m'obliger à rêver.

– Pourquoi en as-tu parlé au colporteur ?

– J'étais seul, sydion. Seul pour affronter la honte, seul pour me battre contre la maladie. J'ai fini par craquer.

– Pourquoi es-tu resté à l'Erratum ?

– Pour mes frères. Mes frères d'armes. Ce sont tous des compagnons. Leur amitié me réchauffait. J'avais peur qu'en décidant de partir je finisse par échouer dans le cloaque, transi de froid, à la merci du premier chiffonnier venu. J'avais peur, sydion. Terriblement peur. J'ai pensé que le colporteur m'aiderait. Il connaissait la surface et je savais que rien ne l'arrêtait, pas même la Lumière. Il frayait avec tous ceux qui pouvaient lui procurer les ouvrages qu'il recherchait ; peu lui importait qu'ils soient akkylanniens ou cynwälls du moment qu'il trouvait un moyen de les acheter ou de les corrompre pour parvenir à ses fins. Il m'a mis en confiance, il m'a aidé. Et, en échange, j'ai couvert son petit trafic.

– Il y a un détail qui m'échappe. Il prétendait que tu voulais tuer Syd, que tu t'imaginais que sa mort te guérirait.

– C'est ce que j'ai pensé pendant un moment. Le colporteur voulait me garder pour lui. Je n'étais pas dupe de son manège, j'étais bien trop utile à son trafic. C'était de bonne guerre. Et c'est lui, sans le vouloir, qui m'a fait considérer la mort du Cynwäll comme une issue possible, du moins la seule qui vaille. Nous avons parlé des nuits entières de l'incarnation, de la confrontation entre l'incarné et son ombre. Il m'écoutait. Des moments précieux pour moi. Franchement, je ne me faisais aucune illusion. Si je devais tuer Syd, ce serait pour apaiser la honte et me venger.

Un silence. S'Érum s'agite, mal à l'aise, tiraillé par une compassion qu'il redoute comme un poison et l'absolue nécessité de tuer. Toujours cette même obsession sur la vie et le droit de la prendre. Sa main glisse sur la crosse de 18. Un geste qui n'échappe pas à l'attention du premier veilleur et qui le fait sourire.

– Dis-moi pourquoi tu as tué le colporteur, demande S'Érum.

– Cela faisait plusieurs mois que je lui avais confié mon secret et notre relation commençait à se tendre. Il devenait de plus en plus gourmand, il voulait faire passer de plus en plus d'ouvrages et menaçait clairement de me dénoncer si j'essayais de mettre fin au trafic. J'étais piégé. Alors je suis sorti. Non seulement parce que je voulais me persuader qu'un jour je serais capable d'abandonner mes frères pour partir à la recherche de Syd, mais aussi parce que les crises devenaient insoutenables. Je m'éloignais à chaque fois un peu plus. Je me rapprochais de la surface. J'avais besoin de m'affranchir de la bibliothèque, de me prouver que je pouvais échapper à son influence et à tout ce qui me rattachait à elle.

« J'étais sur le territoire des égoutiers lorsque c'est arrivé. Une émotion… un appel. J'étais en pleine crise, réfugié dans un abri, près du cadavre d'un Cadwë. Je l'avais tué pour atténuer la douleur. Et je l'ai entendue, j'ai perçu distinctement son murmure résonner entre les vieilles pierres. Un fil ténu, assourdi par les bruits en surface, mais elle m'appelait. S'Iris. Elle était vivante et elle m'appelait.

S'Érum se crispe. Son réflexe dépasse sa pensée et le canon de 18 heurte brutalement le crâne du premier veilleur, entre les deux yeux.

– Ne joue pas à ça, mon frère. Pas avec moi. S'Iris est morte.

Le premier veilleur ne tremble pas au contact de l'acier. L'idée d'en finir l'effleure. Il suffirait pour cela d'offrir au sydion le prétexte qui lui manque pour presser la détente. Un petit geste, l'amorce d'une menace… S'Erdh y renonce au dernier moment et dit :

– J'ai répondu à son appel. Peut-être y étais-je plus sensible que les autres, vu mon état… Ou peut-être ai-je su mieux que d'autres lire ses *rides*.

S'Érum sait que la magie des rides n'appartient qu'aux Mères. Elles seules peuvent cristalliser un message et le confier à la surface des eaux comme une ride invisible capable de voyager au travers des torrents et des mers.

– Tu ne peux imaginer, poursuit S'Erdh, ce que ses rides représentaient pour moi. Elles étaient troublantes, elles mêlaient la force d'une Mère à la magie et aux secrets des vibrations. J'ai erré jusqu'à la surface, comme un humain, l'un de leurs ivrognes. Les rides étaient partout. Comme des bouteilles jetées à la mer. Elles m'ont mené jusqu'au port.

Le premier veilleur marque un temps d'arrêt et écarte doucement le canon de 18.

– Elle vivait dans un navire commandé par des templiers. Elle était prisonnière. Lorsque tu l'as abandonnée entre leurs mains, tu as cru, comme bien d'autres, qu'elle mourrait. Tu t'es trompé. L'ennemi est devenu plus intelligent. Celui-là en tout cas. Tous appartenaient à la loge de Hod. Ils l'ont gardée en vie et torturée pendant des années dans le but d'obtenir le chemin qui mène à l'Erratum. J'ai parlé aux humains de Hod.

Les yeux du premier veilleur se voilent. Il se remémore dans les moindres détails cette rencontre irréelle sur le pont du navire, les longues minutes d'indécision de part et d'autre, jusqu'au dénouement, l'amorce inespérée d'un dialogue.

– J'ai fait mon choix, sydion. Nous sauver, elle et moi, en échange de l'Erratum.

La main de S'Érum se crispe sur la détente.

– Attends encore un peu, lâche S'Erdh d'une voix détachée. Cette nuit-là, j'ai lié mon destin à celui de S'Iris. J'ai décidé de mettre tout en œuvre pour la sauver de la Lumière. Jusqu'ici, je n'avais pas mesuré l'importance du lien qui nous rattachait. J'étais bouleversé… différent de ce que j'avais été jusqu'ici. Cet instinct qui fera l'avenir de l'Alliance. Je te parle d'un instinct sans concession. Entre une mère et ses enfants.

– Comme des animaux.

– Oui. Notre intelligence est une malédiction, confesse S'Erdh avec une sincérité déconcertante. Je suis rentré à l'Erratum avec mon secret. J'ai revu les templiers une semaine plus tard. Ils m'ont offert un antidote. Pas un sérum, dit-il avec un sourire. Juste un antidote capable de maîtriser mes crises, de les rendre plus discrètes pour empêcher la Lumière de s'exprimer dans mon corps. Retarder la mutation, rendre la souffrance plus tolérable. Ils n'ont pas essayé de me tromper et n'ont fait aucune promesse sur l'existence ou non d'un sérum capable de me guérir pour de bon. Je crois, aujourd'hui, que S'Iris a fait en sorte que d'un côté comme de l'autre personne n'ait voulu mentir sur son engagement.

S'Érum est troublé et se réfugie derrière la seule question qui le rattache encore à ce qu'il est venu faire ici :

– Pourquoi avoir tué le colporteur ?

– Il avait tout découvert. Je respecte ta sentence, sydion. Je n'ai pas agi par impulsion. J'ai voulu sa mort, je l'ai soigneusement préparée.

– Tu as construit ton alibi avec la chasse à l'homme, n'est-ce pas ?

– Exact. J'ai choisi la proie destinée à nos invités. J'ai ensorcelé l'esclave moi-même, afin qu'il suive un trajet précis. Tu te souviens de la première fois où nous nous sommes parlé, toi et moi ? Je t'ai dit que j'avais suivi l'esclave jusqu'à l'îlot de l'Histoire, aux portes du bâtiment principal. C'était la vérité. À ceci près que j'avais présenté l'esclave en question comme un individu dangereux… Je voulais être le seul à pénétrer dans le bâtiment pour pouvoir m'éclipser, le temps d'aller tuer S'Holth et de revenir. J'ai convaincu les invités d'attendre à l'extérieur. Ce sont des lettrés, pas des guerriers. La chasse les amuse, à condition d'être réglée comme du papier à musique. Le danger les contrarie. Je suis donc entré dans le bâtiment, j'ai tué et dissimulé l'esclave. J'ai emprunté une porte dérobée et me suis rendu chez S'Holth.

– Il t'attendait ?

– Non.

– Tu as forcé la porte ?

– Non. S'Holth avait fait en sorte que mon empreinte y figure. Je suis entré et l'ai rejoint près de son bassin. Je n'ai pas pu le tuer tout de suite. J'étais venu dans l'idée d'en finir… et, lorsque je me suis trouvé devant lui, j'ai… j'ai hésité.

– Pourquoi ?

– Avant, rien ni personne ne m'aurait obligé à assassiner un frère. La maldorée allait faire de moi un meurtrier, un renégat… Alors j'ai essayé de le convaincre. J'ai voulu préserver une petite chance d'infléchir le destin et de renoncer.

– Comment a-t-il réagi ?

– Mal. Il était arrogant, sûr de son droit sur moi, sur ma vie. La discussion a dégénéré. Il a exigé que j'oublie S'Iris, il a prétendu que j'étais manipulé par les templiers et que l'antidote n'était sans doute qu'un poison qui me mettrait à leur merci. Je l'ai invité à me suivre, à quitter l'Erratum avant qu'il ne soit trop tard. Jusqu'ici, je n'avais pas envisagé qu'il vienne avec moi et S'Iris. Pourtant, je l'ai invité à tout abandonner. Je lui ai parlé d'une autre vie, loin de la bibliothèque, en compagnie des viciés qui se rassemblent de plus en plus nombreux, de plus en plus puissants… Rien n'y a fait. Il était enfermé dans ses mensonges, dans cette grotte qui représentait sa seule raison de vivre. Les mots sont devenus blessants. Il m'a jeté à la gueule ma trahison, ma dégénérescence. Il m'a humilié.

– Et l'instinct a pris le dessus.

– Oui. L'instinct et, avec lui, la maldorée. Je me suis jeté sur lui. Il n'avait aucune chance. Le Vice ne peut rien contre la métamorphose du dragon.

– Ta constriction était maladroite. Dans mon esprit, elle écartait les soupçons qui pouvaient peser sur toi.

– Maladroite, oui, c'est le mot. À chaque fois, la mutation opère de manière différente. Elle joue sur tes muscles, sur tes bras, elle déforme tes écailles… Je maîtrise la puissance qu'elle me confère, mais c'est comme une armure trop encombrante, trop lourde à porter.

– Tu l'as marqué aussi. Derrière la gueule. Tu as laissé la trace de la Clarté.

– Tout s'est déroulé très vite, dans une extrême confusion. Je craignais les remords et, en réalité, j'ai savouré sa mort. En le tuant, plus rien ne me retenait à l'Erratum.

– Et l'esclave ? Il t'a vu à l'entrée du boyau qui mène à son repaire.

– Tu as vu l'eyzom ?

– Oui. Je l'ai même écouté.

– J'ai voulu le détruire. C'est pour cela que je suis descendu.

– Un détail me chiffonne : l'esclave doit jouer de la harpe pour ouvrir le passage. Ce que j'ai découvert au fond de son œil prouve que tu es entré avant qu'il ait joué.

– Le passage était déjà ouvert.

– Mais tu l'as obligé à jouer pour refermer le passage avant de placer une contre-empreinte dans ses yeux.

– J'aurais pu, oui… murmure-t-il.

La langue de S'Érum siffle et se rétracte.

– Explique-toi.

– À l'heure qu'il est, sydion, je devrais être là-bas, avec les templiers.

– Qui a manipulé l'esclave ? demande S'Érum d'une voix sèche.

– Tu appartiens déjà au passé, sydion. La poussière s'est accumulée sur ces vieilles lois que tu défends avec tant d'opiniâtreté. Le Rag'narok a changé les règles du jeu. Si tu savais ce qui se dit, dans l'ombre, sur toi et les rares frères qui s'obstinent encore à croire aux lois mnémosiennes. Il n'y a pas si longtemps, à un dîner de S'Hysme, un patriarche a parlé de toi. Il a ricané sur ton combat, il a même affirmé que tu étais sans doute le dernier à vouloir le mener. Pourquoi crois-tu que les patriarches fassent tant de concessions depuis ces dernières années ? Tu ne mesures pas ton isolement. Tu es seul, ou presque. L'Alliance t'a déjà oublié, elle ne veut plus de toi. Tu gênes, tu encombres. La Clarté et l'Obscurité s'affrontent dans un combat final. La fin justifie les moyens, frère. Et le Vice est considéré par beaucoup comme un excellent moyen d'y arriver.

Un lourd silence s'instaure. S'Érum, le regard trouble, le brise le premier au terme d'une longue minute :

– Tu as peut-être raison. Cela n'a aucune importance. Il restera toujours des frères capables de penser l'Alliance au-delà de cet âge. Si on laisse entrer le Vice, si on le laisse s'installer et grandir, les ophidiens disparaîtront de la surface d'Aarklash, j'en ai l'intime conviction. Notre liberté est à ce prix.

Le premier veilleur ricane.

– Je t'admire, tu sais. Moi, je n'aurais pas ce courage.

– Tu n'as pas eu celui de mourir. Cela suffit à mes yeux pour savoir que tu ne respectes pas l'Alliance.

Tu as voulu vivre malgré les risques encourus par tes frères.

– De quoi parles-tu ?

– De contamination. La maldorée peut se répandre...

– Elle ne le fera pas, l'interrompt le premier veilleur. Le Vice l'en empêche.

– Je dois te croire ?

– C'est une certitude. Si tu me tues, la maldorée disparaîtra avec moi.

– Avant, je veux le nom de ton complice.

– Tu ne l'as pas déjà deviné ?

– Réponds.

– Je n'ai pas choisi d'être condamné à la Lumière. Je lui ai résisté, j'ai enduré les pires souffrances pour la ralentir. Eux, ils ont accueilli le Vice à bras ouverts. Ils l'ont entretenu et nourri.

– Eux ?

– Les archivistes.

S'Érum se contente d'un infime tressaillement de la mâchoire. Une main glacée s'est refermée sur son cœur et l'empêche, pendant quelques secondes, de retrouver une respiration normale.

– S'Ardaï l'aurait découvert, rétorque-t-il.

– Bien sûr. Pourquoi crois-tu que depuis ton arrivée, et plus précisément depuis la mort du colporteur, il ait mis tant d'application à faire déplacer les trésors de l'Erratum dans le Pilier ? Voilà longtemps qu'il cherchait un prétexte pour les soustraire à l'Alliance et assouvir ses pulsions.

– Je l'aurais vu s'il était un vicié.

– Tu es seul, je te l'ai dit. S'Ardaï tolérait le petit trafic du colporteur. Peu lui importait qu'il joue avec quelques grimoires, alors que lui, avec ses archivistes, prévoyait d'emporter l'immense trésor de l'Erratum en guettant le moment propice pour passer à l'action.

– Cela n'a aucun sens.

– Pourtant, tout est lié. Je l'ai compris trop tard. Toi et moi sommes les témoins d'une Alliance qui se fissure de toutes parts. Le Vice est partout, le Vice s'étend et rend nos frères bien plus puissants qu'ils ne l'ont jamais été. Mes guerriers, certains invités, S'Enkz l'artisan et même S'Hysme. Eux ne sont pas des viciés. S'Ardaï n'a pas essayé de les corrompre ni même de les convaincre. Il a voulu une menace sur l'Erratum pour légitimer le transfert des œuvres sous le Pilier et les mettre à l'abri, quelque part, pour son seul profit, pour satisfaire son Vice. Si tu tiens à mener ton combat jusqu'au bout, sydion, il faut tous les tuer.

– C'est exactement ce que je compte faire.

Captivée par le dialogue entre le maître et le premier veilleur, Ayane n'a pas vu 18 se lever et faire feu à bout pourtant. La balle pulvérise le crâne du premier veilleur qui s'effondre sur le sol.

S'Érum ferme les yeux pour tenter de canaliser la rage qui gronde dans ses entrailles. À cet instant précis, il aimerait s'enivrer du parfum de la cendre pour oublier que lui, le sydion, incarnation vivante des lois mnémosiennes, appartient désormais au passé.

Chapitre XXIV

Vous trouverez ci-joint un message de nos alliés de l'Erratum sur les activités de la loge de Hod à Cadwallon. Nous comptons sur vous pour que ces informations parviennent aux dignitaires de l'Inquisition, afin de discréditer la loge de Hod.

Ordre de mission adressé à un clone syhar infiltré en Akkylannie.

Au moment où le crâne fracassé du premier veilleur touche le sol, le maître archiviste a conduit les orphelins de Hod près d'un balcon pour leur offrir une vue inégalée de l'Erratum.

– Maintenant, elle est à vous, dit-il.

S'Ardaï s'efface pour laisser aux templiers le soin de définir une stratégie. Il n'a omis aucun détail, il a précisé l'état des forces en présence, le nombre de frères affectés à la garde des îlots, ceux qui veillent à la porte d'entrée et à sa périphérie.

La trahison a le goût d'une victoire. Grâce à la magie, il a pris l'apparence de son premier veilleur et est allé au rendez-vous fixé par Mankenz pour guider les serviteurs de Merin jusqu'à l'Erratum.

Il n'a jamais éprouvé un tel sentiment d'exaltation. En dépit de quelques improvisations nécessaires, les rouages de la machination ont fonctionné à merveille. Il a vécu pour ce mensonge et ce droit légitime de vie et de mort qu'il détient sur cette bibliothèque.

Sa bibliothèque, *ses* grimoires, *ses* œuvres. Tout lui appartient. Pendant de nombreuses années, il s'est consacré à la tâche de toute son âme. Il a fait en sorte que le sanctuaire devienne l'écrin d'un savoir séculaire, le lieu incontournable de la magie et de la connaissance.

Il a la certitude que le Vice a été sa récompense, un fluide transmis par Vortiris pour lui signifier son droit le plus absolu sur les ouvrages rassemblés ici. Cette idée l'obsède et lui a fourni la motivation nécessaire pour avancer, malgré les doutes et les obstacles dressés sur son chemin.

La Gourmandise a aiguisé son appétit. Elle lui a ouvert les yeux, elle lui a montré ce pour quoi il souffrait en silence à chaque fois qu'il observait l'arrivée de nouveaux invités depuis son balcon. Des voleurs, tous des voleurs indignes de poser les yeux sur ses grimoires, indignes de s'enivrer des senteurs mnémoniques. Il a enduré le supplice des cilices pour bâillonner le Vice et s'empêcher de hurler lorsqu'un invité soulevait la page d'un manuscrit d'une main moite et fébrile.

Il veut une bibliothèque intouchable et mise à disposition des rares frères dignes de la servir. Un sanctuaire n'est-il pas un lieu interdit aux profanes ?

Au fond, il ne veut pas d'un sanctuaire, mais d'un tombeau semblable à celui qui retient prisonnier Vortiris. Une nécropole de la mémoire dont il sera le gardien en attendant qu'advienne l'âge de la révélation, le début d'un autre cycle. Le Vice lui a enseigné ceci : seul Vortiris a droit de regard sur les œuvres qui composent sa bibliothèque. Fort de cette conviction, il a échafaudé son plan pour provoquer la chute de l'Erratum.

Aux templiers il offre une coquille vide, les poussières d'un savoir dont l'essentiel voyagera bientôt en lieu sûr. Pour conduire les Akkylanniens jusqu'ici, il a emprunté ce même passage où reposent les cent vingt-deux caisses de bois sombre destinées au futur mausolée. En montant, les orphelins ont longé les caisses sans poser de questions, pensant qu'il s'agissait là d'œuvres mineures mises à la réserve. Un délicieux paradoxe que S'Ardaï a savouré à sa juste mesure.

Tandis que les templiers se bousculent au balcon comme des enfants, le maître archiviste songe au mausolée. Avec le recul, il pense que le Vice s'est révélé là-bas, sous la voûte blanche d'un temple cynwäll enfoui dans les profondeurs de la cité. Un vieux grimoire déniché à sa demande par le colporteur l'a mis sur la piste et conduit, avec S'Ylice, dans ce somptueux vestige des fondateurs elfiques. Oui, il en est presque sûr, le Vice a jailli dans sa conscience au moment où, la gueule levée vers la voûte, il a imaginé sa bibliothèque installée ici, loin des langues et des regards avides.

Mankenz s'est détaché du groupe pour marcher jusqu'à l'ophidien.

– Qu'allez-vous faire maintenant ?

– Rester caché quelque temps. Attendre que les patriarches se remettent de la nouvelle. Il va régner une certaine confusion dans nos sanctuaires, croyez-moi…

Le templier hoche la tête. Il a accepté comme un moindre mal la proposition du traître : laisser un ophidien s'échapper pour témoigner de la perte de l'Erratum et affirmer qu'il est le seul survivant. Le traître a désigné le survivant, un certain S'Ergeï, un serpentin à l'esprit limité, presque haineux à l'égard des lettrés et plutôt enclin à clore définitivement le destin de l'Erratum.

S'Ardaï et Mankenz s'observent un moment, persuadés l'un et l'autre que la trêve prendra fin dès lors que l'assaut aura débuté. Le maître archiviste sent qu'il faut partir avant que le templier ne renonce à respecter ses engagements. Contrairement au premier veilleur, il n'a aucune confiance en ceux qui agissent au nom de Merin et ne se fait aucune illusion sur l'antidote des Akkylanniens. Il songe à S'Erdh, sans doute mort à l'heure qu'il est, exécuté par le sydion.

– Je pars, dit-il. Faites en sorte qu'il ne reste rien.

Il s'ébranle et se ravise au dernier moment pour jouer son rôle jusqu'au bout :

– Je vous contacterai... pour l'antidote.

Mankenz approuve d'un mouvement de paupières et laisse l'ophidien disparaître dans une courbe de la rampe. L'avenir du traître ne l'intéresse déjà plus. Seuls comptent l'assaut, désormais imminent, et la perspective d'offrir à ses compagnons un statut de légende.

Il les regarde avec amour. Ils incarnent une élite que peu d'hommes peuvent prétendre avoir commandée un jour. Ce qui les unit est plus fort que le lien du sang. Ils ont partagé le meilleur comme le pire, ils ont affronté ensemble le huis clos de l'Ignée Miséricorde, se sont soutenus les uns les autres, ont voyagé, ont partagé leurs repas, leurs craintes, leurs espoirs et surtout leurs prières.

La fraternité, forgée dans le sillage de leur père adoptif, n'a jamais été prise en défaut. Ils se connaissent par cœur, ils savent sur qui compter, ce que les uns craignent plus que d'autres, ce que les uns savent mieux faire que d'autres. Ils sont une famille qui brûle de s'accomplir sous le regard de Merin.

Mankenz attache avec lenteur les boutons de sa veste et se force à respirer profondément. Son sang bouillonne d'excitation. Il a tant besoin de tuer au nom de Merin. Le Vieux Maître a exigé que l'Erratum lui soit remis intact, mais il n'a pas parlé de ses habitants. Mankenz compte bien en profiter et offrir à ses frères d'armes un véritable carnage. La mort et la torture vécues comme des prises de guerre, une prime au vu des sacrifices accomplis pour en arriver là.

Mankenz voit la fièvre qui embrase le regard de ses hommes. Des fauves fervents aux âmes d'argent.

Il murmure son ordre comme un mot d'amour :

– C'est l'heure. Merin vous garde.

Depuis la fermeture des portes et la venue du sydion, le temps semble s'être interrompu dans l'Erratum. En dehors de l'effervescence provoquée par le déménagement des ouvrages, les ophidiens ont rongé leur frein.

À l'intérieur de l'hôtellerie, S'Hysme somnole sur son trône et surveille d'un œil paresseux le morne ballet de ses esclaves. En l'absence d'invités, il a renoncé à organiser ses célèbres dîners. Au fil des jours, il a découvert l'ennui et espère que le sydion saura démasquer le meurtrier avant qu'il ne perde totalement son appétit.

Sur l'îlot de la Conservation, S'Enkz, le maître artisan, travaille sans conviction, désespéré à l'idée que les ouvrages importants soient soumis aux outrages d'un voyage. Il a procédé lui-même au renforcement des caisses pour s'assurer qu'aucune œuvre ne soit détériorée. Tout comme son vieil ami S'Hysme, il vit mal ce climat incertain qui règne dans l'Erratum.

Des douze archivistes que compte la bibliothèque, seulement deux ont résisté au Vice. Lettrés consciencieux et passionnés, ils aiment l'odeur du sanctuaire, sa poussière et ses couleurs. Ils se sont accommodés sans effort de la mise à l'écart décrétée par le maître archiviste. Ils n'attendent rien de la vie si ce n'est de pouvoir déambuler librement entre les rangées des bibliothèques et veiller sur le patrimoine du sanctuaire. À cet instant, ils viennent de débarquer sur l'îlot de l'Histoire pour procéder à l'inventaire des œuvres épargnées par le plan d'urgence.

Les orphelins de la loge de Hod fondent sur l'Erratum comme des rapaces. Mankenz sait que la clé de la victoire repose non seulement sur l'effet de surprise, mais aussi et surtout sur leur connaissance de l'ennemi. Auprès de la Mère, ils ont appris à domestiquer la peur instinctive que l'homme éprouve en présence d'un serpent, ils ont étudié les points faibles de la morphologie ophidienne en s'entraînant à viser le cœur ou les poumons sur des mannequins de paille.

Mankenz a choisi les dix meilleurs pour donner l'assaut aux tours de garde qui jouxtent la porte d'entrée. Si ceux-là surprennent les veilleurs et les dominent, la bibliothèque tombera.

Les dix ont progressé sur une barque en se faufilant à travers les lambeaux de brume. Les quatre premiers templiers débarquent sur le plus petit îlot, où résident habituellement les six veilleurs de la Serpentine. Aux dires du prétendu S'Erdh, cinq tireurs d'élite se relaient dans cette tour pour assurer la surveillance de l'entrée. Le dernier, S'Ergeï, se trouve sur l'une des galeries qui bordent la porte et doit être épargné.

Le premier groupe de combat aborde la rive sans un bruit et se dissimule sous les branches basses des salphènes en attendant le signal.

Lysandre mène le deuxième groupe. Sur son ordre,

la barque glisse jusqu'à l'îlot voisin et vient heurter, avec un bruit sourd, une poutre de l'embarcadère. Les nerfs à vif, les hommes abandonnent l'embarcation et progressent jusqu'au mur sud du bâtiment principal.

Lysandre ne pense plus à Sylène ou à son père. Ses rêves érotiques ont déserté son sommeil. Galvanisé par la perspective toute proche du combat, il étreint d'une main la figurine du Vieux Maître et tient, de l'autre, un pistolet consacré.

Chaque templier présent a gardé son arme personnelle. Elle figure parmi les rares objets sauvés du naufrage. Certains sont morts là-bas, dans les eaux froides du port, en voulant récupérer celle qu'ils avaient juré de porter jusqu'à la mort comme un symbole de leur foi. Chaque orphelin a assisté au moins une fois à l'enterrement d'un frère et au dépôt solennel de l'arme sur sa poitrine avant que le tombeau ne se referme.

Un pistolet consacré, une arme à feu prolongée par une lame courte à la forme bombée. Seuls les armuriers de Hod sont capables de la réaliser et d'assurer l'équilibre parfait entre la lame et le canon. Le Vieux Maître en personne consacre le pistolet avant qu'il ne soit remis entre les mains du templier. Tout comme il offre, à cette occasion, les cent balles fondues dans l'armure des guerriers tombés sur le front de la seconde croisade.

Lysandre donne le signal, le bras levé, poing fermé. Sur l'îlot voisin, les cinq templiers se faufilent le long du bâtiment, en file indienne, tandis que son groupe s'engage dans une allée étroite qui mène à la cour du poste de garde.

S'Hork le veilleur traverse la cour lorsque son regard accroche un mouvement insolite sur sa gauche. Constricteur sans talent, fils de Mère S'Harakine, il sert depuis près de douze ans à l'Erratum. Il sait qu'en échouant ici sur ordre patriarcal il a définitivement renoncé à ses rêves de gloire. À trois mues déjà, il s'imaginait psyché, comploteur accompli sillonnant les palais humains pour y semer la discorde. Mais le typhonisme, la magie et ses rouages ne lui ont jamais accordé leurs grâces. Ce destin contrarié a fait de lui un constricteur besogneux et mal aimé. Le premier veilleur, qui aime s'entourer des meilleurs, ne lui a jamais pardonné d'avoir été placé ici grâce à l'intervention de sa Mère. Pour autant, il n'a pas ménagé ses efforts pour lui inculquer des bases solides et faire de lui un veilleur digne d'assurer la défense de l'Erratum.

S'Hork ne sait pas que son chef gît à présent dans son propre sang, tout comme il ignore que les efforts de S'Erdh auront été vains.

Les templiers se sont rués dans sa direction avant qu'il ne puisse donner l'alerte. D'ailleurs, l'idée même de prévenir ses frères ne l'a pas effleuré. Pour le moment, il ne songe qu'à survivre aux secondes qui vont suivre.

Les orphelins ont vu l'ophidien hésiter avant de faire volte-face et de tenter sa chance vers l'entrée principale de la bâtisse.

La détonation résonne comme un coup de tonnerre dans la cour intérieure. Tandis que ses hommes se précipitaient à la poursuite du veilleur, Lysandre, lui, a levé son pistolet et aligné l'ennemi dans sa mire. La balle cueille le serpent sur le seuil de la porte, pénètre sans difficulté l'épaisseur de ses écailles et s'enfonce dans ses entrailles. Le veilleur amorce une vrille incontrôlée et s'écroule de tout son poids. La balle s'est arrêtée à moins d'un centimètre du cœur. S'Hork tente encore de rassembler ses anneaux pour former une masse compacte lorsque la balle consacrée par la Lumière pénètre dans son cœur. La douleur le foudroie de l'intérieur. Il s'affaisse et meurt avant qu'un templier ne le décapite pour faire bonne mesure.

Une expression béate se peint sur le visage de Lysandre. La nuit du naufrage, il a ressenti un plaisir similaire dans son rêve. Un orgasme violent et presque mystique.

Les bras écartés, le pistolet encore fumant, il se dresse au milieu de la cour et hurle à pleins poumons :

– Purification ! Purification !

L'effet de surprise est gâché, mais ses hommes n'ont pas le temps de lui en vouloir. Le tintement sourd d'un gong résonne dans les profondeurs du bâtiment.

De son côté, le groupe chargé de neutraliser les serpentins a perdu son premier homme. Une balle l'a fauché alors qu'il s'engouffrait, le premier, sur la rampe nacrée qui épouse l'intérieur de la tour. Les mailles de son armure n'ont pas amorti le choc. La poitrine défoncée, il a basculé en arrière et rendu son dernier souffle dans les bras du templier qui courait derrière lui.

Trois serpentins ont été tués sans avoir eu l'occasion de se défendre. Vautrés en léthargie dans un bassin du rez-de-chaussée, ils ont été exécutés dans leur sommeil avant même de voir ou de sentir leurs assassins. Deux autres, installés dans la partie supérieure du bâtiment, ont réagi à l'appel du gong et ont tenté de se précipiter à la rencontre de leurs frères endormis. Les orphelins ont été plus rapides. Les deux serpentins se sont repliés dans un échange de tirs nourri. D'une courbe à l'autre, les balles fusent et miaulent en soulevant de petits nuages de poussière.

Les deux ophidiens se retranchent sur le palier du dernier étage. Une brève accalmie sépare les combattants, le temps pour chacun de compter ses plaies.

Deux orphelins sont sérieusement blessés. L'un a eu

le visage labouré par une balle. La joue droite pulvérisée, le cou en sang, il laisse à un compagnon le soin de panser la blessure. L'autre, le plus déterminé des quatre, a été touché à la jambe et au thorax. Le front en sueur, les lèvres pâles, il souffre en silence et s'emploie, en retrait, à extraire lui-même la balle fichée dans sa cuisse. Mais il faut agir vite, ne pas laisser aux deux ophidiens l'occasion de fortifier leur position.

Le templier au visage ensanglanté décide, la gorge nouée, de mener l'assaut. Un véritable suicide qu'il envisage avec sérénité. La douleur et l'excitation ont aboli la peur et la promesse d'une mort annoncée.

Il ne tremble pas au moment de franchir la courbe qui le sépare des ophidiens.

– Orphelins, avec moi ! hurle-t-il en se précipitant vers l'ennemi.

Talonné par ses compagnons, il a essayé d'adopter une trajectoire imprévisible, de zigzaguer entre les flancs de la rampe, mais les deux serpentins sont des tireurs d'élite. Une balle lui fracasse une épaule et le projette en arrière avant que la seconde ne le percute en pleine poitrine et ressorte entre les omoplates dans une gerbe de sang. Son cadavre s'écroule, aussitôt enjambé par les orphelins. Des trois survivants, un seul claudique, le pistolet consacré levé comme un étendard. Il tire pour couvrir l'avance de ses compagnons.

Les ophidiens ont tenté une dernière salve à bout pourtant. Les balles se perdent au-dessus des templiers. Les serpents lâchent leurs fusils et empoignent leurs cimeterres. Un corps à corps s'engage à l'avantage des orphelins. L'espace restreint de la rampe et les mouvements rapides de leurs lames obligent les serpents à refluer dans la salle de garde qui domine la tour.

S'Elgor tombe en premier, coupable d'avoir laissé trop longtemps son cimeterre au fourreau. Quatre ans, peut-être plus, qu'il se consacre exclusivement à son fusil sans penser une seule seconde qu'un jour il pourrait se retrouver ici, forcé de se battre au corps à corps sans l'appui des constricteurs.

Sa mort précède celle de son frère d'une poignée de secondes. S'Ilykine a pu, grâce à sa queue, déséquilibrer un adversaire et lui lacérer la gorge du bout des ongles avant qu'il ne touche le sol. Il ne reste qu'un seul templier. Un homme que la vie abandonne, un orphelin dont chaque respiration est une souffrance. Des bulles rosâtres se forment entre ses lèvres. Le sang l'étouffe. Appuyé contre le chambranle de la porte, il lève son pistolet. S'Ilykine charge le survivant et ne peut éviter la balle qui pénètre par son œil droit et explose dans son crâne. Emporté par son élan, il s'effondre aux pieds du templier.

Le pistolet tinte sur le sol. L'orphelin glisse le long du chambranle. Sa tête dodeline un moment avant de tomber sur sa poitrine. Il regrette que son groupe ait été décimé, mais il a accompli sa mission. Il meurt, une main posée sur le flanc encore tiède de la créature.

Chapitre XXV

La Colère est une émotion. Elle naît en présence d'un obstacle qui nous sépare de la satisfaction. Nous, viciés, savons que l'obstacle est la Lumière. Nous, viciés, savons que la satisfaction sera celle de Vortiris lorsque la Lumière aura disparu. Nous, viciés, maîtrisons la Colère comme une prière.

Chant de colère vibratoire
d'un vicié de la Colère.

Un vent de panique souffle sur l'Erratum. L'ennemi est là. L'ennemi est partout sans que personne ne sache au juste combien ils sont et qui ils sont. Comment sont-ils entrés ? S'Hysme ne le saura jamais. Le troisième groupe d'assaut, mené par Mankenz, a fait irruption dans l'hôtellerie sous le regard médusé d'une dizaine d'esclaves. S'Hysme peut sentir, dans le fond de leurs yeux, l'espoir d'une libération. La lueur qui brille dans leurs prunelles montre bien que la magie vacille et risque de céder sous la poussée. Alors que les orphelins se déploient avec le sourire autour de son trône de pierre, il tente de jeter les esclaves dans la bataille. Peine perdue. L'espoir emporte tout sur son passage. D'un geste, S'Hysme les sacrifie. La magie devient un tourbillon dévastateur qui ravage les consciences et provoque l'arrêt du cœur.

Les esclaves s'écroulent un à un sur le sol. Les yeux plissés, Mankenz et les quatre templiers qui l'accompagnent lèvent leurs pistolets et exécutent le vieux S'Hysme sans une once de pitié. Il a essayé de bondir, de s'arracher à son trône pour se ruer vers l'entrée, mais les balles consacrées le dévorent déjà de l'intérieur. Sa masse fait trembler le sol lorsqu'il s'effondre, transpercé de toutes parts.

Mankenz et les siens donnent la chasse aux invités qui, surpris par le vacarme qui règne à l'extérieur, convergent vers la salle commune. Des lettrés impuissants sont massacrés dans leurs chambres, dans les couloirs et les jardins intérieurs. Deux d'entre eux ont cherché leur salut dans la fuite et ont essayé de se faufiler par le muret d'un jardin. Mankenz en personne les rattrape et les exécute.

Partout ailleurs, le lien qui rattache les esclaves à leurs maîtres se dissout et libère les prisonniers de leurs entraves psychiques. Abasourdis par le choc, la plupart errent comme des vieillards séniles, les bras ballants et les yeux vides. D'autres ont pu retrouver le chemin de leur conscience et se réfugier ici et là, sous les branches des salphènes ou dans les couloirs obscurs des bibliothèques. Tous sont en proie à un terrible choc émotionnel et tentent de raccorder la réalité à leurs derniers souvenirs en tant qu'hommes libres. Ils ont tous une histoire différente qui, un jour, raconte comment leur chemin a croisé celui d'un ophidien. Tremblant de peur, aucun n'envisage encore de prendre les armes pour prêter main-forte aux templiers.

Sur son îlot de la Conservation, S'Enkz tente l'impossible pour sauver les œuvres en cours de restauration. Il a avec lui six disciples, de jeunes ophidiens dans leur troisième ou quatrième mue, en qui il a une confiance aveugle. Avec eux, il a rassemblé les œuvres en péril dans trois coffres de chêne et pris la tête du convoi pour tenter de rallier le centre de la bibliothèque.

S'Enkz connaît l'existence du passage secret sous le Pilier. Il n'en sait guère plus, mais il veut tenter sa chance pour y trouver refuge en attendant que les veilleurs reprennent le contrôle de la situation. Sous son regard angoissé et ses gestes fiévreux pour guider la manœuvre, les disciples chargent les coffres dans une barque, puis poussent l'embarcation en direction de l'esplanade centrale. Les vapeurs dissimulent le convoi jusqu'à l'embarcadère, situé au sud du Pilier. S'Enkz se prend à espérer et se joint à ses disciples pour débarquer les coffres et traverser l'esplanade.

Un templier a vu la scène depuis le perron de l'hôtellerie et donne l'alerte. Prévenu par les siens, Mankenz décide aussitôt d'abandonner l'hôtellerie et de se lancer à la poursuite des ophidiens. Les orphelins laissent une boucherie derrière eux, un bâtiment plombé par un silence inhabituel et macabre. Personne n'a survécu à leur passage, pas même un esclave à la conscience retrouvée qui a tenté sans succès de convaincre ses libérateurs de sa sincérité. Les orphelins n'ont fait aucune distinction entre cet esclave et l'ennemi. Comme les autres, celui-là a été marqué, sali et corrompu par la magie. Froidement assassiné, il n'aura eu le privilège d'être libéré que pour mourir.

Le Pilier est devenu un aimant qui attire les forces en présence. Tandis que les rares archivistes épargnés par le Vice y accourent dans l'espoir de protéger leur maître et de faire front autour de lui, ce dernier emprunte un vieil escalier cynwäll en compagnie de ses complices.

Près de trente esclaves leur emboîtent le pas. Tous vont par deux pour transporter une caisse à un rythme soutenu. Ils accomplissent leur dernier voyage après plusieurs aller et retour qui ont permis d'acheminer les trois quarts des trésors de l'Erratum dans son nouvel écrin.

Les viciés contiennent leur euphorie. Le moral est élevé. À peu de chose près, le complot s'est joué comme ils l'avaient espéré. Ils vont laisser derrière eux des ruines et les cadavres de frères sans ambition, incapables d'entrevoir les incroyables potentialités d'une Alliance viciée.

Depuis une étroite corniche, la Mère observe l'étrange convoi avec un immense soulagement. Sale, les écailles imprégnées d'une odeur pestilentielle, blessée et totalement épuisée par le chemin parcouru, elle goûte en silence à ce spectacle qu'elle avait tant de fois imaginé dans sa prison de Carthag-Fero et dans la cale du *Karl IV*.

Elle ne peut s'empêcher d'être heureuse malgré le fait qu'elle soit arrivée trop tard pour prévenir l'Erratum. Elle est fière d'être en vie, fière d'avoir su épargner Sagoth et d'avoir pu lui dire adieu, fière surtout de s'être frayé un passage dans les boyaux étroits et les grottes pour retrouver ses frères. Ainsi qu'un fils.

S'Ylice s'est figé sur place, troublé par une émotion qu'il ne s'explique pas. Les écailles frissonnantes, il fait signe à son maître de s'arrêter. Derrière eux, le convoi s'immobilise tant bien que mal. S'Ardaï se porte à sa hauteur.

On nous suit ? Qu'est-ce qu'il y a ? vibre-t-il avec méfiance.

S'Ylice se dresse et se met à osciller comme un mât

sous le vent. Sa gueule contractée révèle l'étendue de ses efforts pour capter à nouveau l'empreinte de sa Mère. Il s'est forcément trompé, mais son cœur prétend l'inverse.

S'Ardaï est inquiet. Il s'est bien gardé de révéler à ses archivistes que l'ophidien détenu par les templiers était une Mère et, en l'occurrence, celle de S'Ylice. Bouleversé, ce dernier vient à nouveau de ressentir le lien invisible qui l'unit à S'Iris. Elle est là, tout près. Vivante.

S'Iris prend les devants, enhardie par l'appel vibrant du fils. Elle abandonne son abri et se glisse, au prix de douloureuses contorsions, le long d'une paroi rocheuse. Lorsqu'elle surgit au bas de l'escalier, un remous agite le rang des archivistes.

Sur ordre de S'Ardaï, un esclave muni d'une torche s'approche d'elle. Les viciés répriment un mouvement de recul. Le corps de la Mère n'est plus qu'une épave grossière, le témoignage saisissant de ce que peut endurer un serpent aux frontières de la mort. Tous distinguent les crevasses couturées qui sèment ses flancs, les écailles à la teinte maladive, les yeux striés de veinules, la langue violacée qui peine à siffler et darde faiblement entre ses mâchoires.

Le maître archiviste n'est pas réellement surpris. Il ignore par quelle sorte de miracle S'Iris a pu survivre et se frayer un passage jusqu'ici, mais elle prouve, incontestablement, la puissance du Vice. Il n'y a pas d'autre explication. Seul le Vice peut justifier que le corps de la Mère tienne encore debout.

Bouleversé, S'Ylice glisse le long des marches, dépasse son maître et fend les derniers rangs des esclaves qui s'interposent entre lui et S'Iris. Il veut la toucher, se persuader qu'elle est bien réelle. Un mètre les sépare encore. Les remugles qui font écran autour d'elle n'empêchent pas l'archiviste de sentir l'odeur intime de sa Mère. Ce parfum qu'il devine brise ses dernières réticences. Il oublie le regard sévère de S'Ardaï et ceux, dubitatifs, de ses complices, pour se jeter dans les bras de sa Mère et l'étreindre avec une force désespérée.

Leurs langues se joignent, leurs yeux se dévorent. Pour S'Ylice, le temps ne compte plus.

S'Érum a changé et ne ressemble plus à l'ophidien qui a répondu à l'appel du maître archiviste. L'Alliance qu'il a connue, à laquelle il a cru de toutes ses forces et pour laquelle il a consenti à tous les sacrifices, cette Alliance-là, il n'en veut plus. Il ne lui appartient plus.

La balle qui a emporté le crâne du premier veilleur a tiré un trait définitif sur son rôle et les valeurs qu'il croyait être les siennes depuis qu'il avait prêté serment devant les patriarches.

S'Erdh avait raison. Il fait partie du passé, d'un âge révolu où l'Alliance, pure et maîtresse d'elle-même, demeurait fidèle aux lois mnémosiennes.

Étrangement, le sydion n'éprouve aucun regret. Il sentait bien, depuis des années, que les patriarches ne partageaient plus ses valeurs. Elles l'ont aveuglé, elles l'ont empêché de voir les changements profonds affecter les bases de l'Alliance et se répandre dans les sanctuaires.

Preuve de cet autre regard qu'il porte désormais sur l'avenir, il ne ressent plus ce besoin viscéral d'oublier le monde dans le parfum des fleurs de cendre. Il a grandi et se sent proche d'une nouvelle mue pour laisser derrière lui la vieille défroque du sydion.

L'exécution du premier veilleur lui a ouvert les yeux.

Le Vice est en lui, depuis le début.

Sans doute le savait-il sans pouvoir se l'avouer, sans

doute espérait-il retarder ce moment fatal depuis la première fleur. Celle-ci et toutes les autres ont étouffé le Vice. Elles ont été sa muselière du cœur, elles ont réprimé ses instincts en lui offrant un passé teinté de sang et de violence.

Il ne se sent pas trahi ni même dégoûté par son propre corps, bien au contraire. Il accepte le Vice comme un allié, un moyen de s'affranchir des dernières chaînes qui le lient au serment du sydion. Cette liberté a un goût amer, bien qu'il en ait rêvé. Liberté d'appartenir à l'âge du Rag'narok – autrement dit, liberté de se battre et de mourir.

Reste une promesse qu'il s'est faite à lui-même, penché sur le cadavre du premier veilleur. Le combat de ce frère l'a touché. S'Erdh a cherché à retrouver sa liberté en combattant la maldorée. Son exécution se justifiait, ne serait-ce que pour avoir voulu livrer l'Erratum à l'ennemi. Cela, pourtant, ne suffit pas. Il existe un coupable responsable de cette tragédie, et S'Érum entend bien le retrouver.

Sur son ordre, Ayane a tranché la tête du premier veilleur et l'a glissée dans un sac qu'elle porte à l'épaule. Bien que les fleurs de cendre ne soient plus une nécessité, il veut en voir une dernière pousser, grandir et s'épanouir pour pouvoir lui confier, un jour prochain, que le coupable, le seul et unique coupable, a été exécuté.

Syd de Kaïber devra mourir, d'une façon ou d'une autre. S'Érum a accepté l'héritage de sa victime. Il est devenu l'ombre de Syd et n'aura de cesse de le traquer pour que cette histoire ait une fin digne des morts qu'elle a semés sur sa route.

Le regard plissé, le sydion étudie la scène qui se déroule en contrebas. Il a reconnu S'Iris, il a vu son fils se jeter contre elle et senti le parfum de leurs effusions remonter jusqu'à lui.

Tous ceux qui sont là doivent mourir. Ce n'est plus une affaire de valeurs ou de serment. Son corps et son âme réclament le dû des Ténèbres. Il doit offrir au Vice un sacrifice.

Il se retourne vers Ayane. Le contraste entre son visage sensuel et le glacis de ses yeux n'a jamais été aussi frappant. Est-elle encore une syhée ? S'Érum ne renouvellera pas l'enchantement du *fond de l'œil*. Quitte à être libre, il veut qu'elle le soit aussi et qu'elle choisisse, ou non, de le suivre.

Quelques minutes plus tôt, elle est revenue avec ce qu'il lui avait demandé. Elle n'a pas dit un mot de son équipée ni commenté l'étoffe rougie de sang qui entoure son bras droit. Elle est arrivée, ployant sous un grand sac de toile, a déposé son offrande devant le maître et s'est retirée dans l'ombre.

S'Érum enfile l'armure d'un veilleur inconnu avec des gestes maladroits. Le contact du métal lui déplaît et lui rappelle les branches de l'eyzom dans la bibliothèque du colporteur. L'armure ne recouvre qu'une partie de ses anneaux, mais cela suffit pour protéger les zones les plus sensibles de son anatomie, en particulier le cœur et les poumons.

À peine a-t-il fixé les dernières attaches que son malaise disparaît. Peut-être est-ce déjà l'effet du Vice qui commence à se faire sentir. Doublée d'hermine sur les parois intérieures, l'armure est confortable. S'Érum accomplit quelques gestes simples pour estimer sa liberté de mouvement. En dépit de certaines pièces qui coulissent parfaitement les unes sur les autres, l'armure forme un carcan avec lequel il devra composer.

Avec précaution, il s'empare de l'épée vorpale récupérée par sa syhée. Ses doigts se glissent sous les ailes déployées de la coque et se referment sur le pommeau. Il ressent à nouveau cette caresse éprouvée la première fois, la sensation d'être effleuré de l'intérieur par le souffle tiède et bien vivant de l'âme minérale. Cette fois, cependant, l'arme a trouvé son maître.

S'Érum noue le fourreau à son armure et rengaine l'épée.

Une vive douleur dans la mâchoire. L'aiguillon s'est enfoncé dans les glandes du sydion pour pomper le précieux poison avec avidité.

18 frémit.

Des cent soixante-deux ophidiens couvés par la Mère et dispersés à la surface d'Aarklash, quatre-vingt-dix-huit vivent encore aujourd'hui et ressentent soudain, chacun à sa manière, une vive impression d'absence. Comme s'ils prenaient tout à coup conscience qu'un souffle invisible les avait accompagnés depuis que leurs petites mains gluantes s'étaient frayées un passage à travers la coquille.

La première balle tirée par S'Érum a visé S'Iris. Serré contre elle, son cent trente et unième fils a senti le souffle brûlant du projectile effleurer sa gueule. La Mère tressaute et vacille dans ses bras.

L'escalier où s'est engagé le convoi mené par S'Ardaï compte quatre-vingts marches. Tous les ophidiens et les esclaves présents se sont retournés pour découvrir l'origine du tir qui a foudroyé la Mère.

S'Érum se tient au sommet de l'escalier, le fusil pointé sur le convoi. Un murmure d'effroi balaie le groupe des archivistes. Aucun ne peut échapper à cette odeur piquante qui a descendu l'escalier, comme une brise surgie de nulle part. Le parfum de la vengeance ne trompe pas.

S'Érum s'élance, le Vice chevillé au corps. Un premier esclave tente instinctivement d'éviter le canon de 18 projeté à sa rencontre. Son crâne craque sous l'impact. Son compagnon, l'œil vide, lève les bras pour se protéger. Il a vu la guerrière venir à sa rencontre et ne tente rien lorsque l'épée d'Ayane s'enfonce dans son ventre avec un bruit humide.

La mort des deux premiers esclaves a semé le trouble parmi les ophidiens. Tant bien que mal, S'Ardaï leur ordonne de faire front et les regroupe au milieu de l'escalier pour faire écran entre lui et le sydion. La peur suinte comme une brume épaisse entre les écailles des archivistes de l'Erratum.

Le sydion avance à pas mesurés et se fraie un passage sanglant à travers les esclaves. L'épée vorpale dans la main droite, 18 dans la gauche, il offre ses victimes au Vice.

Les esclaves tombent un à un. Ceux que le fusil n'a pas tués à bout pourtant sont achevés par la syhée. Ayane pressent que ce combat est peut-être le dernier qu'elle partage avec le maître. Une vingtaine de victimes gisent sur le sol et, déjà, elle sent qu'il a changé, que ses gestes se délient, que ses frappes deviennent de plus en plus sauvages.

Elle veut rester jusqu'au bout. Elle veut rester pour voir le Vice la remplacer, elle, dans le cœur du maître.

S'Érum perpétue son massacre avec une grimace extatique. Des archivistes ont tenté de rassembler les esclaves survivants et d'imprimer leur volonté pour les lancer au-devant du sydion, mais les humains, sans expérience du combat, ne forment qu'un rempart dérisoire.

Une balle vient d'emporter le dernier esclave qui pirouette sur lui-même et dégringole jusqu'aux archivistes. Des torches flambent encore sur le sol et projettent des ombres vacillantes sur les flancs de l'escalier. Le sang qui ruisselle sur les marches forme des rigoles entre les caisses et les cadavres des humains. L'armure rougie, les yeux brillants, S'Érum fait glisser 18 sur un flanc de son armure pour saisir l'épée vorpale entre ses deux mains.

Un profond silence s'instaure. S'Ardaï a reculé jusqu'au bas de l'escalier et hésite à s'enfuir. Juste à côté de lui, S'Ylice est couché sur le corps de sa Mère et lève vers lui des yeux emplis de détresse. Le chagrin qui embue les prunelles de l'archiviste ébranle S'Ardaï.

– Tu savais que c'était elle ? souffle S'Ylice.

Le fils de S'Iris a les mains pressées sous la mâchoire de sa Mère. Sous ses doigts, à travers le trou creusé par la balle du sydion, le sang coule à flots. Sa Mère respire encore, les yeux clos.

– Tu savais… murmure S'Ylice. Et tu n'as rien dit. Même pas à moi. Tu l'as laissée dans cette cale…

Le Vice embrase le regard de S'Ardaï. Face au désarroi de son plus fidèle archiviste, ses convictions ont vacillé, ses certitudes aussi. Mais l'Avarice est revenue, avide de reconquérir le terrain perdu. Le maître archiviste ne voit que les caisses renversées ou éventrées le long de l'escalier, certains grimoires qui s'imprègnent de sang et qui risquent de se voiler à jamais.

– Qu'est-ce que tu attends ? gronde-t-il à l'adresse de S'Ylice. Lève-toi ! Aide-moi !

Une profonde émotion étreint le cœur du maître archiviste. Il ne peut pas supporter de voir tant d'efforts réduits à néant ; il n'a plus la force d'assister à la mort lente des parchemins imprégnés de sang.

La Colère.

Pour S'Érum, le Vice a désormais un nom. Une force dont il ne soupçonnait pas la puissance inonde ses veines. Pendant un bref instant, il vacille, le cœur pris dans un étau. Il ressent, à un niveau inconnu jusqu'alors, ce qu'il a pu vivre au cours des différentes mues qui ont jalonné son existence. Le sentiment de renaître, de troquer une carcasse usée pour une autre, bien plus svelte et vigoureuse que la précédente.

Ses doigts jouent sur la garde de l'épée vorpale. Un sourire carnassier déforme sa gueule.

Le temps d'un soupir, il a franchi les dix mètres qui le séparaient du petit groupe des archivistes. Armés de lames courtes, ces derniers tentent de l'arrêter. L'épée vorpale chante entre ses mains, détourne les attaques pathétiques de ses frères et décapite les gueules dans un mugissement aigu.

Ayane n'a pas suivi le maître au cœur de la mêlée et observe, médusée, le massacre des archivistes. Le maître ne semble pas souffrir des épées qui mordent ses flancs et crissent sur ses écailles. Il tournoie au milieu des assaillants, comme une tempête. Elle ne sait pas, elle, que le Vice est la Colère et qu'il inspire S'Érum au-delà de toute logique.

L'ancien sydion s'est immobilisé au milieu des cadavres décapités de ses frères. Il ne voit presque plus et ne distingue que la vague perspective de l'escalier à travers un brouillard rouge. La Colère s'apaise, la Colère est rassasiée. Lui aussi. Il lâche l'épée vorpale et, pendant un moment, ne dit rien.

Ayane n'ose pas s'approcher. Pas encore. L'ophidien qui oscille devant elle comme s'il était en transe n'a plus rien de commun avec le maître. Jusqu'ici, leur étrange complicité était parvenue à se loger, comme un clou ou une épine, dans le mur de Ténèbres qui les sépare. À présent, elle sait qu'elle n'a plus sa place à ses côtés.

S'Iris rend un ultime soupir et s'immobilise dans les bras de son fils. S'Ylice n'entend plus le sifflement rageur du maître archiviste qui l'exhorte à combattre S'Érum. Il pleure de l'intérieur, il pleure celle qui a échappé au pire pour finir ici, au pied d'un escalier cynwäll, abattue par une balle qui aurait dû la tuer des années plus tôt.

Le Vice n'a plus de prise sur son cœur. Il ne ressent rien à la vue des caisses éventrées. Lui qui, quelques jours auparavant, aurait pu donner sa vie pour sauver ne serait-ce qu'un seul manuscrit de l'Erratum, n'éprouve plus qu'un vague sentiment de gâchis.

Il n'y a de place, désormais, que pour la haine.

Il se redresse avec une expression farouche et fait face à S'Ardaï.

– C'est étrange, je n'arrive pas à croire que c'est lui qui l'a tuée, murmure S'Ylice en pointant un doigt sur l'ancien sydion.

S'Ardaï tressaille et s'efforce tant bien que mal de soutenir le regard froid de son disciple.

Tu oublies qui est le maître, vibre le maître archiviste. *Va te battre. Protège ma fuite. Je dois rejoindre le sanctuaire.*

S'Ylice lui rend un sourire désabusé.

– Tu as fait pire que la tuer.

S'Ardaï recule. Son disciple a dégainé un poignard et vrille son regard au sien.

– Tu l'as laissée aux mains des templiers. Tu l'as abandonnée à la Lumière.

S'Ylice se jette en avant pour tuer. Le maître et le disciple entament un corps à corps féroce sous le regard fixe de l'ancien sydion.

S'Érum laisse faire. Il peut tout juste apercevoir les formes emmêlées de S'Ylice et S'Ardaï. En mémoire de la Mère, il veut offrir à son fils une chance d'en finir dignement. Les minutes s'écoulent avec lenteur, ponctuées par les râles et les sifflements des deux combattants. Ayane a fait mine d'intervenir, mais S'Érum le lui a interdit d'un petit geste de la main.

Les deux ophidiens se sont entre-tués, enlacés comme des amants, les anneaux crispés sur leurs corps respectifs. Aucun des deux n'a voulu céder. S'Ardaï s'est battu jusqu'au bout pour un sanctuaire qu'il avait rêvé de dominer au nom de l'Avarice. S'Ylice, lui, s'est battu pour venger l'humiliation infligée à sa Mère.

Le voile rouge qui flottait devant les yeux de S'Érum s'est effacé. L'ancien sydion est descendu au bas de l'escalier et s'est figé devant les deux ophidiens. Il a troqué l'épée vorpale pour 18 et posé négligemment le canon sur la gueule de S'Ardaï, à l'arrière du crâne. Il tire et se tourne vers la syhée.

– Approche, dit-il.

Elle marche jusqu'à lui, les épaules frissonnantes.

– Il faudrait que je te tue, toi aussi, avoue-t-il à mi-voix.

Elle s'humecte les lèvres.

– Oui, sans doute. Mais vous n'y arriverez pas, c'est ça ?

Il hoche la gueule. Elle a raison, il n'y arrive pas. Après un long silence, il ajoute :

– Tu devrais partir.

Elle acquiesce d'un petit mouvement du menton et

attrape délicatement une main du maître dans la sienne pour la poser sur son ventre.

– Merci, souffle-t-elle.

Il grimace.

– Tu devrais partir, insiste-t-il.

– Qu'allez-vous faire, maître ?

– Me battre. M'offrir aux Ténèbres.

– C'est mieux ainsi ?

– Oui, c'est mieux ainsi.

Ayane lâche à regret la main du maître et commence à s'éloigner. Alors qu'elle s'enfonce dans un couloir, S'Érum espère qu'elle se retourne une dernière fois vers lui, mais elle disparaît.

Sans un regard derrière elle.

Épilogue

Décriés par les uns, cités en héros par les autres, les francs-ligueurs requièrent toute notre attention. Hors de Cadwallon, ces individus seraient traités en parias, mis au ban de la société ou pourchassés. Dans la cité franche, ils constituent une caste à part, privilégiée et porteuse de traditions séculaires.

Rapport des éminences
grises d'Achéron.

L'Erratum est tombé. La bibliothèque qui renferme les secrets de l'histoire et les œuvres impies est désormais aux mains de l'ennemi. La nouvelle a provoqué un véritable séisme au sein de l'Alliance ophidienne. Pour certains, elle dénonce les méfaits du Vice. Pour d'autres, elle marque son avènement.

Depuis une dizaine d'années déjà, les patriarches ont tenté de contrôler la montée en puissance du Vice pour protéger les fondements de l'Alliance. Ils ont compris que les viciés voulaient s'affranchir de l'autorité des sanctuaires, mais aucun patriarche n'a vu venir la lame de fond, cette rumeur qui pousse de plus en plus d'ophidiens à quitter les profondeurs pour rejoindre la surface et servir le Rag'narok.

L'Alliance tremble sur ses fondations. Jusqu'ici, les

ophidiens avaient œuvré en son nom. Les viciés, eux, œuvrent au nom des Ténèbres pour harceler la Lumière et semer la terreur.

Vissés à leurs trônes poussiéreux, les patriarches assistent, impuissants, à la naissance d'une nouvelle Alliance commandée par le Vice et ses différentes familles. La Colère, la Luxure, la Gourmandise... autant de familles ou de fratries qui se regroupent et s'organisent.

Depuis la chute de l'Erratum, le pouvoir ophidien se désagrège. La guerre, peu à peu, l'emporte sur la manipulation, les complots et les manœuvres politiques. Les viciés sont impatients de rattraper le temps perdu, de porter le combat partout où les Ténèbres et leurs alliés ont besoin d'aide. Il n'est plus question que les alchimistes syhars ou même les baronnies d'Achéron mènent seuls le combat contre la Lumière. Des viciés ont fait leur apparition dans les armées des Ténèbres pour mettre à contribution leur puissance, leur magie et leur savoir.

Les viciés ont leur symbole, leur exemple. Le nom de S'Érum est devenu un cri de guerre. L'ancien sydion, devenu vicié, prouve que les lois mnémosiennes ont fait leur temps.

S'Érum a choisi de marcher vers le sud pour traquer Syd de Kaïber.

Son corps s'est considérablement renforcé. Ses écailles se sont durcies, sa musculature s'est développée à tel point qu'il doit régulièrement s'entraîner et tuer pour la maîtriser. Il apprend chaque jour à canaliser la force du Vice, à l'utiliser comme une arme, au même titre que 18 ou sa fidèle épée vorpale.

La Colère qui bat dans son cœur a définitivement scellé le passé et ses rêves de cendre. Il a oublié ses victimes, il a oublié les patriarches.

Il arrive pourtant que la nostalgie parvienne à forcer les verrous de la Colère, en particulier lorsqu'il retire l'armure du veilleur offerte par Ayane. Il songe à la syhée, à cette humaine qu'il croyait devoir tuer pour respecter sa nature ophidienne. En pareil moment, il aime se rappeler les détails de ce jeu cruel et sensuel qui le liait à Ayane. Il se peut qu'un jour le destin les réunisse à nouveau s'il décide de retourner à Cadwallon.

Six jours plus tôt, il a goûté, avec le sourire, à la rumeur rapportée par des frères de l'Orgueil venus de Cadwallon. Ils ont parlé d'une franc-ligueuse au ventre mutilé qui est en passe de devenir une légende. Ils n'ont pas su dire pourquoi, mais ils ont certifié qu'elle portait, à l'épaule, un large tatouage en forme de serpent.

S'Érum a brûlé la gueule du premier veilleur et emporté les cendres avec lui. Elles sont à l'abri, dans une vasque qu'il porte accrochée à son armure. Il y a deux semaines, une première pousse a eu lieu. Bientôt, elle deviendra une fleur de cendre à laquelle l'ancien sydion offrira la tête de son ombre, Syd de Kaïber.

Il lui tarde d'engager le combat en territoire cynwäll. Il sait que, d'une certaine manière, il doit à son ombre sa renaissance par le Vice. Juste retour des choses : la Lumière doit payer le prix. Il n'aura de cesse de traquer Syd, ici, des frontières de Lanever jusqu'à la forteresse de Kaïber.

S'Érum n'est pas inquiet. Le temps n'a plus de prise sur lui.

Les Ténèbres sont devenues sa loi.

DU MÊME AUTEUR

Souffre-Jour
Chroniques des Crépusculaires, I
Mnémos, 1995, 1999
et « J'ai Lu Fantasy » n° 5803

Aux ombres d'Abyme
Abyme, I
Mnémos, 1996, 2000
et « J'ai Lu Fantasy » n° 6545

Les Danseurs de Lorgol
Chroniques des Crépusculaires, II
Mnémos, 1996, 1999
et « J'ai Lu Fantasy » n° 5803

Agone
Chroniques des Crépusculaires, III
Mnémos, 1996, 1999
et « J'ai Lu Fantasy » n° 5803

La Romance du démiurge
Abyme, II
Mnémos, 1997, 2000
et « J'ai Lu Fantasy » n° 6545

Les Rives d'Antipolie
Bohème, I
Mnémos, 1997

Revolutsyia
Bohème, II
Mnémos, 1997

Confessions d'un automate
mangeur d'opium
(avec Fabrice Colin)
Prix Bob Morane – Imaginaire 2000
Mnémos, 1999
et Le Serpent à Plumes, « Motifs » n° 171

Cœur de Phénix
Les Chroniques des Féals, I

Bragelonne, 2000, 2006
et « J'ai Lu Fantasy » n° 6707

Le Fiel
Les Chroniques des Féals, II

Bragelonne, 2001, 2006
et « J'ai Lu Fantasy » n° 6758

Le Roi des cendres
Les Chroniques des Féals, III

Bragelonne, 2003, 2006
et « J'ai Lu Fantasy » n° 7298

Arcanes féeriques :
Carnets de voyage de Sinane l'enchanteur

(avec Amandine Labarre)
Tournon, 2005

La Faille de Kaïber
Le Cycle des Ombres, I

Rackham, 2004
et « Points Fantasy », n° P 1727

Sous le pseudonyme de William Hawk

Le Roi déchu
Cycle L'Âme des Rois Nains, I

Mnémos, 1998

La Tour des Mages
Cycle L'Âme des Rois Nains, II

Mnémos, 1998

L'Ombre de Noth
Cycle L'Âme des Rois Nains, III

Mnémos, 1998

RÉALISATION : PAO ÉDITIONS DU SEUIL
IMPRESSION : BRODARD ET TAUPIN À LA FLÈCHE
DÉPÔT LÉGAL : SEPTEMBRE 2007. N° 94784 (43047)
IMPRIMÉ EN FRANCE

Collection Points Fantasy

DERNIERS TITRES PARUS

P1530. Le Dieu de glace. La Saga de Raven III
Robert Holdstock et Angus Wells
P1565. Le Crépuscule des géants. Les Enfants de l'Atlantide III
Bernard Simonay
P1566. Aara. Aradia I *Tanith Lee*
P1567. Les Guerres de fer. Les Monarchies divines III
Paul Kearney
P1584. Le Glaive et la Flamme. La Saga du Roi Dragon III
Stephen Lawhead
P1585. La Belle Arcane. La Malerune III
Michel Robert et Pierre Grimbert
P1608. La Guerre du paradis. Le Chant d'Albion I
Stephen Lawhead
P1609. La Terre des Morts. Les Enfants de l'Atlantide IV
Bernard Simonay
P1610. Thenser. Aradia II, *Tanith Lee*
P1638. Wren. Les Descendants de Merlin I, *Irene Radford*
P1641. L'Empreinte des dieux. Le Cycle de Mithra I
Rachel Tanner
P1642. Enchantement, *Orson Scott Card*
P1643. Les Fantômes d'Ombria, *Patricia A. McKillip*
P1644. La Main d'argent. Le Chant d'Albion II
Stephen Lawhead
P1645. La Quête de Nifft-le-mince, *Michael Shea*
P1646. La Forêt d'Iscambe, *Christian Charrière*
P1647. La Mort du Nécromant, *Martha Wells*
P1668. Resmiranda. Les Descendants de Merlin II, *Irene Radford*
P1669. Le Glaive de Mithra. Le Cycle de Mithra II, *Rachel Tanner*
P1670. Phénix vert.Trilogie du Latium I, *Thomas B. Swann*
P1701. Le Nœud sans fin. Le Chant d'Albion III
Stephen Lawhead
P1702. Le Feu primordial, *Martha Wells*
P1727. La Faille de Kaïber. Le Cycle des Ombres I
Mathieu Gaborit
P1728. Griffin. Les Descendants de Merlin III, *Irene Radford*
P1729. Le Peuple de la mer. Le Cycle du Latium II
Thomas B. Swann
P1766. Les Cendres de la colère. Le Cycle des Ombres II
Mathieu Gaborit
P1767. La Dame des abeilles. Le Cycle du latium III
Thomas B. Swann